九幽蛇杖

缪热 著

辽宁人民出版社

图书在版编目（CIP）数据

九幽蛇杖 / 缪热著 . —沈阳：辽宁人民出版社，
2024.6

（青铜夔纹悬疑小说系列）

ISBN 978-7-205-11045-1

Ⅰ.①九… Ⅱ.①缪… Ⅲ.①长篇小说—中国—当代
Ⅳ.① I247.5

中国国家版本馆 CIP 数据核字（2024）第 043665 号

出版发行：辽宁人民出版社
　　　　　地址：沈阳市和平区十一纬路 25 号　邮编：110003
　　　　　电话：024-23284191（发行部）　024-23284304（办公室）
　　　　　http：//www.lnpph.com.cn

印　　刷：河北朗祥印刷有限公司

幅面尺寸：145mm×210mm

印　　张：8.5

字　　数：202 千字

出版时间：2024 年 6 月第 1 版

印刷时间：2024 年 6 月第 1 次印刷

责任编辑：赵维宁

封面设计：乐　翁

版式设计：一诺设计

责任校对：吴艳杰

书　　号：ISBN 978-7-205-11045-1

定　　价：58.00 元

目　录

第一章　黑拳

"嘭！"

又一记铁拳重重地撞击在杜斌的左颌骨上。

随着疼痛感的瞬间深入，杜斌只觉得一阵剧烈的晃荡和眩晕，随后眼前一阵发黑，高大威猛的身躯重重地摔倒在了用杉木地板搭建的拳台上，同时发出一声重物轰然垮塌般的沉闷声响。

出于本能的机械反应，杜斌试图挣扎着站起来，但是努力了几次，原本强壮有力的躯干和四肢仿佛完全和他模糊的意识分道扬镳了，根本不受他的支配和调度，几次努力都以失败告终，于是他只能颓然地躺倒在了拳台上。

而泪水却在此时顺着杜斌的眼角流淌了出来。

意识越是模糊，那张面孔越是清晰。

那是一张婉约精致得无以复加的年轻女子的脸庞。

脸庞的主人此时正用一双忧郁深情的眼睛注视着他。

她似乎在焦急地跟杜斌说着什么话，或者在冲着他呼喊，但是杜斌却一句也听不见。

杜斌也想朝着脸庞的主人呼喊一声："雅一，快拉我一把，我要起来，我不可以倒下，不可以……"

可是，被他唤作雅一的女子同样听不见他的呼喊。

心里一着急，杜斌从模糊的意识中回过神来。这只不过是脑子剧烈震荡的那一瞬间产生的幻觉。

幻觉中的近在咫尺，现实中的远在天涯！

此时的冷雅一并不在杜斌的身边，而且也不可能出现在他的身边。

三年前，杜斌就已经在冷雅一的生命中被彻底格式化了！

当意识和知觉在极其短暂的时间里恢复过来后，冷雅一的脸庞也随之在杜斌的脑海里消失，换之而来的是一阵阵既嘈杂又疯狂的呐喊声。

呐喊声里，充斥着的是缅甸土语里的邪恶诅咒和粗暴咒骂，其中还夹杂着中国人的刺耳国骂：

"起来啊！给老子站起来！"

"废物！"

"尿货！"

"孬种！"

"打死他！打死他！"

"弄死他！"

……

这是一群手里捏着一沓沓缅币、美钞以及人民币的赌徒在疯狂地叫嚣，发泄着泯灭人性般的贪婪和欲望……

这些赌徒不是要杜斌输，而是要杜斌死！

这场拳赛，只要杜斌倒下，就有人会为之倾家荡产，也有人会因此一夜暴富！

杜斌是这场赌局中的人肉筹码。

而在这此起彼伏的叫嚣声中，一个手里同样捏着一大把美钞的老家伙，正单膝跪在杜斌的面前，用缅甸语冲着已经恢复了意识和知觉的杜斌数着数：

"Di——Ni——Dong——Li——Ea——Qiao……"（1-2-3-4-5-6）

杜斌想在老家伙数到"Kuni"（7）的时候站起来，而且此时的他完全有能力站起来。但是，他的脑海里这时却响起了操纵这场地下黑市拳赛的佤邦头目罗星汉的声音：

"这场比赛，你就一个字——输！输得越彻底，你活着走出缅甸的机会就越大！不然……"

随后便是罗星汉阴险毒辣的冷笑声……

紧接着，另一个声音又在杜斌的耳畔响起：

"起来啊！尿货，废物！你倒下了，我就死定了！我一家子都死定了！你答应过我的，你一定会让我赢一回的！你怎么在关键的时候拉胯了？你这是要害死老子吗？"

是瘸了一条腿的庞雄飞的声音！

此时的庞雄飞就在他的面前朝着他歇斯底里般地疯狂地呐喊咆哮！

庞雄飞的声音刺激得杜斌陡然间睁开眼睛。

果然是庞雄飞冲到了拳台边，一边使劲地拍击着拳台，一边冲着他狂吼。

很显然，庞雄飞也参与了这场赌局，并买了杜斌赢，而且押上了全部的身家性命！不然这家伙是不会这么冲着杜斌鬼哭狼嚎般地疯狂嚎叫的。

这家伙是疯了吗？

庞雄飞和杜斌是歃血为盟有着过命交情的生死兄弟。

杜斌在国内出事，是庞雄飞只身回到国内，把杜斌接到缅甸并让杜斌重获新生的，庞雄飞因此还废掉了一条腿！

这样的兄弟，杜斌怎么可能让他输？

于是，当跪在他面前的老家伙用缅甸语数到"Gu"（9）的时候，躺在拳台上的杜斌突然一个鲤鱼打挺，如同山峰重筑般地站立起来……

再次遭受了铁拳重击的杜斌居然能在这么短的时间内，用一个极其漂亮的鲤鱼打挺的身法从拳台上突然间站立起来，这是出乎所有人意料的。

拳台下赌徒们都以为杜斌已经被这一记铁拳击败了，比赛结束了！

买了杜斌输的赌徒们已经按捺不住地开始欢呼雀跃。

但，就在即将梦想成真的当儿，杜斌却又站起来了！

拳台下瞬间鸦雀无声，一双双充斥着贪婪和邪恶的眼睛齐刷刷地聚焦在了杜斌的身上。

就连站在拳台旁边的庞雄飞也一时间愣在了当场。

杜斌的对手——黑拳金腰带得主班森也停住了绕台炫耀的动作，站定并一脸错愕地盯着杜斌。

这场拳赛，同样也是班森输不起的比赛。

罗星汉在班森的身上是下了血注的！他早已将收割韭菜的镰刀在这堆赌徒的头顶上高高举起……

如果班森输掉了这场比赛，罗星汉也就输掉了这场赌局，等待班森的，同样是暴尸街头的命运！

在这之前，为了配合罗星汉赢得这场赌局，杜斌已经被班森重击了三拳，而且承受的重击一次比一次沉重。

在被班森的第三拳重击后，躺倒在拳台上的杜斌已经决意放弃这场比赛，因为该演的戏码他已经演足了。

他决定打完这场被操纵的比赛后便彻底谢幕退场，从此不再参与到这种肮脏的游戏之中。

可是，因为庞雄飞的加入，使得他在放弃的最后一刻从拳台上重新站立了起来。

在站起来的那一刻，他瞥见鸦雀无声的人堆里，有一双如同鹰隼一般锐利凶狠的眼睛在死盯着他。这是罗星汉的眼睛。

罗星汉的身边此时站着两个膀大腰圆的保镖。

两个保镖也用同样阴森的眼神盯着拳台上的杜斌。

从站起来的那一刻，杜斌便已经决定，他要在这最后一场黑拳赛上，为庞雄飞赢得这场赌局。

他完全有信心和实力为庞雄飞赢得这场赌局。

于是站起来的杜斌啐了一口含在嘴里的血沫子，重新摆开了要和班森放手一搏的架势。

班森在短暂的错愕间回过神来，满脸络腮胡子的他朝着杜斌露出阴险邪恶的狞笑。他摆开架势，朝着杜斌慢慢逼近。

此时的班森是愤怒的，同样也是充满邪性的。

虎视眈眈的班森犹如有巫术傍身护体一般！

就在杜斌要和班森进行终极贴身肉搏的时候，这一局的结束钟声却被敲响了。

杜斌和班森如同斗红了眼的两头公牛，回到了各自的休息区。

而这时拳台边的庞雄飞却拖着走路不利索的腿用最快的速度蹿了过来，朝杜斌恶声质问道："你是不是在打假拳？你被罗星汉胁迫了？是——还是不是？如果是，老子宁愿你输！老子可以什么都不要，但是你不能死！"

同样回过神的庞雄飞已经看出了这场比赛的猫腻。

杜斌死盯着对面的班森朝庞雄飞狠声说道："到时候记得给我收尸！把我的骨灰带回中国！老子不想成为异乡的孤魂野鬼！"

"你是不是脑子被打残了？为了我的那点赌注，不值得！不值得！"

杜斌已经不理会庞雄飞，更不瞟一眼这家伙，而是用猎豹一般凶狠的眼神逼视着拳台对面的班森。

班森也同样逼视着杜斌，邪恶的狞笑一刻也没有在他那张长满了浓密络腮胡子的脸上消失。

比赛的钟声再次被敲响……

"嘭！"

又是一记重拳撞击在了杜斌的面门上，这次受到的撞击力度同样很大，杜斌却没有被打趴下。他只是倒退了几步，然后便收住了。

重击得手的班森不顾一切地冲上来，并再次朝杜斌挥舞出了一记摆拳。

早已积蓄好了终极能量的杜斌，要的就是用苦肉计麻痹对方，然后诱敌深入反败为胜地给予对手致命一击。

占尽上风的班森果然中计，他以为频频受到自己铁拳重击的杜斌早已经是强弩之末不堪一击，而且此时杜斌的门户被他的一记铁拳完全打开，没有了任何防护，只要他的这记摆拳再度击中杜斌，杜斌绝对会被直接 KO！

然而，当班森的这记摆拳朝着杜斌的太阳穴狠狠撞击过去的时候，那一瞬间，他便意识到自己犯了一个致命的错误。

因为班森看到杜斌的脸上突然间冲着他露出了狞笑，比他自己脸上的狞笑还要血腥残忍。

这是死神的脸上才能露出的一种狞笑！

此时，杜斌的瞳孔是猩红色的！

班森的摆拳挥舞出去的同时，他的破绽也完全暴露了出来。

貌似完全失去了防御能力的杜斌身体上的肌肉刹那间紧绷了起来，积蓄起来的能量陡然间呈现爆发之势，一个漂亮的委身动作，用左臂格挡开班森挥舞出的铁拳的那一瞬间，人已经敏捷灵动地绕到了班森的身后，然后使出中华武术中的缠字诀，双臂如同绞索一般，死死地箍抱在了班森的脖子上，死亡绞杀的夺命绝技随之使出，将积蓄在每一寸肌肉里的能量孤注一掷地爆发出来。

随着杜斌发出的一声闷哼，班森被硬生生地掀翻在拳台上！

乱了方寸的班森企图挣扎着从杜斌绞索一般的双臂间挣脱出来，但是，孤注一掷的杜斌在极其短暂的时间内，已经完成了裸绞动作……

被裸绞得窒息的班森拍击几下拳台认输，手里捏着一大把美钞的老家伙同几个年轻小伙子慌忙上来，要把杜斌的手臂硬生生地从班森的脖子处掰开……

而班森的脖子已经被杜斌的双臂生生地绞断，甚至尚且来不及呻吟一声，便一命呜呼。

拳台下出现了刹那的寂静，紧接着便像是炸了营一般地喧哗骚动，紧接着，一声枪响在骚动的人群中传了出来，杜斌只觉得左脸一热，像是被什么东西划了一下，还没回过神，已经爬上拳台的庞雄飞朝杜斌大声喊道："快跑，有人在朝你打黑枪！"

说罢拉着尚未回过神的杜斌趁乱蹿下了拳台……

杂乱喧哗的人堆里紧接着又响起了几声刺耳的枪声，人群顿时大乱。

骚乱中，有大批的缅甸警察从外边蜂拥着冲进了人群，朝拳台围捕过来……

脑袋尚且处在懵懂状态的杜斌是被庞雄飞死拽着从杂乱的人堆里侥幸脱身的……

幸亏庞雄飞对拳馆周边的环境极其熟悉，而且又是黑灯瞎火的晚上。

侥幸逃出拳馆的杜斌和庞雄飞不敢做任何停留，寻着一条无人问津的隐秘黑巷子逃之夭夭……

杜斌被庞雄飞带进了一间充斥着霉味儿的黑屋子里。

黑屋子显然已经很久没有住人，既阴冷又潮湿，屋顶被野风揭去了一大半，抬眼就能看见头顶的星光。

经过了短暂的适应后，处在黑暗中的杜斌和庞雄飞可以看见对方模糊的脸。

气急败坏的庞雄飞朝杜斌兴师问罪般地吼道："你既然答应罗星汉

要打这场假拳，你就该私底下告诉我一声的，你……"

"我怎么知道你会赌这场拳赛，你下了注也没告诉我呀。"已经喘匀了气息的杜斌竟然平心静气地朝庞雄飞说道。

被气得干瞪眼的庞雄飞双手叉腰瞪着杜斌，被噎得愣了半晌，随后又气不打一处来地说道："好，这件事算我错了，我不该参与这场赌博，而且我也在你面前发过誓的，不再参与任何性质的赌博！我失言了，好吧……"

"可是……可是你不该因为我下了赌注，就不知死活地去得罪罗星汉。咱们的小胳膊能拗得过罗星汉的大腿吗？我们就好比是……就好比是寄生在罗星汉身上那件皮夹克里的虱子，他要弄死我们还不容易。后果你想过吗？"

"我没想过！再说，我想那么多干吗？我总得让你这个一直都走背运的赌徒彻彻底底地赢一回吧？我的想法就这么简单！我已经决定这是我这辈子最后的一场黑拳比赛了，所以，我把最后捞一把的机会留给你。"

两个人都不说话了。

沉默了一会儿，庞雄飞摸出了一支烟递给杜斌，先给自己点上一支，再给杜斌点上，狠吸了一口，才说道："下一步你打算怎么办吧？缅甸这边你肯定是待不下去了，得罪了佤邦的人，没有一个是会有好下场的……"

杜斌想了一下，闷声说道："我还是想回国。"

"回国？你……"庞雄飞打了一个愣神。

"我还是忘不了她！真的忘不了她！"杜斌没等庞雄飞把话说完，便语气沉闷地说道。

庞雄飞吼道："你的命都给过她一次了，到现在你竟然还是执迷不悟！三年！三年了！大哥！我的亲大哥！都说时间是可以淡化一切的，三年的时间也不算短了吧？我的哥，我的亲大哥，我就没见过你这么实诚的人！天底下就再也没有一个女人能取代她在你心目中的位置了吗？譬如……"

"我确认——没有！也许，在你的眼里，时间是淡化剂，但在我这儿，时间却是凝固剂！"杜斌说道。

"好！我的亲大哥，你够凝固，你够执着！"气得直想跺脚的庞雄飞一边冲杜斌竖大拇指，一边狠声说道，"可是，你回去又能怎么样？你和她根本就是两个不同世界的人！当初的你拎不清，到现在难道你还拎不清吗？人家是什么？人家是几百上千亿资产的豪门阔太太！而你是什么？是靠打黑拳维持生计并得以苟延残喘活命的蝼蚁！蝼蚁！所以……你凭什么回国？你又凭什么忘不掉她？再说，你有九条命去陪她玩儿吗？她已经玩死过你一回了！大哥！我的亲大哥！早知道你是这么一个实诚人，我当初真的不该回国把你弄到缅甸来，就让你哪儿死哪儿埋算了！"

"好了，雄飞，你别劝我了，我已经决定了。我知道你是为我好，但是……人生苦短，图个什么？我已经想得很明白了，我总得为自己的念想活一回吧？我这辈子唯一的念想也许就是冷雅一。说实话，我也试图说服自己，说服自己忘掉她。也和你说的一样，三年的时间并不短，该淡忘的，也许早就淡忘了。但是，这三年，我一刻也没有忘记她！她，就是种在我命里的蛊！"

"蛊个锤子！她就是长在你身上的癌！而且是晚期！你完了！"庞雄飞愤愤地说道。

两人说完这段话，又陷入了沉默，两只烟头在黑暗中明灭着闪烁，像两只被熬红了的赌徒的眼睛。

"你打算多久动身？"庞雄飞把烟头扔在地上踩了一脚，问道。

"明天一早就动身。"

"好吧，我一会儿就让朋友在边境那边给你安排一下。"庞雄飞悻悻地说。

杜斌这时上前一步，拍了拍庞雄飞的肩膀，说道："雄飞，还是要说声谢谢你，尽管，我以前没有对你说过这两个字。这辈子，我欠你的。"

"你只要到时候别让我回国给你收尸就好！"

庞雄飞的话音刚落，手机却不合时宜地响了，一看，是妻子桑帛打过来的。

"这回，我们两个，也不知道是你害了我还是我害了你。"庞雄飞嘟囔了一句，摸出手机接听电话。

电话里却是一个男人的声音："雄飞，你让杜斌那小子接电话！"

是罗星汉的声音。

手里举着电话的庞雄飞一下子愣在了当场，他看着杜斌。

杜斌当然也听出了电话里说话的人是谁，他从庞雄飞的手里接过电话，冲着电话里的罗星汉说道："你现在在哪儿？我马上就过来给你一个交代！"

"当然是在雄飞的家里……"电话里的罗星汉冷笑道。

这时，电话里传来庞雄飞七岁女儿惊恐的哭喊声："杜叔叔，你和爸爸都不要过来，他们是来杀你们的！带了好多人……"

"罗星汉，冤有头债有主，你千万不要伤害庞雄飞的家人，我马上过来……"

杜斌说完，果断地挂断了电话，然后把电话递给了庞雄飞。

庞雄飞把剩下的烟屁股一吸到底，然后使劲将烟头扔在地上，狠狠地踩灭，说："罗星汉真不讲究！"

"这个时候你应该给你的警察朋友吴威打个电话，我只有到监狱里去才是最安全的。"杜斌朝庞雄飞说道。

"监狱里也有罗星汉的人……"

"但至少我不会暴尸街头！"

"终归还得是我来替你收尸！"庞雄飞极其无奈地说道……

第二章　神秘贵妇人

　　两人在街边招了一辆三蹦子回到了庞雄飞居住的那片贫民窟。

　　通向庞雄飞家的那条黑咕隆咚的小巷子早已被罗星汉的人给把持住了。几辆幽灵一般的轿车和罗星汉的豪华座驾就停在巷子口。

　　开三蹦子的是庞雄飞认识的熟人，更是一个江湖老油子，见了巷子口的情形，立马就嗅出了空气里弥漫着的浓浓煞气，便知道庞雄飞遇到了大麻烦，等杜斌和庞雄飞下了三蹦子，他连费用也没有要，直接开上三蹦子就离开了。

　　把持巷子口的几个人事先得到了罗星汉的特别授意，所以杜斌和庞雄飞两人一前一后走到巷子口的时候，这几个人并没有对杜斌和庞雄飞做任何阻拦，只是用冷冷的眼神目送着杜斌和庞雄飞朝巷子里走去。

　　两人径直走进家门，家里的几道门都站着罗星汉的人，乱糟糟的客厅里，庞雄飞的妻子和三个儿女被罗星汉带到了一起，并被限制在一张破旧的沙发上规规矩矩地坐着，一脸的惊恐。

　　见杜斌和庞雄飞从外边走进来，身边一左一右站着两个保镖的罗星汉用似笑非笑的眼神盯着杜斌，嘴上含着的一根雪茄半明半灭的，样子酷辣凶狠。

　　"别难为他们，他们是无辜的。一人做事一人当，我跟你走，要杀要剐随你的便，我杜斌要是皱一下眉头，你就把我的头割下来当球踢！怎么样？"杜斌语气平淡地朝罗星汉说道。

似笑非笑的罗星汉并没有马上接杜斌的话茬，而是用眼睛逼视着杜斌，抬手捏着含在嘴上的雪茄烟，发狠般地吸起来，雪茄烟的烟头被吸得泛起了邪性的红光。

罗星汉脸上似笑非笑的表情随着被吸得旺起来的雪茄烟的烟头开始逐渐收敛，仅有的一丝微笑最终在他那张瘦削的脸上凝固住了。

"杜斌，我敬你是一条汉子！可是，你的这条烂命赔得起我的损失吗，嗯？"罗星汉终于朝杜斌阴森森地说道。

杜斌不置可否地冲罗星汉淡漠地一笑，说道："那有什么办法？事情既然已经这样了，我除了这条烂命，确实也没有什么了……"

罗星汉皮笑肉不笑地看着杜斌，说道："杜斌，别以为你跟我摆烂，我拿你就没辙了。如果我罗星汉这样就被拿捏住了，我也就别在这混了……"

"那你想怎么了结？"杜斌问道。

"很简单，你得再为我打一场比赛！"罗星汉说道。

"不可能！"杜斌斩钉截铁地说道。

"你说什么？我没听清楚，再说一遍。"罗星汉说道。

"不可能！"杜斌语气坚决地重复道。

"不可能"三个字刚一从杜斌的嘴里说出来，随之就是一声极其突兀的枪声。

罗星汉用快得令人难以置信的动作从身边的保镖腰间拔出了手枪，朝着杜斌和庞雄飞这边开了一枪。

杜斌被枪声惊得打了一个愣神，以为罗星汉是冲着他开了一枪，却感觉身上并没有什么地方被击中，又向四周看了一下，才发现庞雄飞脸上的肌肉在一阵阵地抽搐。

庞雄飞那条因为杜斌而瘸了的小腿上，正汩汩地朝外冒着鲜血。

罗星汉是冲着庞雄飞的腿上开了一枪，而庞雄飞竟然连眉头都没有皱一下，更没有哼上一声……

朝庞雄飞开了一枪的罗星汉用挑衅的眼神盯着杜斌，手枪拎在手里，很随意的样子。

杜斌没有理会罗星汉的挑衅，甚至没有任何的愤怒表现，而是一把将庞雄飞搂过去抱住，使劲拍了两下庞雄飞的后背，说道："我欠你两条腿了，怎么还？"

庞雄飞笑了一下，在杜斌的耳朵边小声说了一个字："命！"

杜斌小声应了一个字："好！"然后将庞雄飞松开。

罗星汉朝杜斌说道："我打的是他的这条废腿，算仁至义尽了吧？如果你不想你的兄弟这辈子坐在轮椅上的话，你最好考虑清楚了再回答我的话！"

杜斌用喷火的眼珠子瞪着罗星汉，说道："罗星汉，如果我现在就死在你面前，能把你我之前的契约一笔勾销吗？"

罗星汉残忍地冷笑道："不能！我已经说过了，你的这条烂命一文不值。债，不是这么还的，账，也不是这么算的，我算不过来……"

这时，罗星汉的一个手下从外边快步走进来，附在罗星汉的耳边耳语了几句，罗星汉直了一下身子，把枪交到保镖手上，目光刚投向客厅外边，一名相貌英俊的缅甸警察身板笔直地走了进来。

走进来的警察正是庞雄飞的朋友——吴威！

吴威的身后跟着两名同样年轻帅气的警察。

吴威一眼就瞥见庞雄飞小腿中了枪，却不露声色地朝罗星汉说道："能不能把你的人撤了？不然我可以以私闯民宅的罪名拘捕他们。"

罗星汉态度傲慢骄横地一指杜斌，说道："我的人当然可以撤走。但是我现在要当场举报一个杀人犯！他刚杀死了一个人——黑市拳王班森！你应该首先拘捕的是他！"

"我正是接到举报过来拘捕他的。"吴威说道，然后朝身后的两名警察使了个眼色。

两名警察心领神会走上来，给杜斌戴上了手铐，然后就将杜斌带走了……

被拘捕的第三天，杜斌被带进了一间侦讯室。

侦讯室里恭候着杜斌的不是吴威，而是另一名四十多岁的中年警察和一名一身珠光宝气的贵妇人。

贵妇人的那张面孔由于经过了极其刻意的修饰，显得精致而且华贵。看不出她的实际年龄，似乎在四五十岁之间，但乍一看去，却和三十来岁的少妇差不多。女人在容貌上使出的障眼法，很迷惑人，也很蛊惑人。

贵妇人的身后，笔直地站着一位西装革履仪表堂堂的青年男子。

精神萎靡一脸颓废的杜斌尽管略感意外，但面对眼前的这位不速之客，他脸上的表情却显得很平静，甚至有点玩世不恭的不屑。

杜斌很自觉地就着早就为他备好的一张凳子坐下，正面朝着警察和贵妇人，目光不落在贵妇人的脸上，而是瞅着贵妇人身边的警察。

杜斌对未来已经不抱任何希望。手里欠下一条人命的他，监狱里的方寸之地就是他的未来。所以，此时的杜斌是麻木冷漠心如死灰的。对于未来，他早已不抱任何期望。

看着眼前麻木不仁的杜斌，贵妇人不由得使劲皱了一下眉头。她转过脸，看了一眼她身边的警察。

警察很知趣地站起身，用标准的中国话朝贵妇人恭敬地说道："坤太太，有什么话您跟他单独交流吧，我就在外边候着，有什么事您招呼一声就是了。"说完走出了侦讯室。

被警察恭敬地称作坤太太的贵妇人随之又朝站在她身后的帅气男子说道："小可，你也出去吧，我跟杜先生要单独说几句话。出去记得顺便把门带上。"

杜斌这才意识到，这位贵妇人是冲着他来的。

于是杜斌下意识地提了下精神，将目光锁定在贵妇人的脸上……

见杜斌将注意力集中在自己的脸上，贵妇人朝杜斌意味深长地浅笑了一下，很得体地说道："我先自我介绍一下，坤鼎玉，你也可以管我叫坤太太……"

杜斌麻木的脸上露出一丝刻意的笑，说道："坤太太，我们好像并不认识……"

"我们当然不认识。但这并不妨碍我费尽周折地找到这里来跟你见上这一面。"

"费尽周折地找到这里来跟我见上这一面？对不起，坤太太，我没听懂你这话的具体含义……"

"你当然听不懂我说的话里面的具体含义，呵呵……"坤鼎玉轻笑道，"那好，我们索性还是开门见山，长话短说吧，毕竟，这儿的环境也并不适合聊天叙旧，是不是？"

说着坤太太从她名贵的手提包里翻出了几张照片，然后上前两步，很恭敬地先将其中的一张双手递到杜斌的面前。

"杜斌先生，你先看看这张照片，然后我们再进行后边的交流。"坤太太说。

杜斌接过坤鼎玉递到面前的照片，只瞄了一眼，精神和注意力一下子就振作和集中了起来……

第三章　九幽蛇杖

照片上是一枚纹饰古朴精美的权杖，一条灵蛇盘绕在权杖之上，栩栩如生……

杜斌一眼就认出，这是他曾经有幸一睹庐山真面目的九幽蛇杖！而且，杜斌差点就拥有它，并成为它的主人！

杜斌接过坤鼎玉手上的照片并把目光聚焦在照片上的同时，坤鼎玉也用敏锐缜密的眼神注视着杜斌脸上的表情变化。哪怕杜斌的表情和眼神有着轻微的变化，也不可能逃过坤鼎玉的眼睛。

事实上，杜斌的脸上确实出现了细微的变化，而且这种表情的变化也确实细如毫发，换作一般人，根本不可能捕捉到杜斌脸上出现的这种细微的表情变化。

虽然杜斌的目光只在照片上停留了极其短暂的一瞬，但是敏感的神经却已经高度地警觉了起来。

他故意没有让自己的目光在照片上做过多的停留，似乎只浮光掠影般地瞟了一眼照片上的图案，然后就将照片递还到站在面前的坤鼎玉手上，看着坤鼎玉，不说话，眼神里却露出一丝不解和些许疑惑……

坤鼎玉对杜斌佯装出来的懵懂早有预料，不露声色地又将另一张照片放到了杜斌的手上。

照片上是一张看似三十岁左右的英俊脸庞，名叫南宫骁。

杜斌认识！

杜斌的内心又为之一震，但内心的波澜依旧没有从脸上表现出来，反而把表情控制得很平静淡然。他同样只瞟了一眼照片上的人，然后又把照片递还给坤鼎玉，说道："对不起，不认识！"

坤鼎玉紧盯着杜斌的眼睛，轻笑了一声，说道："你认识。"

杜斌漠然一笑，说："我为什么要认识……"

坤鼎玉不和杜斌在这个问题上做任何纠缠，又将一张照片递到杜斌的面前。

这次杜斌没有再伸过手去接坤鼎玉手上的照片，但目光落在照片上就没有再挪开，人似乎也一下子沉默了。

照片上是一个女人。明眸皓齿的女人正用含情脉脉的目光看着杜斌。

是冷雅一！

杜斌的目光落在照片上不再挪开，坤鼎玉也故意没有将照片拿回去，任凭杜斌的目光停留在照片上，而眼睛却像蚂蟥一般吸附在杜斌的脸上，不放过杜斌面部表情发生的一丝一毫的细微变化。

"你怎么会有她的照片？你究竟是谁？"目光停留在照片上好一会儿，杜斌终于沉声朝坤鼎玉问道。

杜斌在问坤鼎玉这句话的时候，目光依旧落在坤鼎玉手中的照片上。

坤鼎玉将照片收了回来，并将三张照片放进了手提包里。

而杜斌的目光就像是被定格了一般，直愣愣地定在原处，没有移动半分。

将照片收起来后，坤鼎玉才朝杜斌说道："杜斌先生，我想……我们可以进行下一步的沟通和交流了吧？你觉得呢？"

"你究竟是谁？"杜斌依旧将目光定格在原处，不看坤鼎玉；冷声问道。

"你是问我的身份或者背景，是吗？"坤鼎玉反问道。

杜斌这才将目光投向坤鼎玉。此时杜斌的目光变得锐利而且冷峻，和他刚才表现出的颓废萎靡的精神状态判若两人。

当坤鼎玉和杜斌发生对视的刹那，坤鼎玉的内心顿时就明白了，只有刚才照片上那个叫冷雅一的女人，才有可能将这头佯装昏睡的雄狮刺激得乍然苏醒。

"其实，我的真实身份和背景对你来说并不重要，你只需要知道我的名字就行了。重要的是我后边要你做的事和给你开出的条件，你愿意听吗？"面对杜斌咄咄逼人的锐利眼神，坤鼎玉说道。

杜斌没有说话，锐利的眼神执拗地盯着坤鼎玉。

于是坤鼎玉继续说道："其实，第一张照片上的九幽蛇杖你是认识的，南宫骁你也认识，对不对？至于第三张照片上的漂亮女人，我就不用赘述了……"

"你先告诉我，她过得好吗？"杜斌终于沉不住气，打断了坤鼎玉的话，问道。

"她过得并不好，特别是你离开的这三年……"坤鼎玉眼神复杂地盯着杜斌，说道。

杜斌的内心一下子就战栗了！

"目的和条件……"杜斌语气冷硬干脆地说道。

坤鼎玉果然是懂得拿捏分寸的老手，见时机成熟，于是说道："你帮我夺回九幽蛇杖！不是义务劳动，酬金一千万，预付三百万。还有就是……事成之后，我会保证让冷雅一重新回到你的怀抱！你可以绝对相信我的实力！"

"线索……"杜斌依旧语气冷硬干脆地说道。

"一个星期以后，九幽蛇杖会在日本的一个拍卖场上进行公开拍卖……"

"你可以在拍卖场上公开竞价的，为什么找上我？"

"因为，我得到了一个准确的消息，九幽蛇杖很可能会在拍卖那天被终止交易。"

"为什么？"杜斌问道。

"两个字——觊觎。有两股庞大的家族势力已经觊觎上了九幽蛇杖，为了避免引起收藏界不必要的纠纷或者别的不可控因素的发生，九幽蛇杖很有可能不会公开上拍，转而进行私下交易。而我，又对这根九幽蛇杖志在必得……"

"在这之前，我能不能和冷雅一单独见上一面？"杜斌问道。

"绝对不能。因为你这次是秘密潜回国内，然后再启程前去日本。中间我会安排人手和你配合。所以你绝对不可以以任何公开的形式抛头露面，这是我们之间达成这笔交易后，你必须要遵守的约束和规矩！"坤鼎玉说道。

"需不需要签署一份雇佣合同？"杜斌问道。

"我和你之间不会形成任何书面形式的合同，只有口头承诺。而且，我知道杜斌先生是绝对信守承诺的人，同样的，我也一样……"

"可是，我现在背负命案，身陷囹圄……"

"我只需要一句话，你就可以从这里全身而退，并且顺利回国。顺带，你也可以间接地感受一下我的实力……"

第四章　再次邂逅

西安，十三朝古都。

杜斌站在承载着厚重历史和文化沉淀的古城墙上，看着古城墙下熙熙攘攘的人流，内心不禁波澜涌动。

三年的时间并不算长，但眼前的景象对于杜斌来说，却是有种物是人非恍若隔世般的感觉。

对于这座曾经熟悉的古城，他突然有了一种极不适应的陌生感和距离感。这种陌生感和距离感，是因为他的身边此时少了一位陪伴他的人——冷雅一。

他和冷雅一的那场红尘邂逅，是从健身馆开始的。

那天，约好的一个 VIP 会员临时有事没有来，杜斌难得有了一会儿空闲，在休息区隔着玻璃看别的教练指导会员做着健身运动。

这时，负责前台接待的玉灵儿领着一个气质优雅的女子走了过来。

当杜斌的目光一落在女子的身上和脸上时，顿时就挪不开了，甚至还有了一种怦然心动的感觉。作为健身教练的杜斌，富婆、少妇以及貌美青春的小女孩他见得多了，却从来没有产生过这种怦然心动的感觉。这种奇妙的感觉对于他来说还是第一次发生。

于是杜斌情不自禁地就站了起来，眼神直勾勾地看着朝他走过来的女子。巧的是，玉灵儿也正是把女子朝杜斌这儿领的。

玉灵儿径直把女子领到杜斌的面前，朝杜斌介绍道："这位客户已经办了金卡，以后她的健身训练项目就由你来负责。杜斌，你是冷雅一女士钦点的健身教练呢！呵呵……那——你们就相互认识一下吧……"

让杜斌颇感意外的是，他是冷雅一钦点的健身教练。这让杜斌有种荣幸之至受宠若惊的感觉。也许是他在健身圈子里口碑很好的原因，所以冷雅一才钦点了他作为自己的健身教练。

当时的杜斌还真是这么想的。但是，事情的真实内幕却远远不是杜斌想的那么简单。

因为冷雅一是第一次到健身馆健身，也是生平第一次有专职健身教练指导，所以，本着来日方长循序渐进的原则，杜斌只是对冷雅一做了一些简单的指导，算是热身。

中途，冷雅一接了一个电话便离开了。那天杜斌和冷雅一的邂逅也就持续了不到半个小时。

但就这不到半个小时的短暂邂逅，却让杜斌足足兴奋了一天。实在有点憋不住的杜斌，终究按捺不住持续了整整一天的躁动情绪，主动打了"水心斋"店主南宫骁的电话，约他出来到碑林酒吧一条街喝小酒。

他得把内心的这份喜悦和南宫骁分享分享，顺便也让阅历丰富的南宫骁帮他分析分析他的这种心理状态，究竟是上卦还是下卦，是顺卦还是逆卦。

杜斌是真的有点吃不准他今天的这场邂逅究竟是一场美丽的邂逅还是一场红尘劫难，他有点昏头了。

杜斌对阴阳五行易经八卦这些东西有点似是而非的迷信。而这些东西，都是因为他交了南宫骁这个朋友之后，由南宫骁潜移默化灌输给他的。他对这种玄学的理解处于雾里看花似懂非懂的状态。这种理解状态，对于作为健身教练的杜斌来说，却是刚刚好。他甚至可以凭借这点极其有限的知识，故弄玄虚地给他的客户看个手相相个面啥的。

其中的"歪理邪说"被他掺杂着现代的科学元素进行渗透和阐释，

往往会起到事半功倍直抵人心的奇异效果。作为知识结构完全不对称的双方，杜斌成功地把这些客户忽悠得一愣一愣的。他在健身教练圈子里的口碑，也就因此名声在外。所以，作为在健身圈子里小有名气的杜斌，冷雅一钦点他作为健身教练，也就不足为怪。

杜斌拨通南宫骁的电话时，南宫骁的电话一度占线。等了两分钟，估计南宫骁那边的电话已经打完了，于是又迫不及待地拨过去，还是占线。杜斌就有点气馁也有点愤懑了，索性等南宫骁主动把电话打过来。

好在没一会儿南宫骁的电话就打了过来，说："你不会是遇上什么事了吧？接二连三地打过来，我正谈一笔大买卖呢！"

杜斌半开玩笑半认真地说道："你那巴掌大点的小杂货铺子，能谈出多大的买卖？呃，跟你说，我还真的遇上事儿了……"

"真遇上事儿了？听你说话的语气也不像是遇上事儿了啊？你小子别没事找事地打骚扰电话，我可没闲工夫陪你唠闲嗑……"

"所谓遇事儿也分好事坏事啊。"

"那究竟是什么事儿？"

"我多半命犯桃花了。晚上八点，深蓝酒吧，你得给我弄上一卦，我现在还真信这个了。"

南宫骁在电话那边呵呵笑道："那你得先把对方的八字搞清楚啊，不然我怎么给你们算卦合八字……"

"我又不是要跟她结婚，合什么八字？"

"你没事儿吧？既然你不跟人家结婚，那你穷折腾个啥？当心真是桃花劫！"

杜斌这才正经地对电话那端的南宫骁说道："呃，凭我阅人无数的经验，人家多半是名花有主的，而且说不定是有过婚史的，但是，我今天好像真是陷进去了，所以……"

"好了，你别说了，我明白了，晚上八点，我准到。从来没见你小子这么语无伦次过，我倒真要看看你是遇到何方妖孽了。对了，到时候需不需要带上我的那把桃木剑，以防万一——"

"你还真当我让你来降妖伏魔啊？再说，就你那点道行也不顶事啊！挂了，八点，守时点。"

南宫骁很守时地就到了深蓝酒吧，而杜斌已经提前半小时到了。

八点钟的碑林酒吧一条街早已经热闹了起来。

说是碑林酒吧一条街，其实大多数的酒吧是开在碑林区的福德巷里的。福德巷的名字虽然多少带着一点土气的味道，但是，一到晚上华灯初上的时候，这条街上的小资气氛却是被烘托得满满当当的。它甚至还有一个比较贴切的名字，叫文艺一条街。

杜斌选择的深蓝酒吧并不在福德巷里的正街上，而是开在一条相对显得比较冷清的巷子里。而这种略微的冷清，却是杜斌很中意的氛围。

南宫骁走进酒吧，一眼就看见杜斌坐在一个角落里，眼睛闪闪发亮地正盯着他。南宫骁从杜斌盯着他的眼神里，就猜出这小子的那股兴奋劲儿还在鼓噪着蠢蠢欲动的灵魂。

这小子多半还真的是犯桃花劫了。

南宫骁刚一坐下，杜斌便朝南宫骁说道："今天你是第一回准点到的。"

南宫骁一脸坏笑地说道："平常我和你又不是情人约会，要那么守时干什么？早点晚点又怎么样了？赶紧说正事，我也是冲着你要说的正事才破例准点赴约的，半个小时后，我还有要紧的业务要谈，下午就约好的，时间紧任务重，赶紧的……"

"该不是有土夫子赶着送货上门吧？我可听说，土里出来的东西，都是犯法的，你可别大意失荆州……"

"你别打听我的事情，先说你的事情。"南宫骁盯着杜斌说道。

于是，杜斌就将他在健身馆里和冷雅一的邂逅一五一十地说了，说的过程中，言语间的那股子兴奋劲儿昭然若揭。

听了杜斌的叙述，南宫骁又详细问了一下冷雅一的身高、五官长相和身材，然后就煞有介事地在杜斌的面前金木水火土乾坎艮震地掐指一算，朝杜斌说道："粗略来看，应该是顺卦，因为没有女方的确切八字，后势暂时算不出来。我的合理化建议是——可以走一步看一步，摸着石头过河。但切忌冒进，步子大了，容易扯着蛋。"

杜斌知道南宫骁是在故意忽悠他，于是一捶南宫骁的肩膀，笑道："你就扯淡吧……"

其实，顺卦逆卦对杜斌来说原本就不重要的。重要的是他要把内心这份喜悦找个人分享，就譬如眼前的南宫骁。

仅此而已……

南宫骁果然只在深蓝酒吧和杜斌待了半个小时，随后接了一个略显神秘的电话就走了。

让杜斌感到极度惊讶和意外的是，南宫骁刚离开深蓝酒吧，另一个人就出现在了酒吧的门口。

杜斌的眼神一下子就直了。因为出现在酒吧门口的人正是让他兴奋了整整一天的冷雅一。而且，冷雅一还是一个人走进酒吧的。

杜斌鬼使神差地站起来，略微显得有点激动地朝走进来的冷雅一招手。冷雅一也一眼看到了站起来的杜斌，大方而且得体地朝杜斌走了过来。冷雅一那仪态端庄明眸皓齿的样子，让杜斌有种穿越了时空般的不真实感。

"杜教练，没想到会在这儿碰上你，真是巧了。"冷雅一落落大方地说道。

"我也觉得怪巧的。我约的朋友刚刚离开。"

"哦，原来你是有约会的。"

"你别误会了，是我的一个开古玩店的朋友，跟他谈点事情。"

杜斌说谈点事情的时候，内心里生出一阵惭愧，脸上有火烧火燎的不适感。幸亏酒吧里的光线并不明朗，不然他已经露怯了。

"你还有开古玩店的朋友？没想到杜教练的爱好还挺雅致的。"

"我说不上有这方面的爱好，再说，我就一个健身的穷教练，也轮不到倒腾古玩啊！只是觉得我这个朋友肚子里装的东西挺多的，人也挺好玩，所以空闲的时候，就喜欢约他出来聊个天什么的，顺便长长见识。"

"哦，听你这么说，我倒是有点想认识一下你的这个朋友了。不知道你的这个朋友开的古玩店在什么地方，斋号是什么？"

"听你的口气，莫非冷女士也对古玩感兴趣？"

"跟你一样，说不上感兴趣，是我父亲对古玩感兴趣。过几天就是我父亲的生日，我正寻思在古玩市场上能不能淘上一件我父亲中意的古玩，作为生日礼物送给他。"

"原来是这样啊。你还别说，你的这个心愿，说不定我的这个朋友还真能帮得上你的忙。毕竟他是这个圈子里的人，托他帮你参谋物色，也不至于打眼。"

"我也是这个意思。对了，你还没有回答我的问题呢。"

"什么问题？"

"我刚问你，你的这个朋友开的古玩店在什么地方，斋号是什么？你可真是贵人多忘事。"

"哦，你说这个啊。我朋友的古玩店是开在古玩一条街上的，离这儿不远，斋号叫'水心斋'，很小的一个古玩店铺子。他也是没多大本钱的。"

冷雅一记下了杜斌说的这番话，明亮的眼睛盯着杜斌，让杜斌一下子就陷进去了。

"对了，杜教练，我突然有了一个想法，就是不知道说出来唐突不唐突？"冷雅一冷不丁地说道。

"唐突？什么唐突？你不说出来，我怎么知道唐突不唐突。"杜斌笑道。

冷雅一笑盈盈地盯着杜斌，说道："我突然打算今天晚上逛一回这儿的鬼市，不知道杜教练可不可以……"

冷雅一故意把后边的话掐掉了，眼神温柔并满含期待地看着杜斌。

杜斌觉得这是一次千载难逢的机会，于是爽快地说道："有什么不可以的，我陪你一起逛就是了！"

第五章　鬼市纠纷

"鬼市"位于西安城东门里向北一拐的巷子里，每天凌晨一点到早晨六点，这里便是熙熙攘攘，人头攒动。

所谓的"鬼市"就是街摊地铺，各种商品随意摆放在地下，任你挑选购买。

这些所谓的商品，大都是一些道不清说不明路数的东西，趁着夜色的掩护来完成交易的。而鬼市地摊上的交易物品，又以文玩居多。

酒吧里跟冷雅一独处闲聊的这段时光，是杜斌有生以来感觉最幸福温馨的时光。冷雅一浑身渗透出的气场，令杜斌似乎沐浴在一片春风浩荡的旷野里，别提有多舒服了。

开始的时候，杜斌的内心还颇为拘谨地不大放得开。可是，冷雅一随和温婉的交流方式，很快就让杜斌处在了完全放松的愉悦状态中。那一刻，他感觉整个酒吧的空气里都充斥着甜蜜酥软的巧克力味道。

也就是从那一刻开始，杜斌就决定，眼前的这个女人他追定了。

杜斌陪着冷雅一在深蓝酒吧一直待到凌晨才朝着鬼市走去。

出了酒吧，杜斌和冷雅一就像情侣出来散步一般，沿着城墙根来到了鬼市，而鬼市早已经是人影幢幢，显出一种另类的热闹景象了。

其实，之前出于对新鲜事物的好奇，杜斌是跟着"水心斋"主人南宫骁逛过两回鬼市的。可是，毕竟是局外人，当时杜斌还没逛上多大一会儿，就跟在南宫骁的后边哈欠连天起来，比起跟地摊小贩讨价还价的南宫骁，他是完全处在一种索然无味的状态中。与其无聊地在鬼市上瞎晃荡，他宁愿回到自己的出租屋睡大觉。

事实上，跟着南宫骁第二回逛鬼市的时候，杜斌还真是中途找了一个借口，溜回出租房睡觉去了。

但是，今天陪冷雅一逛鬼市，杜斌却是另一种状态和心情。起初，他是想挽了冷雅一的胳臂朝鬼市走的。私底下给自己打了几回气，但是迫于冷雅一身上渗透出的高贵气场，还是打了退堂鼓。

冷雅一似乎早就感觉到了杜斌那点图谋不轨的小心思，竟然主动将杜斌的胳臂挽住了。

杜斌一下就蒙了，脑子几乎缺氧一般，浑身战栗了一下，就像是触了电，每一根神经刹那间就酥软了。同时，那股一直蠢蠢欲动的澎湃激情也立马被激活了。气血上涌的杜斌，趁着路灯照得不是很透彻的氛围感，将冷雅一抵在厚重的古城墙下，来了一个世纪长吻。

当这家伙还要得寸进尺进行下一步动作的时候，冷雅一却控制住了局面。

事件推进得如此之快，令杜斌有种极其不真实的虚幻感。

私底下，他狠狠地拧了一把自己的大腿，才确定刚才发生的一切是确确实实地发生了。

两人继续往鬼市走去。进入到鬼市，杜斌才意识到冷雅一逛这鬼市，完全是有备而来，而不是像她在酒吧里说的那样是临时起意。因为冷雅一居然带了一支小手电。见冷雅一拿出小手电，杜斌顺嘴问了一句："原来你是有备而来的啊！"

冷雅一说道："其实我是早就打算来鬼市逛一回的，可是又下不了决心，一个人来总是有点怵的，今天正好巧遇了你，所以……我不会耽搁你睡觉休息吧？"

突然，杜斌看见了一个熟悉的身影，正蹲在一个文物贩子的地摊前摆弄着一个小物件。

是南宫骁！

蹲在地摊前摆弄着手里小物件的南宫骁是背对着杜斌和冷雅一的。而此时的杜斌并不想和南宫骁打招呼，以免节外生枝地多出一番介绍和解释，于是拉着冷雅一准备快步离开。

可是，冷雅一却鬼使神差地站住了，而且下意识地挣脱了杜斌拉她的手，目光随之落在南宫骁手上正在把玩着的小物件上。

杜斌也只好站住，没有出声。

逛鬼市有个心照不宣的规矩，那就是"看货不问价，照货不照人"。

鬼市不同于夜市，卖家不叫卖，因为所卖之物见不得光。买家不问价，因为怕惹祸上身。所谓的"看货不问价"，顾名思义就是，如果你不打算买这件东西，就不要向卖家询问价格，这是鬼市自古以来就流传的规矩。

而鬼市中还有一个规矩，那便是每个摊位前只能有一个人，不可以两个人或多个人一起看货。如果你看到有人比你捷足先登，那你就要在一段距离之外等前面的人看完。

除此之外，你更不能问卖家货源和进价，这同样是犯了忌讳，并且还会暴露你没有来过鬼市。

杜斌因为跟着南宫骁逛过两回鬼市，所以对鬼市里流传的潜规则或多或少还是知道一些的，所以他便站住，没有继续朝地摊前凑。打算等着冷雅一把南宫骁手上把玩着的小物件看够看仔细了，再拉着冷雅一离开。

但是，冷雅一显然是没有逛过鬼市的，对鬼市里流传的一些潜规则一无所知。

杜斌原本以为冷雅一是出于好奇，等她看清楚了南宫骁手上把玩着的小物件后，就会离开。令杜斌没有想到而且略感尴尬的是，冷雅一似乎也看中了南宫骁手上的那个小物件，竟然走上去，和南宫骁蹲在了一起，并且摸出小手电，摁亮，比南宫骁还要仔细地照着那个小物件。

南宫骁警觉地扭头看了一眼冷雅一，眉头皱了一下，却没有发现站在他身后的杜斌。南宫骁适度地挪了一下身子，和蹲在他身边的冷雅一保持了一丁点距离，重新审视手上的小物件，而冷雅一手电的光却追光灯一般打在南宫骁手上的小物件上。

南宫骁又看了冷雅一一眼，或许是碍于普通人的面子，终于没有说出难听的话，只是眼神变得越发的冷了。

冷雅一却冲南宫骁莞尔一笑，说道："你看你的，等你不要了，我再还价……"

冷雅一的不守规矩终于令南宫骁不耐烦地说道："你怎么就知道我不要了？"

"那你看好了就赶紧出价呀？"

冷雅一不按套路出牌的话把南宫骁给弄得有点下不来台了，他狠狠地瞪了冷雅一一眼，冲摊主问道："老板，这个多少钱？"

老板做了一个行内人才明白的手势，南宫骁立马说道："给我包上，我要了。"

冷雅一这时却说道："慢，你还没讨价还价呢，怎么就包上了？"

"我为什么要讨价还价？"南宫骁怒道。

"地摊上买货，不是都要讨价还价吗？他要十块，你出五块的那种。"冷雅一一脸无辜地说道。

南宫骁被冷雅一的无理取闹搞得有点暴躁了，一下子站起来，刚要冲冷雅一发作，这个时候，杜斌上前一步，从后边拍了一下南宫骁的肩膀。

南宫骁原本就有了一丝警觉，猛地有人从后边拍他的肩膀，抬手便将杜斌的手摁住，随之就要来个擒拿动作对身后的人采取反制措施，杜斌手上加了一把力道，朝南宫骁说道："你后脑勺是真没长眼睛啊？"

南宫骁听出是杜斌的声音，一回头，说道："你小子在身后装神弄鬼地干什么？添乱啊？"

杜斌笑道："我添什么乱？"然后朝南宫骁暗使了一下眼色。

南宫骁的脑子唰地就明白是怎么回事儿了，看了一眼仍旧蹲在地摊前的冷雅一，然后朝杜斌问道："你……朋友？"

"对！"杜斌应道，又朝南宫骁挤眉弄眼。南宫骁的脸色随之缓和下来。

杜斌这才朝南宫骁说道："你不会连我的钱也赚吧？"

南宫骁说道："我赚你什么钱啊！"接着便朝地摊老板说道："老板，给这位女士包起来吧。"

地摊老板倒是被弄得有点发蒙了，刚要找废报纸把小物件包起来，没想到冷雅一却说："等等，什么叫给我包起来？我还没说我要呢。再说，即便我要，也该讨价还价的。他给他的价，我还我的价，这样才算公平啊！你们……不会是在做局挖坑吧？"说完这话冷雅一站起来，看着南宫骁和杜斌。

南宫骁一脸苦笑地冲杜斌摊了一下手，说道："这个局面只有你来操作了，反正我是被整不会了。"然后抬腿就走了。

杜斌被弄得尴尬得不得了，朝冷雅一说道："你是不是真看上这件东西了？看上了就让老板包上吧，我朋友已经够给面子了。"

"我没说我看上了。"

"那你刚才……"

"我刚才怎么了？就是觉得好奇而已……"

听冷雅一这么说，地摊摊主却是不依了，朝冷雅一说道："这位女士，你怎么一点规矩都不讲？你是不是来找事儿的？你要是来找事儿的，恐怕你是来错地方了。看你也不像是逛这种地方的人，真是的……

反正，这件东西我给你包上了，你买也得买，不买也得买！"

冷雅一朝摊主据理力争地说道："为什么？要强买强卖吗？"

眼见一场商业纷争就要被不知天高地厚的冷雅一给挑起来，同样对鬼市行情一无所知的杜斌额头上开始冒汗了。

南宫骁这时站在不远处，隔岸观火般地看着杜斌和冷雅一这边，脸上一副幸灾乐祸的表情。

到鬼市逛的人，大多数都是凭着各自的兴趣和喜好来淘宝的，和大白天自由集市上的人相比，三教九流的好事之人就少了很多。所以，尽管冷雅一和地摊摊主起了纠纷，却并没有引起多少人的围观，顶多只在路过地摊时，朝着冷雅一和杜斌两人多瞄上两眼而已。但这足以令杜斌尴尬和汗颜了。

于是杜斌只好跟摊主打着圆场，说道："刚才给你出价的是我的朋友，他是给我面子才这么爽快地把东西让出来的。这样吧，我一会儿就让我朋友过来买，你信我的，耽误不了你的这单生意。"

"你我素不相识，我凭什么信你？"摊主不依地说道。

杜斌被弄得下不来台，狠狠地瞪了一眼站在不远处幸灾乐祸的南宫骁。

南宫骁这才一脸坏笑地走过来，朝摊主说道："还是给我吧。"

谁知在这个节骨眼上，冷雅一又胡搅蛮缠地朝南宫骁说道："凭什么给你了？多少钱，我要了，就像谁掏不出钱似的……"

冷雅一的这番操作是真把杜斌给整蒙了，他看着南宫骁，也没辙了。

南宫骁这时冲着杜斌竖了下大拇指，一脸无奈，显出一副爱莫能助的表情。

可是摊主却朝冷雅一说道："你有钱了不起啊？我还就偏不卖给你了！"

南宫骁小声朝杜斌呵呵笑道："我说要带上我的那把桃木剑吧，你还不信！怎么样？应验了吧？"

杜斌小声回敬道："我要的就是这个味儿。"

南宫骁又是呵呵小声笑道："那还说啥，掏钱吧。"

"多少？"杜斌打了一个愣神，感觉还真是踩进南宫骁的坑里了。

"不多，我出的是五万。"

"多少？五……五万？"杜斌的声调都变了，眼神也直了。

杜斌清清楚楚地记得，他的手机绑定的银行卡里只有不到三千的余额！

"是个大漏！"南宫骁附在杜斌的耳朵边小声说道。

杜斌的脸都快被挤对成猪肝色了，朝着南宫骁咬牙切齿地直瞪眼珠子，就差没有一拳头朝南宫骁打过去了。

南宫骁呵呵呵地笑出了声。

杜斌从来没有这么英雄气短过，他朝冷雅一说道："雅一，要不就别较这个真儿了，好吧？"

没想到冷雅一像是故意不给杜斌台阶下似的，说道："不行，他不卖给我，我还偏买！什么叫有钱了不起？有钱就该被人瞧不起？这口气我还真的咽不下！"

此时的冷雅一涨红了脸，一副根本劝不住的样子。囊中羞涩的杜斌为难得都想找一条地缝钻进去了。

他恶狠狠地又瞪了一眼南宫骁，等着南宫骁来解围。

南宫骁当然理解杜斌的难处，但表现出了一副事不关己高高挂起的样子，根本不搭茬。

杜斌实在没办法，只好小声朝冷雅一说道："我朋友出价五万呢！我看根本不值。别较这个真了，没必要跟钱过不去。再说，万一真是别人给你挖的坑呢？"

"是坑我也跳，五万很贵吗？我出六万，图个吉利数字。"冷雅一说。

杜斌腿肚子都软了。

幸好冷雅一说完这句话以后，不由分说地就将手机凑到二维码前扫了一下，用微信转账的方式，把钱转到了摊主的手机里。

摊主或许从来没有遇到过这么豪横的强买的主，愣在那儿了。

等交易成功后，冷雅一又像是川剧变脸似的，朝着南宫骁既顽皮又略带挑衅地说道："下次千万别让我再在这儿碰上你，要不然，见你一次搅黄你一次，哼！"

南宫骁一脸苦笑地看着杜斌，耸了下肩膀摊了一下手，一副无可奈何的样子。

离开地摊后，杜斌才朝扬扬得意的冷雅一说："这明明就是我朋友和那摊主现挖的一个坑，做的一个局，明眼人都能看出来，就你偏朝坑里跳，你这是图啥？找刺激？这冤大头让你当的……"

冷雅一却说："我乐意。我就是想看你那副尴尬的样子。刚才挺尴尬的吧？"

冷雅一一语中的，搞得杜斌再次尴尬得不行。他朝冷雅一说道："原来你自始至终是冲着我来的啊？我跟你无冤无仇的……"

"你以为呢？不过我可要警告你，我可是处在事实婚姻中的女人，并不是单身，如果你真的想撩我的话，也许……付出的成本会很大！你得有这样的心理准备。"冷雅一突然话锋一转，一本正经而且单刀直入地朝杜斌说道。

杜斌被冷雅一的这句话弄得不知道说什么才好了。

原本信心满满的杜斌一下子气馁到了极点，想追冷雅一的想法也就此减弱了很多……

第六章 好久不见

和冷雅一的这场从健身馆认识到酒吧再至鬼市的邂逅，杜斌唯一捞着的好处就是那个在古城墙下的世纪长吻。随后，冷雅一就像是人间蒸发了一般，杳无音信，留下的手机号，也一直处于关机状态。

于是，在很长的一段日子里，杜斌都是靠着回忆过活，人也变得无精打采恍恍惚惚的。而能够让杜斌回忆的那几个片段，也是短暂得不能再短暂，根本不足以慰藉杜斌空虚寂寞的心灵。

情感这玩意儿就是这么可怕，没点着它就罢了，一旦点着了却没有燃透，让它闷在心里是会冒烟的！处在这样一个浓烟滚滚烟熏火燎的情感世界里，不被熏死也会被闷死！

而杜斌的情感世界里此时便是浓烟滚滚，整个人被闷得都快爆炸了。

为了让自己从这场情感危机中解脱出来，杜斌采取了自虐式的自我救赎，他甚至连南宫骁也不再联系和理会，每天近乎机械地上班下班，然后就是把自己关在出租屋里打沙袋。打累了歇，歇够了打，剩下的时间就是睡觉。

不过，事情也挺蹊跷的。在杜斌不和外界联系的那段日子里，南宫骁居然也不主动联系杜斌。以前，只要杜斌有一个星期没有联系南宫骁，南宫骁就会主动找杜斌，或者约杜斌陪他逛逛古玩市场，或者上酒吧消遣消遣。

在这座古城里，两个人的关系虽然说不上有多瓷实，至少也算得上是走得比较近而且能说得上几句知心话的那种关系。

等到南宫骁主动打电话联系杜斌，已经是三个月以后了。

当看到手机上显示"水心斋"三个字的时候，杜斌心里一度还愤愤不平，觉得这个南宫骁还真是有点不够意思。

当一个人处在人生至暗时刻的日子，是多么需要一个朋友为他打开一道门或者推开一扇窗啊！可是，这样的朋友他娘的就是一个也没有出现。

而在西安这座古城里，最应该在这个时候出现的朋友就是南宫骁。偏偏，这家伙也没有出现。所谓的塑料朋友也不过如此吧。所以，心里极其不平衡的杜斌瞟了一眼手机上显示出的"水心斋"几个字，故意让手机响了足足有六七秒，然后狠狠地摁了拒接键。

但是马上，手机的来电提示音又响了起来，"水心斋"三个字的来电显示又出现在了杜斌的手机屏幕上。杜斌这才意识到南宫骁也许是真的找他有事，似乎还很急。有怨气归有怨气，朋友遇到事儿了，该帮还得帮。

杜斌接通了南宫骁的电话，没等开口，南宫骁那边就兴师问罪地说道："你小子挂我电话干什么？"

杜斌挑衅地说道："这是我的基本权利，想挂就挂了。"

"你这么久不给我打一个电话，你还有理了？"南宫骁在电话那边吼道。

"你也没给我打一个电话啊！"杜斌反驳道。

南宫骁这才呵呵笑道："我知道你这段时间在跟自己较劲，所以就不好打搅你。那股劲儿憋得挺难受吧？呵呵……沙袋打烂不止三个了吧？真没出息，你拿个沙袋撒什么气？堂堂一个健身馆的著名教练，要模样有模样，要身段有身段，要精力有精力，手上资源一抓一大把，你干吗要较这个劲儿？'沉舟侧畔千帆过，病树前头万木春'，这个道理你不懂？该！呵呵……"

"别拱火！我乐意为一个人守身如玉！"杜斌应道，"有事儿说事儿，别在那儿幸灾乐祸的，不然我挂了！"

"你先别挂啊！真有事——"电话那端的南宫骁急忙说道。

"说！"

"电话里说不清楚，还是深蓝酒吧。尽管我知道那是你的伤心地，不过，万一……"南宫骁在杜斌伤口上撒盐地说道。

杜斌双眼冒火地挂断了南宫骁的电话。南宫骁这家伙太可恶了！杜斌心里愤愤地骂道。但是该赴的约还得去赴，毕竟南宫骁找他是真的有事。

这回，是南宫骁在深蓝酒吧早早地恭候着杜斌了，而且始终保持着笑盈盈的谄媚相，一副迎合巴结的样子，就好像有一个天大的秘密故意要吊杜斌胃口似的。

只是在杜斌看来，南宫骁越是用这种笑盈盈的迎合态度面对他，就越是有问题。

无事献殷勤，非奸即盗！杜斌心里警醒着呢。

于是杜斌阴沉着脸，冷眼瞟了南宫骁一眼，说："有话就说，我还有事呢！"

南宫骁不温不火地笑道："您有气别先朝我撒，一会儿有您撒气的地儿。"

"别废话，说正事。"

"正事就是你信我刚刚跟你说的话。"

"不说正事我走了。"说着杜斌起身就要离开。

而当他刚站起来，眼神不经意间扫了一眼，立马就聚焦在某处并瞪直了。他甚至怀疑自己是不是在做梦。因为，一个身影此时恰到好处地出现在了酒吧的门口。

是冷雅一！

杜斌抬手使劲揉了下眼睛，定睛再看，确实是冷雅一，而且正朝他和南宫骁这边走过来。杜斌暗觉蹊跷，转脸看着南宫骁。

南宫骁一脸坏笑地朝杜斌说道："别看我，看那儿。明人不做暗事，我给搭的鹊桥，哥们儿我够意思吧？"

当杜斌重新看向冷雅一的时候，一颗小心脏禁不住扑通扑通地跳起来，鼻子泛酸，眼睛竟然也有些湿润了。

等冷雅一站在杜斌的面前后，南宫骁站起身，说道："你们聊，我就不当你们的电灯泡了。"说完很绅士地走出了酒吧。

杜斌脑子犯着迷糊，看着冷雅一，居然忘了朝冷雅一打一声招呼。

明眸皓齿的冷雅一朝杜斌落落大方地说道："怎么几个月不见，就像换了个人似的，恹恹的，好像还瘦了些……"

杜斌这才呃了一声，说："这几个月你怎么招呼也不打一个，电话也关机？"

冷雅一咯咯笑道："我的电话关机很正常啊！我留给你的那个号码随时都有可能处在关机状态的。我只是没有告诉你而已。"边说边落落大方地坐下来。

杜斌一时间语塞了。

后来杜斌才知道，是南宫骁通过他朋友圈里的各种关系，才得到冷雅一的联系方式，并把杜斌的精神状态告诉了冷雅一，动了恻隐之心的冷雅一这才答应在深蓝酒吧见杜斌一面。

听了事情的始末缘由，杜斌没有说话，埋着头抽着闷烟。冷雅一用忧戚的眼神盯着垂头丧气的杜斌。接连狠抽了几口，杜斌才说："你今天来是想告诉我……我没有权利爱……喜欢你？"

"对！"冷雅一很干脆地说，"趁着还没有开始，把我忘了。"

"可是我……"

"没有可是，杜斌。我记得那天我跟你说过的，如果……你想撩我的话，你付出的成本会很大。"

"可是我愿意付出！"杜斌抬起头，打断冷雅一的话，眼神执拗而且迫切地盯着冷雅一。

"你拿什么付出？就凭你是一个健身教练？你就真的从来没有怀疑过我的背景和真实身份？"冷雅一盯着杜斌执拗的眼神，问道。

杜斌愣了一下，支吾道："你的背景和真实身份？对不起，我不大明白你说这话的意思……"

"南宫骁没有告诉你？"

"他怎么会告诉我？难道你们早就认识？"杜斌先是一愣，然后问。

冷雅一绝美的脸上露出一丝神秘的笑，接着说道："他怎么会早就认识我？他在帮你联系我的过程中，是从侧面对我有了一些了解而已。而你，和南宫骁比起来，就缺了这份心眼儿，只会把自己关在那间出租屋里自己跟自己较劲……"

"我不是不想联系你，我比谁都想联系上你，可是……"

"我说的不是这个意思。我的意思是——杜斌，别陷进来了！你越是这样，我越是担心和害怕。"

"担心和害怕？你担心害怕什么？"杜斌的眼神变得越加执拗，同时也越发疑惑和不解。

这时，冷雅一的眼神不经意地朝酒吧的门口瞟了一眼，脸上的神情露出一丝慌张，紧接着站起身，朝杜斌说道："我不跟你说了，我得走了。"边说冷雅一边急着要迈腿离开。

杜斌心里顿时起了急，一把拽住冷雅一的手，急切地说道："你……"

而冷雅一很避讳地甩开杜斌的手，快步朝酒吧的门口走去。

杜斌脑子里一头雾水，一时间反应不过来究竟是哪个环节出了问题，愣愣地坐在原处，没有了任何动作，只能目送冷雅一走向酒吧门口。

这时他才发现，酒吧的门口，似乎多了两个来者不善的身影。冷雅一走出酒吧，两个人影也如影随形般地跟了出去。

杜斌脑子里瞬间才反应过来，出了门的冷雅一会不会被这两个人绑架或者……

杜斌来不及细想，站起身来，疾步跟了出去。

跟出巷子口，杜斌看见冷雅一径自上了一辆早已经候在巷子口的库里南，紧跟在她身后的两个人也上了同一辆车。

然后，这辆库里南载着冷雅一绝尘而去……

杜斌孤零零地站在巷子口，足足愣了有几十秒钟，才想起拨南宫骁的电话。此时的南宫骁在杜斌的心目中就是一根救命稻草。

而南宫骁就像是在候着杜斌给他拨电话似的，电话一拨通南宫骁那边就接了。

"你在哪儿？"杜斌急火攻心，对着手机说道。

"我在哪儿？你往对面看啊。"电话里的南宫骁说道。

杜斌转过脸朝巷子口的对面看去，南宫骁居然就站在对面的一棵老槐树的树荫下，一脸坏笑地看着他。

杜斌挂了电话，转身向深蓝酒吧走去，南宫骁也紧跟上去。

酒吧里，杜斌再也按捺不住心里躁动起来的那股怒火，朝南宫骁低声吼道："你究竟在跟我玩什么鬼把戏？合着伙地来逗我玩儿吗？我可告诉你，南宫骁，你别把我逼急咯！逼急了我逮谁咬谁！"

南宫骁冷眼看着气急败坏的杜斌，皮笑肉不笑地说道："你冲我叫嚣个啥啊！你的人被别人掳走了，朝我吼什么？你也看清楚了，接走她的车是库里南！你连个电动两轮车都没骑明白，你拿什么跟人家去争，去抢？醒醒吧，蠢货！"

杜斌顿时被南宫骁的话给刺激得清醒了，怒目圆睁地瞪着南宫骁，直喘粗气！南宫骁却皮笑肉不笑地看着杜斌。

"可是她就不该招惹我！"杜斌狠喘了一阵，愤愤地说道。

"是你招惹的人家还是人家招惹的你？你不能一点道理都不讲，对不对？当真鬼迷心窍了，逮谁咬谁了？还歪曲事实乱咬上了。"南宫骁冷声说道。

"可是……"

"没有可是！一句话，忘掉她！你还是你，她还是她。你们本来就是两个不同世界的人，你凭什么要去追人家？别做梦了，该醒了！"

此时的杜斌就像是遭受了一场重大打击，人一下子就萎靡了下来，像个失魂落魄的落水鬼似的，沮丧到了极点。

突然，杜斌抬起头，眼神变得烁烁放光，盯着南宫骁，瞳孔里就像是有火苗子在蹿动。

见杜斌用这样的眼神盯着自己，南宫骁一下子变得紧张了，说道："你用这种眼神盯着我干什么？"

"你上次跟我说的那件事，还作不作数？"杜斌问道。

"我上次跟你说的哪件事？"南宫骁不明就里。

"你手机上储存的那张照片——九幽蛇杖。"

一听杜斌说这话，南宫骁慌忙朝周围看了一眼，压低嗓门对杜斌呵斥道："你能不能小声点，害怕有谁听不见啊？"

杜斌不依，但还是把声音压低了，说道："我就问你还作不作数？"

南宫骁见杜斌追问得这么执着，只好说道："作数！怎么不作数？还是当初我给的条件……"

"作数就好。这单生意我接了！"杜斌语气坚决地说道。

南宫骁却说："你可得想清楚了，我可从来没有强迫过你。我给你介绍的这笔业务，那可是上船容易下船难……"

杜斌这时伸出了手，眼神执拗地盯着南宫骁。南宫骁笑了笑，和杜斌击了一掌……

击过掌后，杜斌对南宫骁说道："那么……你现在就把冷雅一的联系方式给我……"

南宫骁很干脆地拒绝道："抱歉，我不能给你。"

"为什么？"

"我得守信用。"

"守信用？什么意思？"

"我答应了冷雅一的。"

"可是……"

"没有可是那是的。杜斌，先做完你接下的这单业务再说吧。你也看见了，甚至也刚刚经历过了，男人要是兜里没个仨瓜俩枣的，就不配拥有……说爱情有点矶碜，就直接说女人吧。你现在根本就不配拥有女人！所以，你还是把钱先挣到手再说吧。"

杜斌被南宫骁说得哑口无言，只能瞪着南宫骁。

"那么……我们今天的谈话就此结束，明天等我电话？"

杜斌还是瞪着南宫骁，没吱声。

"脑子还是没有转过弯？我都懒得理你。这种事，还是自己消化去吧，谁也帮不了你的。"扔下这段话，南宫骁起身离开了酒吧……

第七章　初次交锋

杜斌和冷雅一这一次久别重逢般的见面，虽然见面的时间非常短暂且仓促，但是，在杜斌的内心，却像是吞下了一粒起死回生的灵丹妙药。

杜斌一下子就恢复活力了，身体里的每一个细胞仿佛也一下子活络了起来。至少，他知道自己该朝着什么方向努力了。

满血复活的杜斌要做的第一件事就是炒了健身馆老板的鱿鱼，然后窝在出租屋里等南宫骁的电话。

等待一个人的过程同样是备受煎熬的。在这样的等待中，时间的流逝变得如同绿皮火车似的，沿着不可能改变的轨迹慢悠悠地朝前推进。

杜斌等同于一头被困在出租屋里的野兽，就指望着南宫骁打来的电话把他从出租屋里拯救出来。越想指望越是指望不上。杜斌的手机就像是睡着了一般，连一声短信提示音都没有。

一直等到下午三点，沉寂了很久的手机终于响了。躺在床上睁着眼睛正胡思乱想的杜斌就像是触电一般从床上弹起来，然后抓过手机。手机屏幕上显示的果然是"水心斋"仨字儿。

杜斌迫不及待地滑动了接听键，朝着手机说道："等你一天的电话了……"

南宫骁在电话里呵呵笑道："赶紧出来吧，在你小区的大门口了。"

杜斌租住的小区是失地农民的搬迁小区，处在城乡接合部的位置，房租相较城里而言要便宜一些。因为是政府统一规划的安置小区，物业管理也基本上过得去，租住环境也凑合，算得上物美价廉。

杜斌急匆匆地来到小区大门口，南宫骁果然开着一辆军绿色的北京牌212吉普车候在那儿了。212吉普经过了一些个性化的改装，行李架、防滚架都有，显出几分文艺老炮座驾的调调。而南宫骁则戴着一副夸张的墨镜，一副文艺青年的打扮。车和人相得益彰，停在小区门口有点吸引人的眼球。

杜斌上了车，朝南宫骁嘟嘟囔囔地抱怨道："你就不能打扮得正常点？这里是城乡接合部，小区里住的一大半是原先的农民，眼光和见识没你想的那么开放和前卫，在跟我玩儿另类呢？"

南宫骁不理会杜斌，知道这小子心里有怨气要找地儿撒，一脚油门，212便朝前面蹿了出去。这几万块钱的国产玩意儿居然还有推背感！

"我们上哪儿？"杜斌朝南宫骁问道。

"直接到成都去见一个人，线索都在那儿。"南宫骁说。

"成都？你怎么不早说，整得一点准备都没有。至少我得带几件换洗衣服和洗漱用品吧？"杜斌吃惊地抱怨道。

"你说的这些零零碎碎的东西，后备厢都给你准备好了，不用你操这份闲心。"南宫骁说道。

成都，同样是文化沉淀极其厚重的一座历史文化名城，距离古城西安七百多公里。

因为整个行程需要十多个小时，所以听说这一趟的目的地是成都之后，杜斌不再过问任何事情，坐在副驾驶上闭眼睡觉。

等到杜斌被南宫骁叫醒，南宫骁已经将车停在了一个陌生的环境里，并熄了火。

浑浑噩噩的杜斌有些犯迷糊地问南宫骁："到了？"

南宫骁骂骂咧咧地说道："我疲于奔命地长途奔波，你小子倒好，睡得跟死猪一样，还打呼噜流口水的。我怀疑你小子这趟出门，不是出来跑业务的，是出来补瞌睡的！"

杜斌不好意思地朝南宫骁笑道："这一觉还真的睡美了，梦都没有做一个。其实，按道理来说，冷雅一是该到梦里来跟我见上一面的……"

"你就别惦记冷雅一了，先做完这单业务再惦记吧。就是这单业务做下来，你小子还不一定有资格。"

"你答应我的酬金是八百万呢！八百万还不够资格？这冷雅一究竟是什么来头？"杜斌故作吃惊地问道。

南宫骁看了杜斌一眼，神秘兮兮地笑了一下，颇带揶揄地说道："也对，八百万酬金到手，你也可以去买一辆库里南了，呵呵……"

"我为什么非得要去买库里南，我以后就不能跟着你干吗？多干几单这样的大业务，就可以光明正大，明媒正娶了。"

"你小子有追求，呵呵……但你别忘了，人家冷雅一现在可是有夫之妇！"

"这不构成我追求她的障碍！"

"行！你就是一副恋爱脑，一个堂堂七尺男儿，就没有更大更高的追求？"南宫骁问道。

杜斌笑道："从美色方面来讲，冷雅一应该就是美女界的天花板了吧？这还不算高大上的追求？"

南宫骁懒得跟杜斌扯嘴皮子，推开车门下车去拿行李下来。

同样下了车的杜斌这才发现，南宫骁是把 212 吉普车开进了一个陌生的院子里，院子里的一个角落里，只有一盏太阳能的路灯昏昏欲睡地亮着，光线恍恍惚惚的，有点暗淡冷清。

杜斌一脸懵懂地问："我们真是到了成都了？我怎么感觉还没走出西安的地界儿。这一觉我真睡了十来个小时？"

"你先看看你的手表再说话。"南宫骁边把车上的行李拿下来边说。

杜斌这才抬手看了一眼手腕上的劳力士绿水鬼手表，果然是凌晨两点半。南宫骁驾驶着北京212奔袭了足足十几个小时。难道自己真在212的副驾驶上一觉睡了十几个小时？

杜斌朝南宫骁说道："你是不是在我喝的矿泉水瓶子里下安眠药了，不然我怎么会一觉睡那么久？"

南宫骁只是很诡异地笑了一下，没有说话。

"那这又是哪儿？怎么感觉不像是城里？"杜斌又问。

南宫骁说道："我朋友的一个院子，他开着辆房车长年在外自驾游，只在过年的时候提前个把月回来，在这个院子里住上一阵子，平常都是空着的，雇了个当地阿姨固定每周打扫一下。"

"你的朋友还真是一个逍遥派！这种日子过得行云流水一般，是个有钱的主吧？"杜斌颇为羡慕地说道。

"这跟钱没多大关系，这跟生活态度有关系。对了，我得休整一下，现在是凌晨快三点了，我们下午再出去办事……"南宫骁说道。

杜斌和南宫骁各自住进了院子里的两个房间。

南宫骁也许是开车开得疲倦了，拿了自己的行李进到房间内，关上房门就睡死了过去，一会儿的工夫呼噜声就打得震天响。此时的杜斌却没有丝毫睡意，因为该睡的觉已经被他一路上睡完了，所以只好打开房间里的电视，边玩手机边看电视。

一直到下午三点，南宫骁终于打开房门，伸着懒腰走进了杜斌的房间。杜斌正在房间里汗流浃背地做着俯卧撑，浑身的腱子肉看得南宫骁心生嫉妒。

两人胡乱地弄了点吃的，然后就开上212吉普车出发了。

南宫骁载着杜斌走的是一条野路。对于这条野路，南宫骁显然是轻车熟路，看来不止一次驾车经过了。212吉普车载着杜斌颠簸了足足有两个小时，终于到了一个叫雷坪镇的小镇上。

小镇的地理位置比较偏僻，处在丘陵腹地的一个凹凼内。因为地处偏僻，雷坪镇依旧保持着陈旧古朴的味道。小镇的两边还是上百年的老式铺面，小青瓦盖顶，木结构的墙壁和廊檐，甚至还出现了白漆写的供销社的字样。这都是曾经的历史见证。

　　改革开放这几十年的大浪淘沙，似乎没在这里整出多大动静。时间流淌到这儿，就像是被沉淀下来了一般。

　　或许不是赶大集的日子，也或许是赶大集的人早就散场离开了，古朴的街面上并没有什么行人，显得有点冷清，就连两边的铺面也基本没有生意，两边的廊檐下，开铺子的小老板三五个凑在一起，有的玩起了纸牌，有的打起了麻将。

　　南宫骁驾驶着这辆带着浓浓文艺青年气息的吉普车的闯入，倒是引来这些人好奇的目光。

　　这时南宫骁才开了手机导航，跟着导航的指引，穿过一条穷街陋巷，终于在一处停了车。

　　穷街陋巷的背后是一条十几米宽的古河道，一道石拱桥拦住了212吉普车的去路。南宫骁将车停在河边一块稍显开阔的地方，像是一户人家空出的院坝。

　　院坝的一边是河，一边是住户。临河的一边长着一棵上百年的大榕树，将整个院坝遮住了一大半，很葳蕤。院坝做了硬化处理，住户的阶沿下用红砖砌的小花坛里种着长满了虫子的蔬菜，一棵棵半死不活病恹恹的样子。

　　阶沿上，一个大热天也穿着一件夹袄的老人坐在一个塑料凳上打盹，头耷拉得都快到膝盖上了，听见杜斌和南宫骁从车上下来，也只是半抬了下头，睁眼看了两人一眼，就又将头垂下去，如同花坛里长满虫子的那几棵蔬菜，仅有的一点生机也快要消耗殆尽了。一条毛色肮脏的长毛宠物狗蜷缩在老人的脚边，朝着杜斌和南宫骁低吠了两声。

南宫骁走过去，朝老人说道："老人家，我们的车借你这地方停一会儿，办点事就走。"

没想到老人却朝南宫骁抬起瘦得皮包骨头的右手，伸出食指，说道："十块钱。"

听了老人的话，南宫骁这才发现身上没有现钞，颇为尴尬地看了杜斌一眼。杜斌正好身上带了现钞，但是没有零钱，只好从钱夹里取了一张百元面额的钞票递到南宫骁的手上。

南宫骁把钱递过去，老人顺手就接了，杜斌和南宫骁甚至没看清楚他的眼睛睁没睁开。

"老人家，我给你一百块，不用你找了。"南宫骁朝老人说道。

听说是一百块，老人似乎来了精神，勾着的头终于抬了起来，眼睛也一下子睁开了，还清花亮色的，并不迷糊。

抬起头的老人举着百元钞票，对着光线照了照，又抖了抖，才说："什么最亲？还是他老人家最亲！不过，我才不会多要你的，一会儿你们回来，我让我孙子找你们九十。"

把钱给了老人，南宫骁和杜斌继续跟着手机导航过了石拱桥。

石拱桥的护栏上长着斑驳的青苔，原先该有的龙头之类的装饰物件已经不见了踪迹，就连雕花的立柱也缺失了几根，没有看出被暴力捣毁的痕迹，显然是被人取走的。

过了石拱桥，两人又顺着河边朝下游走去，走了二三百米，拐了一个弯，一个破败的院子终于出现在了两人的眼前，而导航也提示两人目的地到了。

在破败院子前的空坝子上，一个穿着有些邋遢的男人坐在一个石磨盘前，煞有介事地在整功夫茶。

这个男人看起来也就三十来岁，自然卷曲的头发乱得没有头绪，耷拉下来几乎盖住上半张脸，这就使得他瞅杜斌和南宫骁的眼神显得有点诡异和阴森。

也许是乱得没有头绪的头发确实碍着了他的视线，他抬手拢了一把头发，才开始用正眼瞧杜斌和南宫骁。

"你就是尤坤？"南宫骁直接朝这人问道。

被南宫骁唤作尤坤的男人并没有马上回答南宫骁的话，更不看着南宫骁，而是看着杜斌，随后站起来，才说："你们就是从西安连夜赶过来的？"

南宫骁说："是的，刚才让你加微信的。"

"坐。"尤坤朝杜斌和南宫骁说道。

尤坤在石磨盘旁边放了几个老石礅，是原先木结构房子用来垫木柱子的。杜斌和南宫骁就着石礅坐下。

南宫骁开门见山地说道："我就直接说吧，你能不能现在就带我们去见物主？"

尤坤笑了一下，说："不能。"尤坤的笑显得有些腼腆，但这种腼腆又带着落魄者的无奈和沮丧。

"为什么？在电话里沟通的时候，你答应带我们去见物主，然后我们才连夜赶过来的。"

尤坤又是腼腆地一笑，说道："是啊，我是答应带你们去见物主，可是我没说是哪天带你们去啊。而且，第一，我还没跟物主沟通，第二，现在物主人也不在家，去也是白去。"

尤坤说出的理由无法反驳，南宫骁有点无奈地看了杜斌一眼。

这时尤坤已经重新坐下，分别给杜斌和南宫骁斟了一杯茶放在面前，接着又说道："既然风尘仆仆地从西安那么远的地方赶过来，就先歇一会儿，心平气和地喝一会儿茶。俗话说，好婆娘不在床上，好事情不在忙上，久等有席坐，是不是？事缓则圆嘛……"

南宫骁皱了一下眉头，似乎懒得和尤坤这家伙交流，也或者是尤坤的食言让他有点不舒服，于是看着杜斌，把交流的主动权交给了杜斌。

杜斌心领神会，说道："坤哥，你看这样子行不行，你现在就跟物主联系一下，看我们可不可以过去当面跟他谈。你放心，这中间的规矩我们绝对是懂的，过后该给你多少中介费就给多少中介费，翻墙的事，我们不会做的。"

尤坤却问道："你们两个哪个是买主？"

"既然是我们两个过来，买主就肯定是我们两个人啊。其实你完全没有必要那么小心翼翼的，我不是已经跟你说清楚了吗？中介费我们一分都不会少你的。你收你的中介费，我们买我们的货。"杜斌已经进入角色，又说道。

没想到听了杜斌的话后，尤坤夸张地摆了摆手，说道："算了算了，这些话我听得多了，吃亏也吃亏在这些鬼话上。你看我现在的这副样子，都躲到这个犄角旮旯里混日子了。这个房子还是我捡一个五保户的房子用来暂时栖身的。我这一辈子吧，吃亏就吃亏在太相信朋友的口头承诺了，结果咋样？婆娘跟朋友跑了，钱也被朋友骗干净了，到最后，做亲子鉴定，七岁儿子也不是我的。"

一听尤坤这些话，杜斌差点没有扑哧笑出声来。

尤坤接着说道："其实，在你们来我这儿之前半个小时的样子，西安那边已经有人给我打过电话了，说有人要来跟我说拐杖的事，对了，西安那边给我打电话的是个女的，听声音应该是个年轻的美女，怎么会是你们两个五大三粗的大老爷们过来呢？"

杜斌说道："这个有什么好奇怪的？我们来之前，给你打电话的是我们的老板，我们是过来打前站的。起码要达到一手交钱一手交货的程序上，我们老板才可能亲自出面。你要是不相信我说的话，我们现在就可以拨通我们老板的电话，你跟她亲自说话，看电话里面说话的人是不是给你打电话的人。"

尤坤说道："这个倒没有必要。退一万步说，你们即便不是那个打电话的人委派过来的，只要出得起盲拧（钱），我一样给你们牵线搭桥。挣哪个的钱不是挣，对不对？而且我看你们的派头，也不像是个跟班的，说不定你们是那个女的幕后老板也未可知，你觉得我说得对不对？"

杜斌笑道："你这样说，对，也不对。"

"这话怎么讲？"

"我们确实也算是生意场的老板，你一眼能看出来，说明坤哥你是阅人无数，见过世面的人。但是，要买那根拐杖的人，还确实是打电话的这个女的……而且这个女的名字我也可以告诉你，她叫……"杜斌故意停顿了一下，望着南宫骁。

正听着杜斌和尤坤在话术上交锋的南宫骁，根本没料到杜斌会在这个时候突然将他一军，把矛头直接朝向了他，一愣神，根本来不及反应，只能接过杜斌刻意留给他的话茬说道："她叫冷雅一，对不对？"

"对，确实是叫冷雅一。你们这样一说，就完全对上了。呵呵……"尤坤笑道。

而听了南宫骁嘴里说出"冷雅一"这个名字，杜斌却一下不淡定了，他直视着南宫骁，眼神一下子变得犀利了。

南宫骁露出一丝尴尬，不敢跟杜斌的眼神接触，闪烁着躲开了。杜斌这才意识到，这里面也许有很深的猫腻。南宫骁和冷雅一早就认识？他也许是被南宫骁和冷雅一做局了。如果不是有尤坤在场，心里有千万个疑问的杜斌或许早就质问南宫骁了。

"既然对上了，那你就带我们看货，或者跟物主面谈。还是那句话，即使我们亲自跟物主面谈，也不会翻墙，该给你的中介费一分都不会少。"杜斌竭力按住心里蹿腾起来的怒火，朝尤坤说道。

尤坤这时却笑容猥琐地说道："既然你们一直提中介费的事情，那我就先把中介费这事着重说一下，不管最终生意成不成，我们先做到有言在先。"

"你说，有什么要求尽管说。"杜斌说道。

"你们这边的中介费不要当着我朋友的面给，更不要提，这个规矩你们是懂的。"尤坤说道。

杜斌呵呵冷笑道："听你这话的意思，你这是吃了原告还要吃被告。"

一旁的南宫骁这时故意轻咳了两声，提醒杜斌偏离主题的话不要说。杜斌狠盯了南宫骁一眼，眼神带着刀锋。

"看破不说破，何必说那么明显呢？生意嘛——呵呵……"尤坤笑道。

尤坤说了这话以后，怕被人从骨子里瞧不上他，于是又补充性质地朝杜斌说道："其实我原先的处事格局真的不是这样的，说直接点，原先我还是很仗义疏财的。跟你们一样，我也有过钱，不说上千万，资产加现金，大几百万总是有的。哎，俗话说得好，三穷三富不到老，还是怪来钱来得太容易，不知道低调，我要是还像原先那么有钱，不跟你们吹牛，我朋友的事就是我的事，白帮他牵线搭桥又怎么样？哎，人穷志短，马瘦毛长，原先我对这句话一点感觉都没有，现在，临到我这种窘境了，才对这句话深有感触。所以，你们也不要瞧不起我，说什么吃了原告吃被告，我尤坤要是有翻身的一天，你们就知道我尤坤是什么样的人了。对了，你们俩贵姓？只顾着跟你扯闲篇了，忘记问你们名字了。"

"我——杜斌，他——南宫骁。"杜斌抢在南宫骁前面说道。

"行，以后我就管你们俩叫杜师兄、南宫师兄了……"

杜斌感觉这个尤坤也是个话匣子。话匣子一旦打开，就有点信马由缰地收不住，于是说道："尤坤，那我们还是说正事。"

"什么正事？"尤坤冷不丁地反问道。

杜斌被尤坤问得愣了一下，随后说道："带我们去见拐杖的主人啊！"

尤坤却说道："刚才我不是都跟你们说清楚了，我事前还没有跟我朋友沟通过，而且我朋友现在也不在家。"

杜斌和南宫骁有点搞不懂这尤坤在他们面前说的究竟是真话还是假话了。南宫骁皱了下眉头，耐着性子对尤坤说："尤坤，我觉得你还是不相信我们的为人，所以在说话绕我们，对不对？要不然这样子，我现在就通过微信，先转两万块钱给你，你觉得怎么样？我们跑这一趟也是抽出的时间，不想耽搁得太久，还要急着赶回西安。"

尤坤一听南宫骁要当面用微信转钱给他，眼睛一下子就亮了起来，呵呵笑道："南宫师兄，这怎么好意思呢？生意根本不是这样子做的，你也太耿直了点，呵呵……"

南宫骁已经懒得跟这个社会老油条磨嘴皮子，很爽快地通过微信给尤坤转了两万块钱过去。

尤坤边点开微信收钱边虚情假意地连声朝南宫骁说着客套话："南宫师兄，你这样操作搞得我都有点不好意思了，呵呵……"

这时，南宫骁的手机响了。南宫骁看了一眼手机的来电显示，然后就起身，走到远远的地方去接听，边接听电话边朝杜斌和尤坤这边看。杜斌和尤坤也没有再说多余的话，而是等着接完电话的南宫骁过来。

南宫骁的这个电话接听了足足有五六分钟，然后走过来，直接把手机递到杜斌的手上说："冷雅一要跟你说话……"

一听是冷雅一打过来的电话，而且要亲自跟他说话，杜斌感到受宠若惊，甚至有点不大相信这是真的，看着南宫骁，心里的那股一直压着的怒气和怨气顿时就没了。

接过南宫骁的手机，尚且来不及组织起语言逻辑的杜斌气息不匀地朝着手机说道："冷……"

"冷"字是囫囵着说出口的，显得急促而且没有底气，停顿了一下，才温柔地说道："雅—……"

冷雅一没等杜斌把要说的话说出口，便在电话那端说道："杜斌，我知道你现在心里有一万个疑问，但是没关系，过后我都可以给你一个解释的。不过，现在你什么也不要去猜，也不要去想，你唯一要做的就是配合南宫骁，顺利安全地把那根拐杖带回来。我需要这根拐杖，这对我很重要！我现在唯一可以告诉你的是——你是南宫骁力荐给我的，我认同南宫骁的眼力。你愿意相信我给你说的话吗？"

没等杜斌回答，冷雅一已经果断地挂断了电话。

杜斌捏着电话看着南宫骁，内心既意犹未尽又非常不甘。南宫骁面无表情地从杜斌的手里拿过了手机。

而接听了电话的杜斌就像是打了鸡血一般，激动得不行，刚才的那股子怒气和怨气早已烟消云散，心情变得云淡风轻般的爽静，朝南宫骁说道："其实，你和冷雅一没必要搞这一出……"

南宫骁这时却不再理会杜斌，而是朝尤坤说道："尤坤，你看，为了表示我们的诚意，两万块钱我也转给你了，你是不是应该挪个窝，带我们去跟你的朋友见上一面了？生意成不成另说，至少我和杜斌回去，跟我们的女老板有个交代。"

尤坤说："南宫师兄，我就实话跟你说了吧，两万块钱的诚意金我确实是收了。这个我不会不认的。要退，我也不可能再退，我是很久都没有见过这么多钱了，就冲这两万块钱的诚意金，你们就绝对是耿直人。既然你们耿直，我也耿直。我现在就带你们过去。"

第八章　西安来人了

南宫骁和杜斌来到刚才停车的地方，原先坐在阶沿上打盹的老人也许是因为那一百块钱，此刻身子坐得笔直，眼睛烁烁放光，端坐在塑料凳上，等着杜斌和南宫骁。

还没走近，尤坤又打开了话匣子："看到没？这个老贼，原先是连碾砣都敢偷去卖了的角色，现在搬不动了，就跟个老乌龟一样缩在那儿。年轻的时候，在雷坪镇这条街面上可是一霸！大人小孩看到他就像看到瘟神一样，都躲着走。"

听了尤坤的话，南宫骁笑道："那石拱桥上的柱子和龙头是不是也是他偷去卖了的？"

"嘿，你怎么知道的？"尤坤惊讶地笑说道。

"我也是猜的。"南宫骁说。

"除了他，还有谁敢动这个歪心思？十几年前就被他弄去卖了，地方政府拿他也没有什么办法，在派出所关了十来天，就出来了。这家伙是真的敢提菜刀去乡政府砍政府官员的主。别看他现在像乌龟一样缩成一团了，身上的煞气还是在的，周围的人还是怕他怕得很！"尤坤说道。

南宫骁原本打算直接开上车就离开的，坐在阶沿上候着杜斌和南宫骁的老人却大声叫住了他们："呃，你们把找的钱拿去。"说着就将手里早就数好的零钱朝已经打燃引擎的南宫骁晃动。

南宫骁朝老人说道："老人家，钱就不用找了，就当我孝敬您老人家的。"

没想到老人固执地大声说道："那不行，你我一不沾亲二不带故的，你凭什么孝敬我？欠人情的事，我才不干呢！这辈子不还，下辈子做牛做马都得还。赶紧的。"

听老人这么说，南宫骁只好打开车门，走过去从老人手中接过零钱。

老人又朝已经坐上车的尤坤说道："坤子，早知道是你的亲戚停车，我就不收这十块钱了。是你的亲戚吧？"

尤坤很得意地说："我西安过来的朋友，专门来看我的。"

没想到老人却说道："你说什么？西安来的朋友？你个打烂仗的！该不是勾结来盗挖殷家那座祖坟的吧？"

尤坤见老人说话这么直接，根本不考虑他的面子和感受，愤恨地骂道："你就是狗眼看人低！哪天老子发了财，必须请你去吃一顿海鲜，再带你去唱卡拉欧克，先堵住你的嘴，再给你找个年轻小姐，摇死你！"

老人呵呵笑道："坤子，你真要那样害老子，那还说啥呢，老子即便是倒床了，也让庞庭岳这孙子把我扶起来，就是坐上轮椅，老子也去。人在花下死，做鬼也风流。呵呵……"

听了尤坤和老人的这番对话，杜斌也禁不住呵呵笑道："坤哥，没必要这样吧？手段狠了点，呵呵。"

尤坤也笑道："其实我也就是说说而已，别把他安逸死了？其实对庞三爷，我还是打心眼里佩服的。毕竟年轻的时候是个惹不起的角色，要是逢在乱世，庞三爷这种人就是枭雄角色。也是生不逢时，呵呵……"

"你刚说老人叫什么？"已经进挡起步的南宫骁很敏感地问道。

"叫庞三爷啊，真实名字叫庞怀川。知道他全名的人已经少之又少了。我也是无意间看到他的身份证才知道他的真名字的。庞三爷原先是个杀猪的，原先供销社的时候，听说还在屠宰房当过一把手，因为男女关系的原因，被开除了。丢了饭碗又好吃懒做，才做些偷鸡摸狗的事情。也就是些小毛病，人其实还是不错的，年轻的时候比一般的人仗义得多。"

和尤坤正闲聊着，对面有两辆车行驶了过来，前面的是一辆奔驰迈巴赫，后边的是一辆路虎揽胜，这排面，在雷坪镇这个偏僻小镇上，已经算是顶天了。

开着车的南宫骁小声提醒了杜斌一句："冷雅一的电话打得还真是时候，看起来还真是来者不善啊！"

坐在后排的尤坤对豪车有种天生的敏锐感，一下子就从后排座站起来，啧啧说道："啧啧……迈巴赫，路虎揽胜，这是哪个大老板衣锦还乡回来示威了？周围没听说出了个这么有钱的主啊？"

杜斌朝将头伸到他耳朵边说话的尤坤说道："你好像对豪车很感兴趣？"

尤坤重新在后排坐定，说道："男人嘛，哪个不想开一回豪车？我这辈子的梦想就是买一辆迈巴赫来开。"

这时，对方的车朝南宫骁的这辆212吉普车摁了一下喇叭，并主动靠边停了下来。由于街面比较窄，212吉普车和这两辆车会车的时候，只能极其缓慢地紧贴着车身通过。

这时，尤坤贴着车窗朝外边两辆车看，艳羡得眼睛里伸出了爪子一般，说道："怎么会是落地炮坐在迈巴赫上的，这人哪儿来的这种人脉？"

"落地炮是谁？"南宫骁朝尤坤问道。

"雷坪镇上的一个地头蛇，带了十几个小弟，成天在街上耀武扬威的。铺面都要给他保护费，蚀财免灾，当打发要饭的。"尤坤说道。

听了尤坤的话，杜斌和南宫骁不由得对视了一眼。而那两辆车里的人似乎对南宫骁的这辆车也很警觉，车内的人都用警惕的目光目送着212吉普车从他们的旁边缓慢地移动过去。

"我们的外地牌照引起对方的注意了。"南宫骁说。

听了南宫骁的话，尤坤不解地问道："落地炮这伙人跟我们这辆车是不是外地牌照有什么关系？"

南宫骁说道："尤坤，如果我告诉你，落地炮这伙人是来找你的，你相信吗？"

尤坤一听，颇有点不信，说道："这伙人是来找我？怎么可能？我跟落地炮平时没有打过交道的。"

于是南宫骁故意开玩笑般地朝尤坤笑说道："尤坤，你在刚才那个破屋里栖身，应该不会是躲债吧？"

尤坤停顿了一下，才不好意思地讪笑道："也不全是为了躲债，实在是大城市里面没有我的立足之地了。一分钱难倒英雄汉，我连房租都欠房东好几个月了，所以只有逃难回来了。"

突然，尤坤一拍脑门，恍然大悟般地说道："呃！落地炮邀约的这伙人，会不会跟你们一样，也是冲着那根拐杖来的？"

听尤坤说出这句话，杜斌意识到这家伙终于把话题扯到正道上来了，于是转过身，朝尤坤问道："怎么？落地炮也知道这根拐杖的事？"

尤坤说道："可能也就只有他知道这根拐杖的事……"

"你说说具体情况。"杜斌催促道。

尤坤说："那天喝酒喝大发了，我给这小子看过这根拐杖的照片……"

听了尤坤的话，杜斌不由得说道："你知不知道有句话叫祸从口出？"

尤坤有点气馁地说道："现在看落地炮的这个阵仗，我觉得也有点。"

"不是有点，而是确实是！"杜斌说道。

尤坤却说："但是拐杖又没在我手上，就算是落地炮找到我，也是白跑，谁让你们抢得先机了呢？"

"白跑一趟？你倒是说得轻松！既然落地炮纠集了这伙人来，你觉得他们不拿到那根拐杖，会善罢甘休？"南宫骁冷笑了一声，说道。

尤坤沉默了一下，说道："你说的话也在理，这落地炮，平时交的朋友都是些不三不四的人，什么烂钱都吃，我要是落在他手上，说不定还真的比落在你们手上惨。"

"尤坤，我觉得你说话有点词不达意了，我们和你是合作关系，你怎么能说是落在我们手上？"南宫骁纠正道。

尤坤立马讨好般地朝二人赔笑道："对不起，对不起，南宫师兄，是我口误了，是我口误了，呵呵……"

南宫骁这时用很严肃的口吻对尤坤说："尤坤，如果你不想这件事节外生枝惹出更多的麻烦，我觉得你现在就带我们去见拐杖的主人，留给我们的时间真的不多了。刚才你也看见了，那两辆车也是从西安那边赶过来的。"

尤坤稍微犹豫了一下，终于下了决心般地说道："行，那我现在就带你们过去，但我不敢保证能马上见到物主。"

在尤坤的指引下，吉普车开进了一条尚且没有铺装水泥路面的机耕道。因为没有来得及铺装水泥，又赶上长时间没有下雨，所以车在这样的路面上行驶时，带起的尘土就像是刮起了小范围的沙尘暴一般。

这时南宫骁的手机响了，是冷雅一打过来的，南宫骁接了，向冷雅一简单地汇报了一下这边的情况，冷雅一就挂断了电话。

就在南宫骁打电话的过程中，车后边有人摁起了喇叭，通过后视镜，看见有一辆黑色帕萨特轿车探出头来，想要超车过去，但是这么窄的机耕道，超车是根本不可能的。南宫骁将车直接开下了路基，给后边的车让出了道。

从后边超车上来的车，把车窗放下来，开车的是一个脖子上有刺青的年轻人。

南宫骁把车开回道上，继续行驶，拐了几道弯，又顺着一条沟渠开了大约半里路，终于来到了尤坤所说的目的地。

是一个农家乐形式的土菜馆，而刚才超车的那辆黑色帕萨特也在，稳稳地停在土菜馆的大门口……

第九章　为爱杀人

土菜馆的大门口，坐着一个六十多岁的老头，正眼神警惕地看着从车上下来的杜斌和南宫骁。

下了车的尤坤朝着坐在门口的老头喊道："胡大爷，我西安过来的朋友，喊胡丽琴亲自出来接待一下呀！"

也许是杜斌和南宫骁下车的气场真的把老头给镇住了，他朝尤坤应了一声，就转身进了门。

尤坤并没有径直把南宫骁和杜斌朝土菜馆的大门里领，而是站住，等着人来招呼他进去，像是要故意摆一下谱。

趁着等人出来接待的工夫，尤坤又煞有介事地给杜斌和南宫骁介绍起这个土菜馆的来龙去脉。

南宫骁耐着性子听了几句，打断尤坤的话说道："尤坤，我们可不是来喝酒吃饭的，我提醒过你的，我们的时间真的不是很多。"

尤坤说道："我知道。我带你们要找的人就是胡大爷的女儿，这儿的老板娘——胡丽琴。我们喊顺嘴了，都喊她狐狸精。其实人比狐狸精正派，也比狐狸精还漂亮。看到本人，你们就知道我没吹牛了。你们要买的拐杖是她未婚夫的，听说是家传的，并不在她手上。"

尤坤的话音刚落，就见一位打扮得很时尚的三十来岁的女人从院子里风风火火地走出来，果然如尤坤说的那样，很漂亮。

女人见了尤坤就热情地招呼起来："坤哥，今天是哪股大风把你吹过来了？你可是好久都没有照顾我的生意了，我昨天还跟人打听你到哪儿发大财去了呢！"女人说话脆生生的，笑起来眼睛呈弯月状，很是灵动可人。

杜斌是在各种场合见过各种美女的人，这个被唤作胡丽琴的女人，无论从五官还是从身材上来评判，都应该算是女人中的上品了。

此时的尤坤却在胡丽琴的面前端起架子，说道："一听这话就是假话。你胡老板能念叨我？我尤坤在你狐狸精的眼中算老几啊？哎！其实也是一直落难，人穷志短马瘦毛长的，所以就不好意思来你胡老板这儿臊皮。"

胡丽琴咯咯笑道："坤哥可真能说笑话，带朋友过来吃饭吗？"

"既是吃饭，也是找你说正事。"尤坤大大咧咧地说道。

胡丽琴一听尤坤说这话，脸上殷勤好客的笑容有了一丝收敛，表情显出了一丝警惕，快速地瞟了南宫骁和杜斌一眼，又疑惑地盯着尤坤。

对胡丽琴故意表现出的反应，尤坤颇为不满地说道："从西安专门赶过来的，谈拐杖的事情。"

听尤坤这么说，胡丽琴脸上的表情变得越发拘谨，忙朝尤坤说道："那请雅间里坐。"然后就快速地转身，把尤坤他们朝门里带。

胡丽琴把尤坤和南宫骁他们带进了土菜馆里的一个僻静雅间里。说是雅间，但和大酒店的雅间比起来，却显得有点大相径庭，甚至显得简陋和寒酸，只能算是提供单独的一个就餐环境而已。

经过土菜馆院子里的院坝时，刚才脖子上有刺青的年轻人正坐在一张餐桌旁打电话，见胡丽琴领着尤坤他们进来，眼神略显诡异地看了他们一眼。

雅间里，胡丽琴朝尤坤抱怨道："你约西安的朋友过来，怎么不提前跟我打一声招呼？"

尤坤辩解道："我是想提前给你打招呼，另外约时间的。可是我这两个朋友事情多，这趟都是抽时间过来的，他们想马上看一下货。"

南宫骁这时抢过尤坤的话说道："胡老板，其实我们早就想过来看货，只是在来之前，觉得还是找圈内的朋友帮忙评估一下稳当点，毕竟西安距离成都也是七八百公里的路程，而且是现金交易，金额也不小。"

正说话间，刚才守在门口的胡大爷推门进来，脸色略显慌张地朝胡丽琴说道："丽琴，你赶紧出去招呼一下，又来了一拨买主，落地炮带过来的，看架势，阵仗不小。"

胡丽琴嗯了一声，露出一丝不安，忙扔下尤坤他们，出了雅间，老头也脚跟脚地跟了出去。

过了一会儿，就听见雅间外边传来一阵说话声，南宫骁走到雅间的窗户边，将掩上的窗帘拉开一道缝，朝外边看了一眼，然后走回来说："看来我们是真的遇上麻烦了。"

原来是落地炮他们也赶到了土菜馆。

杜斌这时朝南宫骁说道："其实也怪你的那辆破212，你说你没事把你的这辆212搞得那么花里胡哨的干什么？在哪儿不是一眼就被人看到？"

南宫骁这时却呵呵笑道："怕啥，兵来将挡，水来土掩，有你杜斌保驾护航，我还有啥好担心的，对不对？"

杜斌调侃地说道："现在可是热兵器时代了，要是对方真的带有火器，我是不顶任何用处的。再说，打架可以，杀人的事儿我可不干。"

"要是为冷雅一呢？"南宫骁随口问道。

"为冷雅一……"杜冰被南宫骁问了个猝不及防，脑子顿时慢了半拍，盯着南宫骁。

南宫骁也盯着杜斌，眼神有点锥心，根本不像是在开玩笑。

杜斌心里有点不大踏实了，朝南宫骁讪笑着说道："为根拐杖，不至于吧……"

"真的至于！杜斌，我还真的不是在跟你开玩笑。"南宫骁依旧紧盯着杜斌的眼睛，表情变得严肃认真，说道。

杜斌这才意识到事情远非他想象的那么简单。虽然他来之前也意识到跟着南宫骁出这趟门，也许会有一些波折，而且有可能是不小的波折，不然南宫骁也不会煞费苦心地把他给带上，但是，他完全没有想到会像南宫骁说的那么严重。

这究竟是一根什么拐杖，竟然会因此有可能杀人？杜斌有了些许的迟疑。

"你犹豫了？"南宫骁根本不给杜斌任何迟疑的机会，有些咄咄逼人地说道。

在南宫骁的步步紧逼下，杜斌一狠心地说道："为了冷雅一，我会！"

"你确定不是一句玩笑话？"

"我确定！"杜斌很认真地说，同时也和南宫骁直视着，眼神刚毅强硬。

南宫骁的眼神这才变得柔和下来，并意味深长地笑了一下，拍了拍杜斌的肩膀说道："但愿这次我没有看走眼。"

而一旁的尤坤却变得紧张起来，朝南宫骁和杜斌说道："等等，你们不会真的……我先申明——要弄出人命的买卖我可不做！"

南宫骁这时鄙夷地瞟了尤坤一眼，说道："尤坤，发财梦可不是你想象的那么好做的。富贵险中求，不是吗？"

尤坤这时站起来，说道："算了，突然听你们说的话那么吓人，我现在就退出。你们的事，我不参与，一会儿有什么话，你们直接跟胡丽琴说，我就不陪你们了。"

"坐下！"南宫骁朝站起身的尤坤命令般地呵斥道，语气又冷又硬。

尤坤顿时被南宫骁的突然翻脸给镇住了，站在当处，没有坐下，但也不敢挪动半步，一脸恐惧地盯着南宫骁。

此时的南宫骁，那副温文尔雅的文艺样子已然不见，取而代之的是一副冷酷的表情。就连杜斌见了南宫骁此时浑身渗透出的气场，也不由得为之一震。

胡丽琴这时推门进来，敏感地发觉包间里的气场有点怪异，疑惑地扫视了包间里的三人一眼，最后把目光落在尤坤的脸上。

尤坤显然是不经事儿的主，内心里所有的惶恐都在他的脸上表露了出来，他就像看见了救命稻草般地看着推门进来的胡丽琴，只巴望着胡丽琴能把他从这间屋子里捞出去，好离开这个是非之地。

胡丽琴却朝尤坤说道："坤哥，你究竟给我带了几拨买主过来？怎么落地炮也说是找你的，他带来的那拨人也是从西安赶过来的。"

尤坤这时一脸懊恼地说道："丽琴，都怪坤哥贪杯误事。那天我把手机里的那张照片也给落地炮看了，但是，你放心，我没有跟落地炮说拐杖在你手上，这点口风还是紧的。"

"拐杖本来也没在我手上。"胡丽琴抢过尤坤的话说道。

"那么，拐杖究竟在谁手上？"南宫骁顺势问道。

胡丽琴却说："今天我们就不说拐杖的事了。如果落地炮也参与到这件事情里面来了，真正的物主我就真的不能跟你们任何一个人说了。既然你们是从西安远道而来的贵客，今天就由我来做东，我们只说喝酒的事情，拐杖的事情过后有机会再说。"

听胡丽琴说这话，尤坤如释重负般地附和道："对对，我也是这个意思，事缓则圆。"

南宫骁这时却呵呵冷笑几声道："胡老板，恐怕开弓就没有回头箭了吧？再说，我们的老板也从西安往这边赶了，我总不至于现在打电话让我老板半道回去吧？"

"你们老板？"胡丽琴不解地问道。

"对。我们老板才是这根拐杖的真正买家，而且听从你们的意思，带现金过来。为了交易的安全，我们只是来打前站的。毕竟这可是大几百万的现金啊！为了筹集到这笔现金，我们老板也是很花费了一番工夫的。"南宫骁说道。

此时杜斌一下子变得兴奋起来，朝南宫骁说道："你是说冷雅一也赶过来了？"

南宫骁没有回答杜斌的话，而是盯着胡丽琴。

胡丽琴显然是经历过大场面的人，她对南宫骁的眼神并不排斥，而是一脸镇定地说道："如果是这样的话，这笔交易也不是不可以进行下去，但是，你们得帮我把外边的那伙人搞定。这笔交易倒是其次，但是落地炮我还不想得罪他。"

南宫骁说道："没问题，这件事交给我来操办就是了。"

"那好，有你这句话就行。"胡丽琴说完这句话，又退出了雅间。

第十章　宴无好宴

胡丽琴出去后，尤坤越发显得惴惴不安，他用可怜兮兮的眼神看着南宫骁。

南宫骁这时朝尤坤说道："尤坤，你也不要过度担心，放心，即使真有什么场面上的事情发生，血也不会溅到你身上。"说完这话，南宫骁瞟了一眼杜斌。

杜斌这才朝尤坤说道："你信他的话，你只需要配合我们把这笔交易顺利完成就是了。"

尤坤"哦哦"地应着，一脸的尴尬也掩饰不住惶恐的情绪……

趁着在雅间里喝酒的工夫，眼神一直飘忽的尤坤找了个要上厕所方便的借口开溜。只见杜斌将手里的白瓷酒杯一把捏碎，冷哼了一声，盯着尤坤。尤坤一脸尴尬，只好规规矩矩地坐在座位上不敢动弹了。

三个人在雅间里气氛很不协调地喝着酒，这时落地炮领着刚才那个脖子上有刺青的男人和另外一个社会人打扮的男人推门走进来。

三人各自捏个酒杯，另外两个人手里还各拎了一瓶酒，落地炮更是笑盈盈地迈着八字步朝餐桌边走过来。

落地炮首先使劲拍了一把尤坤的肩膀，亲热地朝尤坤说道："坤哥，你是真可以，西安的朋友都交上了，路子杀得宽，也杀得野啊！"

被落地炮强势摁在座位上的尤坤一脸哭笑不得，朝嘴里喷着酒气的落地炮说道："炮哥，你说的什么话哟，我刚说要出来给你打招呼的，谁知道你先过来了。"

落地炮呵呵笑道："打招呼的事不分先后，有朋自远方来不亦乐乎！你的朋友就是我的朋友嘛！介绍一下吧！"

说这番话的工夫，落地炮将目光转向了杜斌和南宫骁，不经意间瞟见了摆在桌子上的碎酒杯，眼神在碎酒杯上停留了一下，又移开了。

杜斌这时说道："介绍就不用了，要不坐下来喝一杯咋样？我也是喜欢交朋友的。姓杜，杜斌，我朋友，也是我老大，南宫骁……"

"杜哥爽性，我就喜欢杜哥这种性格！葛老二、花猪，把酒给杜哥、南宫哥倒上，今天无论如何我要跟他们干一杯！"落地炮大大咧咧地坐下来，说道。

这时，胡丽琴走进了雅间，径直走到落地炮的背后，俯着身子，尽量语气轻缓地朝落地炮说道："炮哥，不会是我在哪方面怠慢了你吧，怎么不陪你的朋友喝酒？隔桌不照啊！"

落地炮扭过头，脸和胡丽琴的脸都要贴在一起了，说道："胡丽琴，你忙你的事情去，这儿没有你的事。尤坤的朋友就是我朋友，而且是从西安过来的稀客，我肯定要过来陪到位的！"

胡丽琴看了一眼桌子上的碎酒杯，随后又瞟了一眼南宫骁，然后说道："那我先把桌子上的渣子打扫一下……"

胡丽琴手脚麻利地把餐桌简单收拾了一下，又到餐边柜里重新取了个酒杯放在杜斌面前，自己手上也捏了个酒杯，朝落地炮带过来的一个跟班吩咐道："给我也倒上一杯，我也陪一杯。"

杜斌这时站起，端起酒杯朝落地炮和胡丽琴说："既然炮哥和胡老板这么给面子，那我就只好恭敬不如从命了。至于南宫哥的那杯酒，我也帮他代劳了。"

落地炮却不依不饶："这怎么行，南宫哥的酒就得南宫哥干，各喝各的……"

杜斌冷冷地看了落地炮一眼，没有回应他的话，毫不犹豫地接连将面前的两杯酒一饮而尽。杜斌将酒杯放下的时候，落地炮看着杜斌，眼神变得有点复杂。端着一杯酒的胡丽琴也看着杜斌，眼神平淡。

杜斌朝胡丽琴笑了一下，说："胡老板，既然我端了酒杯，你就尽管放心，我有分寸的，这种场合我经历过，呵呵。"

胡丽琴听懂了杜斌话里的意思，朝杜斌委婉地笑了一下，说："那我谢谢杜哥给我面子了。"说完一仰脖子，将酒杯里的酒也一饮而尽。

落地炮这时站起来，笑道："这下就该我咯。"

说完，也将酒杯里的酒一饮而尽。

胡丽琴等落地炮把酒杯里的酒喝掉后，对落地炮说道："酒也敬了，三哥，你是不是该回去陪你的客人了？不要冷了你那边的场。要不你给我个面子，带我去你朋友那边打一圈？"

听胡丽琴这么说，落地炮变得有点不耐烦起来，朝胡丽琴说道："你支我走干什么？怕我闹事？"

胡丽琴笑得很拘谨，也很为难，说道："三哥，我不是那个意思，你误会了。"

见落地炮已经开始露出无赖相，杜斌冷眼盯着落地炮，说道："炮哥，如果你们是有目的的话，就不要再绕来绕去的了，你这种酒，说实话，我不屑于喝。所以，你就不要为难胡老板了。我们的事情我们解决就行了，你可以把你的朋友请出来，我们一起在这张桌子上说话。"

听杜斌说这话，落地炮将大拇指朝杜斌面前一挑，说道："好，杜哥说话就是爽性，我就喜欢和杜哥这样的人掰手腕，过瘾，不过嘛……"落地炮看着面前的桌子说道："这张桌子未免小了点，我怕我朋友过来坐不下，他吨位重，要不然，我们到那边的雅间里去说？"

杜斌冷笑道："炮哥，我就跟你稍微交个底，恐怕你还没有资格把我们朝你的那个雅间请吧？说起吨位的轻重，可能你还没有看过真正吨位重的人，就是看到了，你也不一定分得清五阴六阳。你……说句不好听的话——井底之蛙，所以，我再给你说句实话，那个雅间还真的装不下我们，小了。再说，一会儿我们的老板还要过来，我要在这儿等她。"

落地炮听了杜斌的这番话，倒是没有立马朝杜斌翻脸，而是呵呵冷笑道："杜哥，我觉得你是不是有点癞蛤蟆打哈欠——口气大了点？"

杜斌没有再回应落地炮的话，而是冷笑地看着他。面对杜斌的一脸冷笑，落地炮脸上显出一丝恼怒，似乎想翻脸掀桌子，给杜斌来个下马威，但是，兴许是碍于刚才桌子上的那只碎酒杯，又把已经起来的嚣张气焰压了压，朝站在他身后的两个小跟班讪笑道："看看，这下打脸了吧！面子掉地上捡不起来了。"

落地炮的话音刚落，雅间虚掩着的门外突然传出了一个古里古怪的声音："落地炮，人家说得没有错，那个包间真的是小了，装不下他们的，我看你当心惹火上身哪，这塘浑水，你要是蹚进去了，搞不好咋死的都不知道。"

这声音来得有些突然，在场的人都朝着声音的方向看过去，只见一个蓬头垢面、衣衫褴褛的乞丐，推门走了进来……

见乞丐现身出来，落地炮气不打一处来，大声骂道："狗日的，怎么会是大师兄？刚刚是你在说话？"

被落地炮唤作大师兄的乞丐睡眼惺忪，眼角上还沾着眼屎，他扫视了一下整个屋子里的人，随后又将目光落在桌子上，眼神憨痴痴地透着一种对果腹之物的执着。

他的手里提溜着一条脏兮兮的编织口袋，里面鼓鼓囊囊的不知道是装了什么东西，似乎还在动！是个活物！

已经将目光落在杯盘碗盏之间的大师兄，此时将屋子里的几个人当作空气一般，拖着一双已经断了半截的塑料拖鞋，走过来，顺手又提了一下松垮垮的裤子，然后将手里的编织袋放下，编织袋的口子就自动敞开了，一条毛色肮脏得分不清本来颜色的流浪狗，从编织口袋里钻了出来，乱糟糟的毛发遮住了它的眼睛。

流浪狗仰着头，透过遮住眼睛的毛发看了屋子里的人一阵，然后朝着屋子里的人低声吠叫了一下，摇了两下短尾巴，便跑到桌子下寻找吃的去了。

杜斌发现，原本门外蜷缩着的一条毛色油光水滑的大黄狗，好像是害怕这条体型弱小的流浪狗一般，灰溜溜地起身，夹着尾巴逃之夭夭了，嘴里还发出低低的呜咽声。难道这条肮脏的流浪狗自带煞气？

杜斌和南宫骁敏锐地感觉出这个乞丐的出现，透着某种蹊跷来。这时，落地炮的地痞本性终于暴露出来，他两步朝着大师兄跨过去，照着大师兄的大腿就踢了一脚，并骂道："什么时候轮到一个叫花子来教训老子了？没规矩了吗？"

大师兄被踢了个正着，一个趔趄就跌倒了。那条正在桌子下寻食的流浪狗见主人受欺，从桌子下蹿出来，朝着落地炮疯狂地吠叫起来。

胡丽琴心善，见大师兄平白无故地被落地炮踢倒在地，朝落地炮喝道："落地炮，你朝一个叫花子撒气算什么本事！"

说完胡丽琴上去把大师兄搀扶起来，并不嫌弃大师兄一身邋遢，关切地问大师兄："他没有踢到你哪儿吧？"

被胡丽琴搀扶起来的大师兄呵呵笑道："我人贱命贱，他怎么可能把我伤着？"

余怒未消的落地炮朝他的两个跟班喝道："还傻站着干什么，把邋遢鬼给老子弄出去！"

两个跟班还真的上去，一左一右地架着大师兄就走。被架着的大师兄既不挣扎也不反抗，任凭落地炮的两个跟班把他半拖半架弄走了。那条流浪狗也跟着追了出去。

胡丽琴朝落地炮说道："落地炮，你最好不要乱来！这个大师兄在雷坪镇街上已经混了十几年，晚上一直在后山上的那片坟坝里面睡觉。他有可能白天是人，晚上就是鬼！他身上附着什么看不见的东西，哪个都说不清楚，你如果惹毛了他，恐怕遭祸事！刚才他说的那些话，你还真的不要不当一回事儿。"

落地炮却梗着脖子说道："我才不信你说的这些鬼话。我是三岁小孩吗？我都是鬼，我还怕什么鬼？"

胡丽琴无奈地说道："行，你天不怕地不怕。就当我什么都没说。"

落地炮在大师兄身上撒了气，这时又将目光转向了杜斌和南宫骁，而这时尤坤不见了……

第十一章　拿人钱财替人消灾

尤坤是趁着屋子里的人不注意的时候从包间的一扇窗户跳窗溜掉的。南宫骁看着杜斌，无奈地摊了一下手，脸上露出一丝苦笑。

落地炮朝胡丽琴问道："尤坤呢？怎么不见了？"

胡丽琴应道："是不是上厕所去了？"

胡丽琴的话还没有说完，落地炮就三步并作两步朝包间外跑，显然是去厕所找尤坤去了。

没过一会儿，落地炮又转回雅间，手机贴在耳朵旁，好像在给谁打电话，一时半会儿却没有接通。拨电话的落地炮神情慌乱紧张，显然在厕所里并没有找到尤坤。

"还关机了。逮着了老子不整死他！"没有拨通尤坤电话的落地炮咬牙切齿地狠声说道。原来尤坤已经把手机关掉了。

一旁的杜斌和南宫骁冷眼看着落地炮的这一系列表演，不动声色。

"老二，穿花，你们两个一个去把那扇窗户守住，一个去把门守住，谁也不许离开这个雅间半步，我进去跟余老板说点事情。"吩咐完，落地炮又火急火燎地跑出了雅间。

南宫骁这时双臂交抱在胸前，冷眼看着胡丽琴，说道："胡老板，你不会是给我们做了个局吧？不过我实话告诉你，即便是做的局，对我和杜斌来说，也是没有什么用的，因为我们过来，车上并没有带交易的现金。现金在我们老板车上。我们只是打前站的。再说，目前的情况我们已经是可以报警的了。你最好掂量一下这件事的性质。"

胡丽琴显出一种百口莫辩的惭愧和紧张，说道："这件事整得我跳进黄河也洗不清了。都怪这个尤坤，成事不足败事有余的家伙。这个时候他倒是脚底板抹清油——溜了。其实，我当时也就是一句话而已，没想到他就当真了，而且还和你们联系上了。"

南宫骁当然知道胡丽琴此时处境的尴尬和难堪，所以并没有在意胡丽琴的辩解，而是朝胡丽琴说道："我先打一个电话。"

胡丽琴紧张地说道："你真要报警？"

南宫骁神情和语气都极为平静地说道："你放心，还没到报警的份儿上，我只是给我的老板打一个电话，汇报一下这边的情况，看她还有没有必要过来。我和杜斌的去留，决定权在我们老板那儿，就凭你们，是根本不可能把我们留在这儿的。"

守在门口的那个跟班见南宫骁拨电话，快步走上来，要抢夺南宫骁手里的电话，杜斌突然起身上去，一巴掌就朝那家伙脸上糊了过去。

杜斌手上的力道不是一般人的力道，那家伙被糊了一个趔趄，顿时就蒙了。杜斌眼神凛冽地盯着对方，两个跟班都被杜斌身上渗透出的煞气给镇住了，没有了下一步的动作。

胡丽琴没好气地朝挨了耳光的跟班说道："人家连给自己老板打电话的资格也没有了？该！"

南宫骁笑了笑，拨通了冷雅一的电话，简明扼要地把这边发生的情况向冷雅一做了汇报，然后挂了电话，朝杜斌说："雅一一会儿就到，我马上把定位发给她。"

一听说冷雅一真的要过来，杜斌一下就亢奋了起来。

果然，不到二十分钟，冷雅一和另一个长相同样姣好迷人的女子就出现在了土菜馆，并且被胡大爷领进雅间里。

"南宫骁，你发的定位好难找，我和苏袖差点就走错路了。"进到包间里的冷雅一对南宫骁说道，就像什么事儿也没有发生似的。

南宫骁呵呵地笑了笑，没有直接回应冷雅一的话，却将眼神朝着杜斌。

杜斌原本是要跟冷雅一打一声招呼的，或许幸福来得太过突然，也或者是太过激动，竟然没有起身跟冷雅一打招呼，只是用热辣辣的眼神盯着冷雅一。

冷雅一剜了杜斌一眼，但在杜斌看来，此时冷雅一眸子里的眼神却是含情脉脉的。

南宫骁还是礼节性地将胡丽琴介绍给冷雅一。在冷雅一面前，胡丽琴表现出了一丝拘谨和紧张。也许是冷雅一身上渗透出的气场把她给镇住了。

这时，落地炮又带了两个人走进了雅间。当看到雅间里多出了两个绝色女子的时候，落地炮的眼神在冷雅一和苏袖的身上停留了一下，然后就着一张椅子坐下来，一副痞相地盯着南宫骁。而跟着他进来的两个人就如同哼哈二将般站在他的身后。

落地炮摆出的这种阵仗，杜斌和南宫骁嗤之以鼻。

胡丽琴这时朝落地炮说道："炮哥，你今天能不能看在我的面子上，不要在我这儿闹事？"

落地炮却说："胡丽琴，今天的事，你还真的招呼不了。不是我不愿意给你面子，炮哥我今天确实是拿人钱财替人消灾。"

胡丽琴说道："你拿了别人多少钱财呀，我加倍给你不就是了？"

落地炮一脸痞笑地冲着胡丽琴伸出食指，说："这个数。"

"一万？"

落地炮盯着胡丽琴，摇头。

"十万？"

"准确地说是一百万！只要我今天看住了这几个人，到手就是一百万！你说，谁会跟钱过不去？而且还是一百万。"落地炮得意地说道。

听了落地炮的话，胡丽琴不吱声了，但眼睛却死盯着落地炮，眼神逐渐变得凛冽起来。

这时，冷雅一朝落地炮说道："好了，这位兄弟，你也甭说一百万两百万的了，钱的确是个好东西，但还得看你怎么拿。有时候，钱多了也烫手。"

落地炮嗯了一声，转眼盯着冷雅一，却不知道该怎么接冷雅一的话茬。

于是冷雅一紧接着说道："好了，废话也不用多说，去把你的金主——木先生请过来吧。"然后又朝坐在一侧的苏袖吩咐道："苏袖，把我的名片递一张给他。"

苏袖把一张精致的名片递给了落地炮。

此时的落地炮已经完全被冷雅一说话时透出的气场给镇住了，作为一个在穷乡僻壤街面上混的街溜子，面对冷雅一说话时拿捏出的气质和分寸，这家伙在气势上已经完全输掉了对峙的筹码。

落地炮接过苏袖递给他的名片，也没说任何话，起身径自出了雅间。

不一会儿，被冷雅一称作木先生的人带着几个人走进了雅间。木先生戴着一副墨镜，浑身透着一股孤傲冷漠的气场。进到雅间，他却不走近南宫骁他们的桌子，而是在门口站定后朝冷雅一一拱拳说道："冷老板，果然是你，文景传媒未来的女掌门。如果我没有记错的话，我们好像在哪个拍卖会上见过一面。对了，是在哪个拍卖场上见过呢？还真得让我好好想想……"

木先生身边的一个跟班凑在他的耳朵边嘀咕了一下。木先生的表情和动作都显得很夸张地说道："对了，如果我没有记错的话，应该是在去年伦敦的佳士得拍卖会上见过一面。"

冷雅一冷笑道："木先生，我也料定必然是你。时隔一年多，承蒙你还记得我。"

木先生呵呵笑道："我怎么会不记得你冷老板，伦敦佳士得的那场拍卖，你可是让我凭空损失了五千万美元！这可不是个小数目，所以，我怎么会不记得冷老板呢！况且，你冷老板人长得又那么年轻漂亮，谁都会过目不忘并且记忆犹新。这回，但愿我们不会是冤家路窄吧？"

冷雅一笑道："这得看木先生你怎么取舍。而且从我掌握的信息，木先生对圈内传说得神乎其神的七件所谓的神器觊觎已久，大有不计得失和后果也要据为己有的决心。不知我说的是不是准确？"

"冷老板何出此言？"木先生问道。虽然木先生戴着墨镜，但却依旧让人感觉出有两束冰冷的目光从漆黑的墨镜镜片后边射透出来。

冷雅一依旧冷笑道："我就开门见山地直说了吧。如果你也是冲着那根拐杖来的，那我奉劝你最好现在就放弃，不然……"说到这儿，冷雅一故意把后边的话压住不说了，看着木先生。

"不然怎样？说出来……"木先生说道。

"你会输得比上次更惨。"冷雅一说道。

"你就那么自信？"木先生冷哼一声，问道。

冷雅一也冷哼一声，笑道："如果木先生不相信我说的话，你大可以试试。"

"呵呵……直接威胁我，是不是？"

"不是威胁，我是善意的提醒。"

"谢谢你的提醒。假如我很明确地跟你说不呢？"

"你对我说不，那是你的权利，我没有理由对你做任何要求的。"

简短的几句对话，木先生已经脸色铁青，他从墨镜后盯着冷雅一有三四秒钟，然后说道："冷老板，虽然我了解你的真实背景和实力，但是，如果是我木某人志在必得的东西，恐怕也不是别人轻易能够拿走的……我明人不说暗话，上次在伦敦佳士得拍卖会上折载以后，我花了很大的心思调查过你的背景和底细。所以，从某种意义上来说，我对你身后的靠山是敬仰和尊重的。这或许是我对你感兴趣的一个方面。不过，这都不是我今天想要跟你表达的宗旨。"

"虽然我曾经败在你的手上，但是，我向来是尊重对手的。而且，对于冷老板你，我从来也是抱着尊重的心态，而不是仇视对立的心态。"

"所以，不管冷老板你怎么认为，反正我觉得我的这种格局还算是不错的吧！在商言商，没有永久的朋友，也没有永久的敌人，只有永久的利益，我一直信奉的都是这条唯一的原则。所以……冷老板，这次，我们是否可以坐下来，用利益来平衡这中间的分歧？"

冷雅一说道："可以啊！如果你能顺利拿到那根拐杖，我冷雅一也可以从你手里将拐杖买下来，这并不妨碍我得到这根拐杖。"

木先生呵呵笑道："冷老板，也许你没有听明白我的意思，我的意思是说，我也同样可以从你的手里买下这根拐杖。"

"怎么？木先生对这根拐杖情有独钟？"

"错，不是情有独钟，而是志在必得！"

听了木先生的话，冷雅一呵呵笑道："木先生，如果你是抱着这个目的跟我说刚才的那番话，那么我们就没有再谈下去的必要了，因为，这根拐杖我也是志在必得，你不可能从我手里把这根拐杖拿走！"

"冷老板，这根拐杖对你来说真的有那么重要？比两三个亿的人民币还重要？"木先生问道。

冷雅一这时直盯着木先生，说道："是的，对我来说绝对重要，因为——这根拐杖关乎我的命！"

当一旁的杜斌听到冷雅一说出这根拐杖关乎她的命的时候，不由得浑身一震，心里同时一凛！

第十二章　隐隐杀机

落地炮一直站在木先生身后，支棱着耳朵听了木先生和冷雅一的这几句对话之后，叫屈般地朝木先生说道："木先生，你也太不够意思了，我都这么信任你，你怎么可以这样骗我呢？两三个亿的买卖，你才给了我一百万，连个零头都没有给到我。开始我还以为你这一百万是笔好大的钱，结果才知道你赶过来做的这笔买卖这么值钱，你的心也太黑了嘛！"

听了落地炮的这番话，木先生扭头恶声朝落地炮说道："像你这种成事不足败事有余的蠢货，能值多少钱？如果你觉得不服，那好，你就当着这一屋子的人，自己给自己开个价！"

见木先生当着一屋子的人不留情面地翻脸，落地炮一下子就被木先生镇住了，愣在了当处，不敢再吱声。

这时冷雅一朝木先生笑道："木先生，你觉得我们之间是不是显得有点过于可笑了？我相信你也是凭借手机上的一张照片才风尘仆仆赶到这儿来的。实不相瞒，我也是凭着手机上的一张照片赶过来的。也许就这件事本身来说，你和我直到目前为止，这张照片就是这根拐杖的唯一线索。在没有看到实物之前，甚至还没有确定这根拐杖真正的卖家是谁之前，你觉得我们之间的这场争执有意义吗？"

听了冷雅一的这番话，木先生冷笑道："呵呵……冷老板，恐怕事情的真相不是你所说的那么简单吧？事实上，关于这根拐杖的线索，我确实只有手机上的这张照片。而你冷老板却不一样了，因为，你棋高一着，委派'水心斋'的南宫骁先行一步过来成都，并和唯一的线人尤坤接触。你这'明修栈道，暗度陈仓'的计谋是真高啊！现在尤坤溜了，手机也关机，所以，我想要得到这根拐杖的所有线索，唯一途径就只有从你或者是南宫骁身上获取了。因为，南宫骁是和尤坤有过实质性接触的人。道理就这么简单，我不知道我的表述你听清楚了没有。"

听了木先生的这番话，冷雅一同样冷笑道："木先生，你的意思是要把我们留在这儿不能离开半步吗？"

"要离开很简单，只要你把你从尤坤那儿获取到的关于这根拐杖的线索分享出来，而且是在我确认真实有效的情况下，你就可以从这儿全身而退了。"

冷雅一盯着木先生，沉吟了片刻，朝木先生笑道："我是真不知道木先生你的这份自信心是从哪儿来的……"

木先生也冷笑道："我的这份自信心是从哪儿来的，你不必纠结，但你可以一试。"

"靠你的人多势众吗？现在可是法治社会！"冷雅一说道。

"即使阳光也有照不到的角落，何况还是人为设置的藩篱。我真的并不在乎这个。"木先生沉声说道。

"真的吗？"

"你仍然可以一试！"

这时杜斌有要从座位上站起来的冲动和欲望，却被冷雅一的眼神给制止了。同时，木先生的目光也落在了杜斌的身上，但只停留了一瞬，便又落在冷雅一的脸上，似笑非笑地看着冷雅一。

这时，胡大爷从包间外边朝胡丽琴招呼道："丽琴，你出来一下，我有话跟你说。"

胡丽琴正找不到借口从包间里抽身出去，听了门外胡大爷的招呼，应了一声，就要往外走。临走时，她看了冷雅一一眼，似乎有什么话想要和冷雅一交代。

女人间的心有灵犀有时候是很容易取得相通的渠道的，冷雅一朝胡丽琴说道："胡老板，你去吧，我和木先生之间的事由我们自己来解决，不会牵涉到你的。但是，你千万别打电话报警，事情还没到那一步，别把事情搞复杂了。"

胡丽琴"嗯"了一声，心领神会地走出了包间。

但木先生对冷雅一的叮嘱似乎仍旧不放心，给落地炮使了个眼色，落地炮便紧跟着胡丽琴走出了包间。

"冷老板，在尤坤没有露面之前，我可以给你一晚上的考虑时间。"木先生又朝冷雅一说，然后带着人退出了包间。

杜斌这时朝冷雅一说道："雅一，其实你是完全没有必要在这个木先生面前示弱的。这个木先生之所以在你面前颐指气使的，不过就是纠集了本地的几个地痞流氓。他或许信奉的是恶龙难盘地头蛇。刚才我看了，这几个地痞流氓，不过就是几个街溜子，我来应付就足够了。"

"职业杀手你也能应付？"冷雅一朝杜斌问道。

"职业杀手？你是说木先生带了职业杀手？"杜斌一愣。

"你以为呢？木先生身后站着的那两个其貌不扬的家伙一直在注意着你呢！"南宫骁这时笑道。

"这我还真没注意到，呵呵……但这两个杀手为什么会注意到我身上？我没什么特别的啊？"杜斌讪笑道。

"因为你长得帅呗！"冷雅一用半开玩笑的口吻朝杜斌说道。这句话让杜斌感到极其的舒服受用。

"要不，我们直接报警得了。"杜斌说道。

"如果报警能够解决问题的话，我们还煞费苦心地把你带过来干吗？"南宫骁说道。

"可是，我感觉我对你们的用处并不大啊！要论拳脚功夫，我没问题，可是，雅一刚刚也说了，那个木先生是带了职业杀手的。既然是职业杀手，身上就肯定是有火器的。如果对方身上真带了火器，我等于就是白费啊！"

南宫骁看了一眼冷雅一，没有再回应杜斌的话。

这时冷雅一朝南宫骁问道："你说，刚才胡大爷把胡丽琴叫出去干什么？"

南宫骁摇头道："这个我还真的不清楚。但是，胡丽琴现在是这根拐杖的唯一线索，这个倒是真的。就是不知道胡丽琴最后会不会——"

"不会的。"冷雅一很干脆地打断南宫骁的话。

冷雅一的话音刚落，胡丽琴就推开雅间的门进来了。

胡丽琴的出现，让南宫骁的一颗心落到了肚子里。

进到雅间，胡丽琴就着一张凳子坐下，颇显焦急地朝冷雅一说道："我真的没想到事情会搞得这么复杂。我简单地以为这就是一桩普通的买卖而已，但是现在却……"

冷雅一朝胡丽琴说道："胡老板，你不用担心任何事情。即便出现了什么状况，你放心，我们也是不会把你牵涉进来的。你现在只需要告诉我这根拐杖的具体去向，剩下的事情由我来处理好了。"

"算了，我不想再把这件事搞复杂了。就当我从来没有跟你们任何人说过这根拐杖的事情。事情就到这里结束吧。"胡丽琴说道。

"你觉得这件事还能够从你这儿结束吗？"冷雅一沉声朝胡丽琴说道，并盯着她。

胡丽琴一时间语塞了，一脸忧戚，停顿了一下，说道："这根拐杖对你真的有那么重要吗？还关系到你的命？而且，你们一开口就两三个亿的，真是把我吓着了，对于我来说，这根本就是天文数字。"

"天文数字倒是其次的，但这根拐杖真的关乎我的命。"冷雅一说道。

见冷雅一说话的语气这么严肃认真，胡丽琴看着冷雅一，不再说什么，随后便自觉地出了雅间。

胡丽琴出了雅间后，冷雅一朝南宫骁说道："其实，这件事的复杂程度我是早就预料到的，所以我才让你和杜斌先行过来，而木先生如影随形，也在我的预料之中。既然是预料之中的事，也没有什么好担心的。对了，我和苏袖赶了一天的路，人困马乏的，也得补充能量，进行一下调整了。既然木先生要把我们留在这儿，那我们现在就什么事也不用考虑，该吃吃该喝喝，就当放松一下。"

说着冷雅一和苏袖两人对桌子上的菜肴进行起了品鉴，甚至把杜斌和南宫骁都当成了空气。

杜斌看了南宫骁一眼，然后再看冷雅一一眼，不知道冷雅一葫芦里卖的究竟是什么药，一头雾水。

过了一会儿，胡丽琴又推门走进雅间，身后跟着一个上菜的女服务员。女服务员四十来岁，一个普普通通的农村妇女，将托盘里的两份菜放到桌子上后退出了雅间。

"我推说我这儿晚上没有留宿的房间，木先生刚才带着他的人走了，去镇上的宾馆下榻去了，但是留了两个人在这儿，大概是监视你们。刚才我让人出去看了一下，落地炮把他手底下的那些兄弟都调过来了，几十号人，把我这个院子都围了，看来你们今晚上是真的出不去了。要不你们还是报警吧。我是真的怕你们在我这儿出事。"胡丽琴一脸焦急地朝冷雅一说。

冷雅一笑道："胡老板，我就跟你交个底吧，其实，比起你担心我们在你这儿出事，我们更担心你本人出事儿。"

"嗯？"胡丽琴一脸疑惑地盯着冷雅一。

"不明白我说这话的意思？"冷雅一盯着胡丽琴问道。

"我真不明白。"胡丽琴说。

冷雅一盯着胡丽琴，胡丽琴也盯着冷雅一。两个面容姣好的女子就这样对视着，似乎通过眼神在进行着一种默契的沟通。

"胡老板，我现在需要你给我交个底，手机上拐杖的照片是你亲自拍摄的还是你从别的途径获得的，或者说，你是否亲眼见过这根拐杖，甚至……你是否是这根拐杖真正的主人？"冷雅一沉吟片刻，问道。

胡丽琴迟疑了一下，说："既然事情已经到了这一步，那我索性就跟你说句实在话吧。这根拐杖我是亲眼见过的，你们看到的那张照片也是我拍的。"

"哦？"冷雅一眼神一亮地催促着说道，"你继续说。"

"但，我也不知道我是不是这根拐杖的主人。"

"这话怎么讲？"

"因为这根拐杖是我无意中在我父亲的房间里看到的，出于好奇，我就把它拍了下来。"

"你父亲？你是说胡大爷？"

"是的。在你们看来，我父亲和我年龄相差有点大，甚至不了解的人还以为我和我父亲隔着辈分，其实，我是在我父亲接近五十六岁才出生的。"

"你不用解释你和你父亲年龄之间的事，你就直接说拐杖的事。"冷雅一纠正道。

于是胡丽琴把话头拉回来，继续说道："那天我去收拾我父亲的房间，发现他的枕头下多出了一个长条形的紫檀的木匣子，出于好奇，我打开了木匣子，就看到了木匣子里的拐杖。因为拐杖的精致程度和特别的样式，我首先感觉这是一件有收藏价值的东西，说不定很值钱，于是就拍了这张照片。"

"尤坤原先到我这个菜馆吃过几回饭，听他吹嘘过他有倒卖文物的人脉，所以，我就把拍的这张照片给尤坤看了。没想到，就……把你们给招来了，还弄出这么大的麻烦。"

听了胡丽琴的这番话，冷雅一和南宫骁对视了一眼，然后朝胡丽琴说道："那么，现在这根拐杖你确定还在你父亲手上？"

"应该不在我父亲手上了。"

"嗯？卖了？"冷雅一紧张地挺直了身子，问道。

"那天我故意问了一下我父亲关于那根拐杖的事儿，他才知道我背着他看到了那根拐杖。但是我父亲却说拐杖不是他的，是另外一个人的，他把拐杖还给那个人了。"

"另外一个人的？这另外一个人又是谁？"冷雅一的神情变得越发地紧张。

"这个我还真的问了我父亲，我父亲告诉我拐杖的主人是——庞三爷。"

"庞三爷？"冷雅一愣了一下。

南宫骁这时冷不丁地说道："果然是他！当时这人第一眼给我印象就不是一个普通的老人。"

"你见过他？"冷雅一朝南宫骁问道。

"一面之缘，但是印象深刻。"南宫骁说道。

"就是收我们停车费的那个老人？"杜斌也颇为诧异地说道。

"不是他是谁？"南宫骁应道。

听了南宫骁这番话，冷雅一朝胡丽琴说道："这样吧，你去把你的父亲请过来，我想跟他聊点家常。"

听冷雅一话里好像有话，一脸疑惑的胡丽琴说："你跟我父亲有什么好聊的，他就是一个从来没见过世面的乡下老头子……"

"你确定你父亲是一个没有见过世面的乡下老头子？恐怕不是吧？"冷雅一语气平淡地说道，但眼睛却很执拗地盯着胡丽琴。

"你比我还了解我的父亲？"胡丽琴越发地不解。

"好了，你先去把你的父亲请过来吧。我有几个问题要请教一下他。"冷雅一说道。

已经被完全整迷糊的胡丽琴只好出了雅间，去请她的父亲胡大爷去了。

趁着胡丽琴去请她父亲胡大爷的工夫，冷雅一朝南宫骁问道："南宫，这个庞三爷真的第一眼就给你很深的印象？"

"确实。而且，当我听尤坤说他姓庞，叫庞三爷时，我当时脑子里就立马闪现出了一个念头……"

"你是说他是庞铁山的什么人？"

"既然这根九幽蛇杖跟他串联在了一起，我觉得基本上就可以确定他就是庞铁山那个神秘失踪的儿子——庞天野。但是……尤坤却说庞三爷的身份证上的名字叫庞什么来着……"

"叫庞怀川。"杜斌顺嘴说道。

"对，叫庞怀川！"南宫骁确认道。

冷雅一说道："他叫什么并不重要，重要的是他姓什么就行了。名字可以随便改，姓是不会改的。中国人对祖宗的敬畏心理是刻在骨子里的，什么都可以改，老祖宗给的姓氏是不能随便改的。"

"如果庞怀川真的是庞铁山的儿子，那么，九幽蛇杖在他的手里出现，这件事就完全说得过去了。当时看到手机上的照片的时候，也犯嘀咕，这根传说中的拐杖，怎么就会在这么一个名不见经传的小地方出现？看来，这件事还真的没有这么简单。"

正说着话，胡丽琴领着她的父亲胡大爷进了雅间。紧跟在胡丽琴身后进到雅间里的胡大爷有着农村人惯有的拘谨和狡黠。看似敦厚淳朴的面部表情背后，隐藏着的全是缜密细致的心机。

他甚至都不敢正着眼神看冷雅一。

从胡大爷进来的那一刻起，冷雅一就直盯着胡大爷的眼睛。

而胡大爷则躲闪着冷雅一的眼神，显得有点手足无措，十分紧张。

"坐吧，胡大爷。"冷雅一亲切柔和地朝胡大爷招呼道。

胡大爷呃呃地应着，就着一张凳子坐下。

胡丽琴这时也像是做错了什么事儿似的，颇为愧疚地看着胡大爷。

显然在来之前，胡丽琴和胡大爷之间有过争执，而且相当不愉快。

冷雅一始终直盯着胡大爷，没有开门见山地问胡大爷话。

坐下思忖了片刻的胡大爷似乎承受不住冷雅一的盯视，终于说道："我和丽琴都是做小生意的老实人，没有想到会遇上这种事情。刚才你们说的话，我们普通小老百姓听了都吓着了。你们各人的事情还是你们各人解决，千万不要把我们牵连进来。都是丽琴不懂事，背着我——"

"胡大爷，都这个时候了，纸恐怕包不住火了吧？"冷雅一打断胡大爷的话说道。

胡大爷顿时语塞，看着冷雅一，作声不得。

冷雅一又说道："胡大爷，你也不要过于担心什么。刚才既然是我和木先生之间的商业纠纷，当然是由我和木先生来私下解决，和你们是不相干的。我只是想通过你了解一下另外一个人……"冷雅一故意停顿了一下，并盯着胡大爷。

"谁？"胡大爷变得异常警觉，问道。

"庞三爷。"冷雅一说道。

当冷雅一说出"庞三爷"三个字的时候，胡大爷顿时怒不可遏，转头朝胡丽琴低声问道："你怎么又把庞三爷牵涉进来了？你还想把事情整多复杂？"

胡丽琴一脸慌张地辩解道："你确实亲口跟我说的那根拐杖是庞三爷的呀？我也是照你的原话跟他们说的。"

听了胡丽琴的话，胡大爷情绪异常激动地站起来，十分抗拒地，语气极不友好地说道："对不住你们了，你们要问的所有问题，我都有权利拒绝回答。至于你们要买的那根拐杖，不是我的，也不在我这儿，具体在哪儿，我也不知道。就这样，你们想留就留，想走就走，恕不奉陪了。"

说着胡大爷就要离开。

"站住！"冷雅一这时站了起来，朝胡大爷冷声说道。

胡大爷还真的在冷雅一的呵斥声里站住了。杜斌也敏捷地起身过去，站在了雅间的门口，把雅间的门给堵上了。

见此情形，胡丽琴吓得花容失色，朝冷雅一说道："你们这是要干什么？我这么相信你们，你们怎么可以这样对我父亲？"

冷雅一没有理会胡丽琴，而是直视着胡大爷。

站住的胡大爷朝胡丽琴抱怨道："你看，这就是你弄出来的祸事，看你怎么收场。"

说完这句话，胡大爷重新坐在了凳子上，眼神执拗地和冷雅一对视在一起，刚才的那副拘谨荡然无存。

守住门口的杜斌见到这一幕，心里陡然间就是一凛！这绝对是一个见过大世面的农村老头！因为，胡大爷执拗的眼神透着隐隐杀机！

第十三章 天铁

这时，雅间里的灯突然熄灭了。

不光雅间里的灯熄灭了，外边所有的灯光也同时熄灭了。

土菜馆停电了！

南宫骁在黑暗中说了一声不好，屋子里随之传来一阵拳脚相加的格斗声音。

守在门口的杜斌已经和谁交上手了。

南宫骁和冷雅一不能适应这种黏稠如墨汁般的黑暗，几乎看不见任何事物，只听见杜斌朝南宫骁大声喊道："南宫，你保护好雅一！"

随着杜斌的喊声，雅间里的餐桌被撞倒，杯盘碗盏从餐桌上滚落下来，一阵乒乒乓乓碗盏碎裂的声音响起，与此同时，雅间的门也被人猛地撞开了。

黑暗中的冷雅一这时大声朝杜斌喊道："杜斌，不要追！住手！"

听到冷雅一的喊声，杜斌住了手，雅间里顿时安静下来。而外边却有了喧哗声，有人朝雅间这边跑过来。

冷雅一在黑暗中沉声喝令道："都别动！"紧接着，就有人出现在了雅间的门口，两道手电的亮光也同时直射进了屋子。是木先生留下的两名杀手赶了过来。在手电光的照射下，屋子里没有了胡大爷和胡丽琴的身影。

两名杀手看到屋子里一片狼藉，灭掉手电光，人站在门外，并没有跨入半步。随后又听见落地炮咋咋呼呼的声音："发生什么事儿了？怎么掀桌子了？"

"你喊个啥，赶紧去把电给通上。"一个杀手朝赶过来的落地炮呵斥道。

落地炮哦了一声，转身去落实通电的事去了……

杀手这时用打火机分别点燃了一根烟吸了起来，猩红的烟头在黑暗中一明一灭的。

这时，离门口最近的杜斌朝守在门口的两名杀手说道："哥们儿，给我也来一根。"其中的一名杀手还真的给杜斌点上了一根烟。三支烟在黑暗中一明一灭的。

在等通电的过程中，雅间里和雅间外的人没有弄出任何多余的声音，都在沉默中保持着默契。

过了十来分钟，土菜馆里重新亮起了灯光。

站在门口的两名杀手瞟了一眼狼藉的雅间，其中一人面无表情地朝冷雅一说："别出什么幺蛾子，大家都相安无事最好。"然后带上门就离开了雅间。

"杜斌，你没事儿吧？"冷雅一这才朝杜斌问道。

杜斌笑了一下，说："我能有什么事儿。只是没想到胡大爷的身手会这么敏捷。我可以断定，胡大爷没少在黑灯瞎火的环境中搞事情。"

杜斌说话的语气平平淡淡的，没有丁点情绪起伏的状态，就像黑暗中刚刚发生的格斗和他不相干似的。

"没事就好。"冷雅一说道，随后又转脸朝南宫骁说道，"刚才是有人故意断的电。有人在里应外合地配合胡大爷……"

南宫骁却说道："这个倒不是我们现在要考虑的，因为这已经是明摆着的事儿。我们现在要考虑的倒是另外一个人。"

"你是说庞三爷？"

"是的。这才是我们现在要考虑的关键人物。"

"可是，现在的问题是木先生留下来的这两个杀手不好摆平。我们从这儿出不去。"

杜斌这时说道："不是不好摆平，是你们没有胆量去摆平。雅一，只要你一句话，我现在就可以直接过去和两个杀手碰碰。你们把我带过来，不就是让我干这种活儿的吗？"

听了杜斌的话，冷雅一和南宫骁对视了一眼，然后朝杜斌问道："你确定你是这么想的？"

杜斌不说话，似笑非笑地看着冷雅一。

南宫骁这时上来，拍了一下杜斌的肩膀说道："杜斌，知道你心里有情绪了，这回就算我利用你了，好吧。"

杜斌却朝南宫骁说道："有情绪倒还不至于。人为财死鸟为食亡，我也是冲着你许诺的报酬才答应跟你过来的，所以，你不用对我做任何解释。"

南宫骁这时盯着杜斌，笑道："你恐怕不仅仅是为了我许诺的报酬吧？"

杜斌心里一下子露了怯，不由得偷瞟了冷雅一一眼，冷雅一也正明眸皓齿地看着他。

杜斌的心晃动了一下，所有的情绪瞬间烟消云散，然后朝冷雅一说道："我有一种感觉，一会儿胡大爷会自动回来找我们，你们信不信？"

听了杜斌的话，冷雅一不明就里地嗯了一声，说："你凭什么这么说？"

杜斌神秘兮兮地冲着冷雅一笑了一下，把一直攥着的右手冲着冷雅一展开来。杜斌的手心里赫然多出了一个小的物件！

"是天铁！"冷雅一禁不住失声惊呼。

"你哪儿来的？变戏法变的？"冷雅一问道。

"刚才从胡大爷脖子上薅下来的。"杜斌说道。

"从胡大爷脖子上薅下来的？"冷雅一不信地问道。

杜斌说道："无意中薅下来的。既然是胡大爷脖子上挂着的东西，应该是一件好东西，而且说不定对他来说还很贵重，不然，这么大岁数的一个农村老头，没事脖子上挂这么一个物件干什么？不合常理，对不对？"

冷雅一上来取过杜斌手里的天铁，仔细看了一眼，然后递给南宫骁，说："南宫，你是这方面的行家，你来看看……"

南宫骁接过天铁，嗯了一声，眼神就定在手里的天铁上了……

"有什么特别吗？"冷雅一朝南宫骁问道。

南宫骁盯着手里的天铁，喃喃地说道："难道是我弟弟南宫勇在这里出现过？"

"你弟弟南宫勇？你还有个弟弟？"冷雅一一脸疑惑地盯着南宫骁，问道。

南宫骁没有回答冷雅一的疑问，而是盯着手里的天铁，陷入了沉思的状态之中。

"你确定这块天铁就是你弟弟身上的东西？"见南宫骁脸色凝重，冷雅一又问道。

"确实是我弟弟南宫勇身上的东西。"南宫勇从沉思的状态中醒过神，说道。

"既然是你弟弟南宫勇身上的东西，它怎么又会挂在胡大爷的脖子上？你弟弟南宫勇他会不会已经……"

南宫骁沉默着不说话，眼神依旧落在手中的天铁上，好一会儿才说："必须要找到这个胡大爷！掘地三尺！"南宫骁说这话的时候，声音里透着一股又冷又硬的狠劲儿！

这时，冷雅一警惕地说道："南宫，我们会不会是中了别人精心设计的圈套了？那个尤坤会不会就是他们抛出来的一个饵？而且，我们真的上钩了……"

听了冷雅一的这番话，南宫骁狠声说道："如果尤坤真是他们抛出的诱饵，那么，他们这就算是找对人了！"

此时，南宫骁的脸上露出了浓浓的杀机！

第十四章　鬼魅大院里的黑漆棺材

"目前，我觉得当务之急还是得先去会会那个庞三爷。刚才胡大爷之所以急于从雅间脱身，是因为他发现我们知道了庞三爷的底细，他这会儿肯定是去找庞三爷通风报信去了……"杜斌这时说道。

而杜斌说这番话显然是多余的，因为这就是和尚头上的虱子——明摆着的事儿。所以冷雅一并没有理会杜斌的话，而是朝南宫骁说道："南宫，你是不是对我隐瞒了一些关键的东西？"

南宫骁看了一眼冷雅一，解释道："你是指我弟弟这件事？我其实并不是刻意要对你隐瞒我有一个弟弟这件事，事实上，我和他已经有一年多的时间没有任何联系了。我和我弟弟之间平常的联系是很少的。我甚至都快要忘了他的存在了，所以……"

"好了，南宫，你不用就这件事跟我做任何解释。"冷雅一打断南宫骁的话说道，"杜斌说的没错，目前，我们的当务之急还是得尽快接触到庞三爷，绝对不可以让木先生捷足先登，抢在我们前面接触到这个关键性的人物，不然我们这一趟有可能就是白跑了。至于你弟弟南宫勇……我们这几个人中，只有你才是唯一了解他的人，所以，就这件事，该怎么处理，我没有任何建议给你，你说呢？"

这时，一直没有说话的苏袖走到南宫骁的面前，语气温婉地朝南宫骁说道："把你弟弟的东西先收起来吧，不要把没有被证实的事朝坏的方面想，这样容易把自己带进死胡同里出不来的，你说是不是？"

苏袖通情达理的话似乎给了南宫骁很好的点化，南宫骁看了一眼苏袖，将手里的天铁揣起来，然后将情绪瞬间做了调整，说道："那么事不宜迟，我和杜斌现在就得去会会庞三爷……"

　　"怎么去会庞三爷？木先生的人还在外边守着呢。"苏袖说道。

　　杜斌这时又说道："如果不想在这个时候和那两个杀手正面交锋，其实我和南宫骁要出去也很简单，如法炮制就行了。"

　　"如法炮制？什么意思？"冷雅一不解地看着杜斌，说道。

　　"断电啊！"杜斌说道。

　　苏袖却说道："可是，电闸没在这儿啊？"

　　"没学过初中物理啊？造成短路不就完了吗？"杜斌又说道。

　　"此计甚妙！"南宫骁朝杜斌赞许地说道。

　　听南宫骁说话的状态，他已经把在这儿发现他弟弟南宫勇的事儿抛到一边儿去了。

　　当杜斌找到一个接线盒，并人为地制造出线路的短路，使得土菜馆重新陷入到一片黑暗中后，他和南宫骁趁机溜出了雅间，并且趁乱两人敏捷地从一道高高的院墙翻出了土菜馆。

　　然而，当杜斌和南宫骁翻过三米来高的院墙后，才发现他们好像是翻进了一条死胡同，而且胡同里藏着的是一座青砖灰瓦的老式深宅大院。这座老式深宅大院和土菜馆只有一道围墙之隔。

　　杜斌和南宫骁一时间傻眼了。两人站在这条有着三米来宽的死胡同里，有点晕头转向了。好在深宅大院里的照明电路并没有和土菜馆里的照明电路串联在一起，所以杜斌制造出的线路短路事故并没有影响深宅大院的照明。深宅大院里隐隐亮着灯火。

　　杜斌和南宫骁顺着死胡同般的巷子走了一段，才发现其实土菜馆和深宅大院是有一道小门相通的。深宅大院就隐藏在土菜馆的后面。这座深宅大院是典型的明清建筑，规模还不小。在深邃的夜色中，整座建筑透着一种鬼魅的气息。

"黑灯瞎火的，怎么会出现这么一座老院子？我怎么感觉自己像是穿越了？"望着出现在面前的这座古朴陈旧的建筑，杜斌有种恍若隔世的感觉，并朝南宫骁说道。

南宫骁对这座建筑也感到有点突兀，朝杜斌说道："要不就从那道小门原路返回算了，我感觉也有点蹊跷。"

"回去和那两个杀手硬刚？"杜斌有点揶揄地朝南宫骁说道。

"你觉得呢？"南宫骁也用打趣般的口吻回应道。

杜斌故作轻松地笑道："既然撞都撞上了，何不进去看看？我怎么突然嗅出《聊斋》里的那种古墓荒斋的气息了？你说，在这座老宅子里，会不会撞上狐仙之类的灵物？"

"那就进去瞅瞅呗！"南宫骁也有了一探究竟的兴趣。

于是两人抬腿上了几级青石台阶，上去试着推动这座建筑的沉重大门。大门背后居然没有上门闩，又厚又沉的木板门暗透着结实。随着门轴的转动，一阵沉闷的咯吱声从转轴处响起，听了让人感到沉闷而且瘆得慌。

南宫骁正要抬腿朝着门内跨入，却被杜斌从后边拉了一把，说道："你说会不会是谁故意给我们留的门啊？"

南宫骁笑道："你还真当进到《聊斋》的情节里去了？"说着话的工夫，已经率先跨入了足足有一尺来高的门槛。

杜斌和南宫骁拘谨地进入到一个天井里。天井不算大，呈正方形，面积有三四十平方米，天井正对着的一道廊檐下，亮着一盏暗淡的白炽灯泡，算是唯一的光源。借着白炽灯泡发出的暗光，一道紧闭着的双扇雕花大门内，有种神秘鬼魅的气息吸引着杜斌和南宫骁。杜斌和南宫骁站在天井里，对望了一眼，心里形成默契，两人便朝着那道双扇雕花大门走了过去，并推动雕花大门。

雕花大门居然也没有上门闩，转动的门轴处同样传来一阵沉闷的咯吱声响。

随着雕花大门的开启，借着廊檐下昏暗的亮光，一口反射着暗光的黑漆棺材赫然出现在杜斌和南宫骁的眼前。黑漆棺材是摆放在屋子的正中间的。在这样的氛围中赫然出现这么一具棺材，饶是有着足够心理准备，杜斌和南宫骁也是禁不住打了一个激灵。两人站在门槛的外边，出现了短暂的迟疑。

"我怎么感觉这座老宅子越来越诡异了？该不会真是为我们准备好的坑吧，就等着我们跳进来了？"杜斌朝南宫骁说道。

"怕了？"南宫骁故作轻松地朝杜斌笑道。

"我怕什么？跟你出来这趟就是奔着长见识来的。越刺激越好。"杜斌笑道。

"那你还磨磨叽叽地干啥？"南宫骁边说边迈进了门槛，朝着那口黑漆棺材走过去。

就在杜斌抬腿紧跟着南宫骁朝门槛内迈入的时候，黑漆棺材的盖子这时却突然间动了。

"棺材里面有东西！"杜斌失声惊呼道。

南宫骁当然发现了黑漆棺材的异样，非但没有抽身退出，反而一个箭步就跨了上去。杜斌当然也是一个不怕事儿的主，见南宫骁抢步上去，不假思索地紧跟着抢步跟了过去。两人分左右站定在棺材前，南宫骁打开了手机的手电功能，照射在棺材上。棺材盖子只动了一下便没有了动静。但棺材里面绝对躲着一个活物，而且是一个大的活物，一般的活物是不可能从里面撼动棺材盖子的。

"不会是诈尸吧？"杜斌死死盯着棺材盖子，小声朝南宫骁说道。

南宫骁没有回应杜斌，而是用眼神朝杜斌示意，随时做好应对突发状况的准备，他想把已经露出一道缝的棺材盖子掀开。

杜斌心领神会地冲南宫骁点了下头。

　　就在南宫骁准备动手把棺材盖子一把掀开的时候，躲在棺材里的活物把棺材盖子从里面慢慢推动并移开了。

　　杜斌和南宫骁瞪着眼珠子，浑身肌肉绷紧，做好了应付一切突发状况的准备。

　　然而，随着棺材盖子慢慢移开，一颗人的脑袋从移开的缝隙里探了出来……

第十五章　神秘制琴人

竟然是一颗年轻人的脑袋！

在杜斌和南宫骁的潜意识里，觉得从这具棺材里冒出来的应该是一具骷髅的头颅或者是一具僵尸的头颅，然而出人意料的是——从棺材里冒出来的，居然是一颗年轻人的脑袋！

杜斌和南宫骁异口同声地断然喝问道："你是谁？"

在两人的断喝声里，棺材里的年轻人不紧不慢地又把顶开的棺材盖子移开了一些，然后抬起双手，旁若无人地伸了一个懒腰，打了一个长长的哈欠，随后又揉了揉鼻头。这一连串的动作做完以后，年轻人说了一句："好觉啊，好梦！真舒服！"然后做了一个漂亮轻盈的潇洒动作，从棺材里跳了出来。

从这人从棺材里跳出来的轻盈身段，杜斌和南宫骁就判断出这家伙身上的功夫是经过名家指点的。

年轻人的这番操作反倒把杜斌和南宫骁整得有点不会了，愣愣地看着他。

年轻人这时抬手看了一眼腕上的手表，说道："感觉没睡多大一会儿，怎么就这个时候了？"

杜斌和南宫骁看了对方一眼，然后又紧盯着年轻人，没有接他的话茬。

年轻人这才用正眼看了杜斌和南宫骁一眼，首先朝离得更近的南宫骁伸出手，说道："自我介绍一下——林锦绣。"

"南宫骁。"南宫骁警惕地应道，并没有伸出手去跟年轻人握手。

林锦绣又将目光朝向杜斌。

"杜斌。"杜斌冷声说道。

"知道你们下午过来这边了。原本是要上菜馆那边跟胡丽琴和胡大爷打一声招呼的。看他们忙得不亦乐乎，所以就直接上这边老宅子里来了，没想到一睡就睡过头了。"林锦绣解释道。

但林锦绣的话并没有打消杜斌和南宫骁的满腹疑问，没言语，仍旧用猜忌的目光盯着林锦绣。

"很奇怪，是不是？"林锦绣看出两人的心思，说道。

南宫骁这才说道："听你话里的意思，你应该是这儿的常客。只是，我不大明白的是——你怎么会在这口棺材里睡觉？而且是大白天睡进去的，找刺激？不至于吧？"

"我喜欢这口棺材。"林锦绣说道。

南宫骁嗯了一声，对林锦绣的话感到不解。年纪轻轻的，喜欢什么不好，喜欢一口棺材？这又是怎么个意思？

见南宫骁露出一脸的疑惑，林锦绣呵呵笑道："被我的话整迷糊了是不是？"

南宫骁说道："不是整迷糊了，是被你整不会了。你这喜好多少有点……"

林锦绣这时走到雕花门的旁边，摁了门背后的照明开关，屋子里一下子就亮堂了起来，然后走到棺材旁边说道："我之所以喜欢这口棺材，是因为这口棺材的材质是可遇不可求的材质！几百上千年的金丝楠木老料啊！而且是阴沉木。"林锦绣又拍着棺材说道："我其实是一个制琴人。做古琴的。算是非物质文化传承人。为了这口棺材，我跟胡大爷已经软磨硬泡了一两年了。可是胡大爷就是不出个'卖'字。所以，没办法，我只有经常上这儿来，跟胡大爷套近乎。谁让我发现了这口棺材呢？我相信精诚所至，金石为开，呵呵……"

听了林锦绣的解释，杜斌和南宫骁有了一种释怀的感觉，与林锦绣的距离感一下子就拉近了。

"你们这是……"林锦绣这时朝南宫骁问道。

南宫骁应道："哦，我和杜斌听说土菜馆的后边有一座老宅子，出于好奇，就抽空过来看看……"

"两位对明清古建筑有兴趣？"

"说不上兴趣，就是好奇。"

"好奇是正常的，呵呵……不过，想知道这座宅子和胡大爷之间的渊源吗？"

"怎么，你知道？"

"我跟胡大爷软磨硬泡了那么久，怎么会不知道？"林锦绣呵呵笑道。

"呵呵……你这么一说，不妨说来听听。"南宫骁说道。

于是林锦绣说道："我也是从胡大爷那儿听来的。算是一面之词，至于是不是这么回事儿，你得去找胡大爷求证，我只负责转述。当时吧，农村刚刚实行包产到户，这个原先被当成大队仓库和保管室的老宅子就空出来了。空出来的那几年，有几户人家在这里面喂猪喂鸡养鸭之类的，弄得脏得不行！房子垮了也不维修，大队上也没有钱来维护。后来是大队书记私下里来找到胡大爷，想让胡大爷出钱把这个大宅子买下来。本来，这座大宅子也是胡大爷祖上修的，原先胡大爷祖上是开绸缎铺做丝绸生意的，江浙沪一带都有店面，所以大队书记让胡大爷出面买这座老宅子也是名正言顺。而且，当时也就只有胡大爷有点钱，买得起。既然是大队书记主动上门求胡大爷买的，那胡大爷就有讨价还价的余地了。况且胡大爷本身也一直想把这座大宅子给买下来。当时大队书记要胡大爷出九千块钱。听胡大爷说，那会儿九千块钱在穷乡僻壤的农村就是个天文数字，出现万元户都是以后好几年的事。其实，投机倒把一辈子的胡大爷心里门儿清，这周围除了他能出得起这么大一笔钱外，没有第二个人能出得起这个数目。本来胡大爷只想出三千五的，出三千五大队书记也肯定要答应，但是，想一下，也不能太心狠，都是本乡本土的，当做点善事，所以决定还是出五千。"

"五千块钱买下这么大一座老宅子，想想都不可思议。"杜斌啧啧称奇地说。

林锦绣说完这番话，又指着天井外边的大门口说道："原先大门口是有一对石狮子的，胡丽琴的母亲觉得石狮子放在门口有点吓人，不像住人的，倒像是衙门，胡大爷就喊人把石狮子搬到河边扔了，听人说后来又被人弄去垫桥墩了……"

南宫骁对林锦绣说出的这番话像是有了很浓厚的兴趣，倒是杜斌心里惦记着庞三爷，于是对南宫骁提醒道："南宫，我们还是不要在这里逗留太久，还有正事要办呢！"

南宫骁当然知道杜斌说的要办的正事是什么，于是只好朝林锦绣说道："这次算是幸会，有机会，我还真得跟你好好聊聊你和这口棺材的事情。"南宫骁说这话的时候，杜斌已经转身朝着屋子的外边走了。南宫骁只好跟着杜斌走出了屋子。

出了屋子，顺着一条甬道朝前走，甬道似乎有点长，也没有照明，杜斌朝着甬道快步走的时候，跟在杜斌身后的南宫骁朝杜斌说道："你小子在玩什么花花肠子？你是不是看出点什么猫腻来了？"

杜斌这才在黑乎乎的甬道里站住，小声说："你没觉得这个叫林锦绣的人浑身都透着蹊跷？他真是一个非物质文化传人？真是一个制琴人？恐怕没这么简单吧。就凭他在棺材里睡觉，这个行为就显得很不正常。正常人会钻到棺材里睡觉？自找晦气？"

南宫骁呵呵笑道："这就是你少见多怪地瞎起哄了。在一些偏远农村，还真有爬到棺材里睡觉的习俗，其实说习俗都有失偏颇，严格意义上来说是带有点巫术色彩的迷信行为。谁要是闪了腰什么的，据说只要找一口寿棺睡上一宿，腰杆自然就好了。听说还灵验得很。"

"你说这个我也知道。我老家就有这个习俗。"

"那你还疑神疑鬼地妄加揣测？"

"可是你得分是什么人。况且，这个林锦绣并没有说他是因为腰杆痛才爬到棺材里去睡上一觉的。而且，他还很明确地说他是因为喜欢那口棺材才爬到棺材里去睡觉的……"

"这个理由不是也成立吗？"

"你觉得他这个理由成立吗？我觉得根本就不成立。喜欢就非得爬到棺材里去睡上一觉？难道一点都不觉得晦气？"

"既然你这么说，那你就别再跟我绕圈子了，你心里想的什么就直接说出来。"

"那口棺材里面绝对有猫腻！这座老宅子，那口棺材，你不觉得和我们现在所处的环境显得有点格格不入吗？你相信我的直觉。我的直觉有时候是很准的。我甚至一直怀疑我在某方面有特异功能。"杜斌说道。

"小子，你说的没错！你们的出现，打乱了林家小子的所有步骤！你们可千万别被这小子的表象迷惑了，你们最好还是小心点！"这时，一个昏昧老迈的声音从一处隐秘的角落里传了出来。

"谁？"南宫骁朝着传出声音的方向厉声问道。

声音落处，甬道里的灯被谁摁亮了。同样是十来瓦的白炽灯泡，灯光昏暗，把黑乎乎的空气不能照透彻，反倒使得整条甬道有一种说不清道不明的鬼魅气息。

甬道的不远处站着一个人。是出现过的乞丐——大师兄！很显然，灯也是他摁亮的。

看着出现在不远处的大师兄，杜斌和南宫骁不由得面面相觑，刚要朝大师兄走过去，可是，大师兄却又把甬道里的灯给摁灭了。

当杜斌和南宫骁借着手机的照明走过去，找到照明开关盒子重新把灯给摁亮，大师兄却已经不见了踪迹。杜斌和南宫骁愣了一下，脑子里一时间有点云里雾里的。

"我们会不会真的被带进一个圈套里了？怎么这个大师兄神出鬼没地透着一股邪气？"杜斌说道。

南宫骁没有回应杜斌的话，而是径自朝着甬道的尽头快步走去。出了甬道，又跨入了一个小的天井。

这个小天井有着充足的照明，天井里有假山水池和喷泉。水池的周围摆放着养护得很好的兰花。兰花的香味在空气中淡淡地飘浮着，很芳香，也很诱人。整个天井里，充盈着一种古色古香的文雅气息。

天井左边的一个房间里住着人，糊了窗户纸的窗棂透出暖色调的光亮，房间的门也是虚掩着的。站在天井入口处的杜斌和南宫骁有种恍如隔世的感觉，一时间有点不大适应这种环境了。

杜斌喃喃自语般地小声说道："不会真是进入到《聊斋》的情节里去了吧？还真的穿越了？"

"请问有人吗？"误入的南宫骁朝着虚掩着门的房间问道。

"进来吧。"房间里一个女人的声音应道。竟然是胡丽琴的声音。

当听到房间里传出的是胡丽琴的声音后，杜斌和南宫骁感到既意外又吃惊，面面相觑了一下，就朝虚掩着的房间门走过去。当杜斌和南宫骁推开房间的门，尚且没有跨入房间的时候，两个人就已经被出现在眼前的场景给镇住了。

第十六章　棺材里的秘密

这是一间古色古香的闺房。闺房里那张雕工既繁复又精美的千工拔步床，让站在门口的南宫骁顿时就迈不动步了。凭南宫骁在收藏界摸爬滚打这么多年的见识和经验，抛开房间里的几件明式红木家具不说，仅仅房间里的这张千工拔步床，便是叹为观止的稀世之物。

杜斌虽然是个门外汉，但是从南宫骁瞠目结舌的表情里，便已经猜到了其中的端倪。

房间里的红木家具都是老物件，时光在这些物件上镀上的一层包浆显得既柔和又温润。胡丽琴坐在一个红木绣墩上，神情忧戚，她看着出现在门口的杜斌和南宫骁。

杜斌一度出现了幻觉，眼前坐在绣墩上的并不是胡丽琴，而是活脱脱从古画上走下来的一个仕女。他甩了一下脑袋，定睛再朝胡丽琴看过去，房间里端坐着的确实是胡丽琴。

"我们是不是真的穿越了？"杜斌朝南宫骁小声问道。

而南宫骁却定定地看着胡丽琴，没有回应杜斌问的话。

"傻站在门口干什么？进来坐吧。没想到你们会摸到这里来。"胡丽琴说道。

看胡丽琴说话的状态，似乎把刚才在土菜馆发生的所有事情都抛诸脑后了，或者说土菜馆包间里发生的事跟她毫不相干，甚至根本就没有在她身上发生过。

南宫骁用疑惑的眼神盯了一眼杜斌，这才朝着房间里迈入，而杜斌却暗自拽了南宫骁一把，提醒他小心有诈。南宫骁反倒是朝杜斌笑道："你是不是小说看多了？没你想象的那么悬。"然后就走进房间。

杜斌却多出了一个心眼，站在房间门口没有动，他得守住房间的门口，以防万一。胡大爷刚才的身手他已经见识过了，他还真怕这是胡大爷和胡丽琴事先设下的陷阱。南宫骁当然明白杜斌的心思，也没有理会他，和胡丽琴面对面地坐下来，用很特别的眼神盯着胡丽琴。

胡丽琴朝南宫骁淡然一笑，说道："你别用这种眼神盯着我。如果不是今天你们的到来，我还真不知道我父亲对我隐瞒了那么多事情。他从前的事情，我真的一无所知。或许……我唯一知道的就是——他是我的父亲。"

"真的就这么简单？"南宫骁问道。

"真的就这么简单。你别把我想得有多复杂，我就是一个开土菜馆的小老板。见的世面，接触的社会关系都挺单纯的。"胡丽琴说道。

"可是，就你这房间里的陈设，是一个土菜馆小老板能置办起的家当？"南宫骁说道。

"我知道这一屋子的家当很值钱，但这并不是我的东西。"

"不是你的东西？"

"真的不是我的东西，是我母亲的东西。这是我爸的念想，给再多钱，他也不会卖的。他跟我说过，不管我喜不喜欢这一屋子的家具，除非他闭眼的那天，我才有权利处置这一屋子的家具。他在一天，这一屋子家具就得在一天。"

见胡丽琴说这话的样子显得很真诚，并不像是编的一套谎话来忽悠他，南宫骁也就不想就这个话题和胡丽琴继续深究下去，想了一下，说道："其实，我是很想说服自己相信你说的话。可是，凭我和杜斌跨入这座老宅子的那一刻起，我就不可能把事情看得那么简单。你不可能对你父亲以前的事情一无所知……"

"我说的都是实话，你愿意信就信，不愿意信我也没有办法。在我眼里，我父亲真就是一个普通的乡下老头。"

"那么，你父亲现在在哪儿？对不起，我们没有别的意思，就是想找他推心置腹地谈一谈。"

"他去找庞三爷了。"

"我就知道他是急着去找庞三爷了。那么，你现在可以跟我们一起去找你父亲和庞三爷吗？"

"我不知道。"胡丽琴说。

"为什么不知道？"

"我不知道我该相信谁。因为你们的出现，我现在甚至开始不相信我父亲了。"胡丽琴说。

"为什么会连你的父亲也不相信了？"

"我也不知道。我只是觉得我父亲突然就变得陌生了，就像是我不认识的另外一个人。刚才他把我从那间房间里拽出来，真把我吓着了。"

南宫骁盯着胡丽琴想了一下，转了话题，说道："对了，顺便问你一件事儿……"

"你说。"

"一个叫林锦绣的人，是你这个土菜馆的常客？"

"你怎么会问起他？你和他认识？"

"刚才我们碰见他了，在放棺材的那间屋子里碰见的。"南宫骁直截了当地说道。

胡丽琴自言自语地嘟囔道："这就是个怪人，每回来都会在那口棺材里睡上一宿，然后就离开。"

"经常来？"

"也不是经常来，大概一个月会来一两次。"

"你就没有问过他为什么喜欢在那口棺材里睡觉？"

"我父亲跟我说过。他是在研究棺材里刻的字。那口棺材里刻有字其实也不是什么秘密。我们这儿的人都知道我们家摆放着一口刻有古字的棺材。其实也不是只有林锦绣喜欢睡那口棺材。原先我小的时候，就有邻居经常到那口棺材里睡觉，特别是闪了腰，睡一晚上就好了。听说还灵验得很。这可能也是我父亲一直舍不得把这口棺材卖掉的原因。其实，林锦绣也是冲着要买这口棺材才每个月上这儿来的，和我父亲软磨硬泡也有一两年的工夫了。可是我父亲就是不卖。为了那口棺材，林锦绣甚至把城里的一套房子卖了，提了几十万的现款过来放在我父亲面前，我父亲也没有动心。"

听了胡丽琴的这番话，南宫骁扭头看了一眼杜斌。一直守在门口的杜斌这时说道："你和胡老板且聊着，我去去就来。"

南宫骁当然知道杜斌是要回去看一下那口棺材，于是朝杜斌提醒道："你得多个心眼……"

杜斌应了一声"知道"，然后就朝甬道走去。

杜斌回到那间摆放棺材的屋子，屋子里没有亮灯，黑漆漆的屋子静悄悄的，透着一丝丝阴冷的气息。杜斌摁亮了灯，棺材静静地摆放在屋子的正中间，打开的棺材盖子已经被人合上了。

杜斌以为林锦绣又回到了棺材里，于是故意轻声咳嗽了一下。

见棺材里没有动静，杜斌上去，把棺材盖子给用力掀开，见棺材里果然没有林锦绣，于是毫不犹豫地翻身进入棺材里。

杜斌打开手机的照明功能，棺材里果然密密麻麻地刻着弯弯曲曲的古怪符号。

杜斌对这种类似于文字般的符号一窍不通，感觉像是天书，于是从棺材里翻身出来，又快步回到了南宫骁那儿，冲南宫骁点了下头，确认胡丽琴说的话是真的。

"关于这口棺材，你知道它的来历吗？"南宫骁朝胡丽琴问道。

"从我记事起，这口棺材就摆放在那儿。我真不知道这口棺材是什么时候摆放在那儿的。我问过我父亲，他说是从官山上抬下来的。而且父亲还说，当时棺材被挖出来的时候，里面穿着官袍的尸首不光没有腐烂，整个人还像活人睡着了一样。棺材盖子一揭开，敞了风，半个小时不到，尸首就变黑腐化掉了。也许是我父亲有先见之明吧，知道这口棺材会很值钱，所以就把这口棺材弄回来摆在那儿了。林锦绣不是已经出到五六十万我父亲也不愿意卖吗？"胡丽琴说道。

南宫骁说道："这口棺材，恐怕还真不是卖不卖这么简单。"

"为什么？"胡丽琴问道。

"我现在说不出个所以然，只是一种揣测。要想知道真实的缘由，只有见到你父亲才能问出个究竟。所以，胡老板，你能不能现在就带我们去找到你父亲？我再给你明确一下这里面的利害关系，你的父亲和庞三爷，说不定面临着生命危险，你相信我，这绝不是我危言耸听地吓唬你。"

"真的？"胡丽琴吃惊地说道。

胡丽琴的话音刚落，这时南宫骁的手机却响了，是冷雅一打过来的，杜斌和胡丽琴都能听见手机里冷雅一的声音。

"南宫，你和杜斌现在在哪儿呢？"电话里的冷雅一问道。

"我和杜斌在土菜馆后面的一座老宅子里，胡丽琴也在。"南宫骁应道。

"你和杜斌赶紧回来吧，有别的事……"

"有别的事？我们正商量着要去找……"

"你和杜斌先回来再说。"电话里的冷雅一用不容商量的口吻说道，然后就挂断了电话。

"冷雅一那边像是遇到麻烦了。"南宫骁朝杜斌说道。

听说冷雅一遇到麻烦，杜斌一下子就不淡定了，说道："那还磨蹭个啥，赶紧回去啊！"说着转身就跨出了房间的门。胡丽琴也紧跟着站起来，说道："我也跟你们过去吧。本来小本生意做得好好的，都怪我，没事儿给尤坤看什么照片嘛，麻烦都是自找的。"

第十七章　不该有的视频

　　三个人回到土菜馆，木先生居然端坐在冷雅一的对面，左手摆弄着右手大拇指上的一个翡翠扳指，一副志得意满胜券在握的样子。他似笑非笑地看着走进来的三个人。

　　南宫骁冷冷地看了木先生一眼，没有理会一脸得意的木先生，径直走向冷雅一，小声问道："雅一，出什么事了？"

　　紧锁着一双秀眉的冷雅一瞟了南宫骁一眼，没有立马回答南宫骁的话，却将目光投向了杜斌。杜斌被冷雅一的眼神盯得心里轻微地抽搐了一下，一颗心一下子就感觉有点悬空了。

　　幸好冷雅一收回了目光，然后打开手机里的一段视频，递给南宫骁，说："你先看看这个吧。"

　　南宫骁接过手机，看着手机里的视频，眉头随之紧皱了起来。杜斌颇为好奇，想凑过去看，南宫骁顺势将手机递给他，说："你看看吧。"

　　杜斌不明就里，接过南宫骁递过来的手机，重新播放了视频。

　　视频里居然是他把冷雅一抵在古城墙下一番狂吻的影像。

　　看完视频后的杜斌顿时就傻在了当场，内心既尴尬又惭愧，他看了眼冷雅一，随后又看着木先生。

　　木先生这时也直视着杜斌，似笑非笑的眼神里充满了诡诈和阴险。

　　"你偷拍的？"杜斌朝木先生问道。

　　木先生没有理会杜斌，或许他觉得杜斌还不足以和他对话，而是将目光朝向冷雅一，用很绅士的语调说道："冷女士，不对，事实上我应该管叫你沈太太或者沈夫人更为合适。如果，我把这段视频放到网络上，视频里的内容在网络上传播并发酵开来，你觉得会引发什么样的舆论风波？甚至，我还可以把这段视频放到海外的媒体上去大肆炒作一番，你和沈楠笙之间因为商业利益而缔结成的这场婚姻又会怎么样？更重要的是——冷家和沈家的两个商业帝国又会怎么样？股价会不会一夜雪崩？甚至，两座相互依托的商业帝国会不会瞬间土崩瓦解地坍塌？再或者，沈楠笙对你——又会做出什么样的举动？你的丈夫——沈楠笙是一个什么样的人，也许你比谁都清楚。"

木先生的话字字诛心，冷雅一的脸上露出痛苦的表情，她冷声朝木先生说道："说吧，你想怎样？"

"很简单，九幽蛇杖我志在必得。"木先生说道。

"行，我退出。"冷雅一屈服地说道。

木先生却冷笑一声地说道："不，沈太太，你似乎对我说的话还是没有领悟透彻。目前，我和你之间的分歧点在于——不是你退不退出这么简单……"

"那你究竟想要怎么样？你可别欺人太甚！"冷雅一终于有些按捺不住地朝木先生说道。

"我不想怎么样。其实很简单，我在雷坪镇的那家宾馆里等你，九幽蛇杖还是由你去取回来，不管你用什么方法。而我，坐享其成！这样，我和你之间就不存在竞争，只存在交易。怎么样？我提的建议很守商业道德和规矩吧？你也许对我这个人并不大了解，我就这么跟你说吧，我喜欢复杂的问题简单化，只要是能花钱办到的事儿，对于我来说，就不是事儿。"

说完这番话，木先生站起来，依旧绅士范儿十足地朝冷雅一说道："好了，沈太太，我要表达的意思也基本表达清楚了，时候也不早了，我得回宾馆去休息了。我的作息时间从来都是很有规律而且固定的，今天，已经算是破例了。"

随后，木先生带着他的人整个地撤出了土菜馆，包括那两名职业杀手。

木先生带着他的人马离开后，屋子里的空气变得凝重而且有些尴尬。

特别是杜斌，他甚至没有勇气再看冷雅一一眼，低着头，闷闷地杵在屋子的角落里，感觉整间屋子里就他显得多余而且碍眼。他想逃离。于是他选择了逃离，极度狼狈地逃出了那间屋子。

南宫骁和冷雅一并没有阻拦杜斌。

杜斌走出雅间后，雅间里的凝重气氛并没有得到丝毫缓解。胡丽琴同样感觉到了自己的多余，也找了一个借口，退出了屋子，并顺手带上了屋子的门。

此时，屋子里只剩下南宫骁和冷雅一以及苏袖。

苏袖怯生生地朝南宫骁问道："我需不需要也退出去回避一下？"

南宫骁看了苏袖一眼，眼神冷峻。苏袖冲南宫骁回敬了一眼，便不出声了，看着冷雅一。

冷雅一看了南宫骁一眼，原本神情凝重的脸上冷不丁地露出一抹笑意，故作什么事儿也没有发生般地说道："都那么严肃干什么，没看见那个孬货比兔子溜得还快？南宫，你说，我们会不会看错人了，呵呵……"

冷雅一自我解嘲般地笑了起来。

苏袖一脸诧异，朝冷雅一说道："雅一姐，这个时候你还笑得出来啊？我感觉天都快塌了！要是木先生真的把那段视频给你的那个变态看了，我都担心他会不会把你肢解并剁成肉块，然后再用破壁机绞碎了冲下水道里！你还是想想怎么把那段视频消灭在没有扩散阶段吧。我都替你着急，你还笑呢！"

冷雅一看了一眼苏袖，依旧笑道："你是恐怖小说看多了吧？我的下场就有这么惨？我身边不是还有你吗？"

苏袖慌声说道："雅一姐，这事儿你可别指望我，其他的什么事儿，我或许还可以替你扛那么一下子，这事儿……我什么也帮不了你。"

"还口口声声说当我的守护神呢，原形毕露了吧。"冷雅一打趣地说道。

苏袖被冷雅一挤对得有点下不来台，求助般地看着南宫骁。

南宫骁用几分同情的语气朝冷雅一说道："雅一，你心里有委屈和怨气就别朝苏袖身上撒了，苏袖也是个弱女子，面对强权势力，她也是无能为力的，也许，这事儿你还真得指望你刚刚说的那个屌货。"

冷雅一不置可否地"切"了一声，接着说道："好了，不说没用的了，还是说正事吧。你刚才回我电话的时候说什么来着？你说你和杜斌在一座老宅子里？"

"是的，土菜馆的后边其实藏着一座大的老宅子，大概是明清时的建筑。老宅子是胡丽琴胡老板的。她父亲几十年前购置的。据说当时买得很便宜，几千块钱就搞定了。不过，我和杜斌都觉得，这座老宅子里好像大有乾坤。"

"大有乾坤？你大概给说说。"冷雅一对南宫骁的话生出了好奇和兴趣。

这时苏袖却说："要不我去把胡老板叫进来，让她跟你说老宅子的事情，或许她会说得更清楚实际一些。"

南宫骁朝苏袖说道："你恰恰说错了，关于老宅子的事儿，胡丽琴知之甚少，甚至不会比我们知道得多。"

"怎么可能？你不是说胡老板是这座老宅子的主人吗？她怎么可能连自己住的地方都不清楚？"苏袖质疑道。

"我指的是老宅子背后的一些事儿。我就这么说吧，关于这座老宅子，背后不光有故事，而且有秘密。这也间接可以补充说明一点，九幽蛇杖在这里出现，也不是无缘无故的。我总感觉，九幽蛇杖和胡大爷以及这座老宅子，其中肯定有某种关联，而且，我甚至怀疑，我弟弟南宫勇，也是因为这座老宅子，才出现在这儿的。"

听了南宫骁的这番话，冷雅一和苏袖不禁对视了一眼。

"南宫，你觉得有没有这么一种可能，我们之所以会得到九幽蛇杖这条线索，是你弟弟南宫勇故意透露给你的，然后通过尤坤……"冷雅一这时说道。

"我弟弟为什么要通过尤坤把九幽蛇杖的线索透露给我？逻辑上说不过去啊。"南宫骁不解地说道。

"所以，答案得你自己去找啊！我只是假设了这么一个问题而已，至于成不成立，那又另当别论。不是有一句话来着——大胆假设，小心求证。你说是不是？既然你弟弟南宫勇的信物在胡大爷的脖子上被发现，那么，所有的假设在没有被证实之前，是不是都可以看作是成立的？"

"你的意思是说——我弟弟南宫勇在给我们做这场局，他是背后的真正操盘手？"

冷雅一看向南宫骁，没有回答他问的话。

"南宫勇，这回要是让我逮着你小子，看我怎么收拾你！"南宫骁愤愤不平地说道。

听南宫骁莫名其妙地说这么一句话，冷雅一极为不解地嗯了一声，说道："南宫，你说这话是什么意思？难道你和你弟弟之间还存在着某种过节或者说误会？"

南宫骁这才意识到自己不小心说走了嘴，忙敷衍道："也说不上什么过节，亲兄弟明算账，他欠我一笔钱，怕我管他要，就一直玩失踪……"

"是吗？"冷雅一不大相信，看着南宫骁。

"好了，我和南宫勇之间的事儿由我自己来解决。现在，先说说你的事情怎么解决吧。"南宫骁岔开话题说道。

冷雅一却说道："我还真不知道该怎么来解决这件事。南宫，不是我说小气的话，这个厌货是你给我物色的人选，我也没想到这个厌货那天晚上会那么直接大胆。现在把柄被人攥住了，我呢，除了就范，真的没有别的办法。所以，这件事，你要负一半的责任……"

南宫骁听冷雅一这么说，苦笑了一下，说道："好了，雅一，有你这句话，我就知道该怎么做了。你放心，我会用我的方式把这件事处理好的。"

"有图有真相，这件事，恐怕真没这么好处理吧？"冷雅一忧心忡忡地说道。

"雅一姐，你放心，既然南宫都说他会给你处理好这件事，这件事就一定会被消灭在萌芽状态的，你要相信南宫的能力。"一旁的苏袖朝冷雅一说道。

冷雅一用怨嗔的眼神盯了苏袖一眼，说道："这个时候，你当然会帮着南宫说好话。"

而南宫骁这时却故意轻咳了一声，然后说道："我先出去找杜斌。"说罢转身出了雅间。

南宫骁出了雅间后，冷雅一这时才轻叹了一口气朝苏袖说道："苏袖，我可真是把你当作我唯一的闺蜜。我知道你是打心眼里喜欢南宫的。但是，苏袖，你知道我现在的内心是什么样的一种感受吗？"

"感受？什么感受？"苏袖诧异地盯着冷雅一问道。

"孤独！"

"孤独？雅一姐，我……真的有点不明白你突然说这话是什么意思了。你身边不是有我、南宫、杜斌吗？沈老板不敢把你怎么样的，你不用害怕，也不用感到孤独的……"

"我不知道你是真的没有听懂我的话，还是故意在我面前装傻充愣。我说的孤独是因为我现在觉得我的身边没有一个可以信得过的人。而且，从一开始，我就被人下套了。"冷雅一说道。

冷雅一的话令苏袖心里没底，说道："雅一姐，你可别说这种话。我知道你说这话的意思，你说的给你下套的这个人，就是南宫，对吧？"

冷雅一反问道："难道不是吗？而且，虽然你很喜欢南宫，但是，你对南宫了解多少？"

苏袖颇有些茫然地摇了摇头，说道："可是，你如果真的怀疑南宫，那么，他的动机是什么？"

冷雅一冷哼了一声说道："你问动机是吧？动机就是——南宫是'水心斋'的主人。这个'水心斋'，之前我还真是忽略了它的存在。也许，是'水心斋'这个店面太小的缘故吧。正因为它的店面太小，所以才让人很容易忽略了它的存在。甚至把南宫也看作是一个做小本经营的文物贩子。"

"我知道南宫是'水心斋'的主人，但是……这跟下套这件事有什么必然的联系吗？再说，南宫不会是这么阴险的人吧？我觉得他做事一向是光明磊落的。"苏袖说道。

冷雅一却说道："你是没有处在我的位置和身份，所以，你是不会有我的这种直觉和判断的……苏袖，我之所以和你说这些话，是想在关键的时候，你一定要站在我这边，帮我……"

"雅一姐，我肯定站在你这一边啊！你在说什么呢？"苏袖不假思索地说道……

第十八章　士为知己者死

出了屋子的南宫骁要去找杜斌，杜斌却并不在土菜馆的院子里。几个服务员没事儿干，围在一棵大榕树下的圆桌上斗地主。胡丽琴也像是什么事也没发生似的站在一旁观战，见南宫骁朝这边走过来，就丢下玩斗地主的人，朝南宫骁迎上来。

"杜斌呢？"南宫骁朝胡丽琴问道。

"可能在大门外边吧。他一个人出了大门，我不好跟着他。"胡丽琴说。

南宫骁"哦"了一声，然后就朝大门外走去。

"要不要我陪你一起去找？"身后的胡丽琴问道。

"不用。他应该就在外面不远的地方。"南宫骁说道。

杜斌果然蹲在大门外的一丛灌木下抽着闷烟，南宫骁来到他身边也浑然不知。他没有回头，也没有吱声。

大门外没有亮灯，南宫骁是凭着杜斌嘴里烟头的火光找到蹲在灌木丛下的杜斌的。

"那段影像是你安排人偷录的？"杜斌背对着南宫骁，声音很冷也很严肃地说道。

南宫骁没有回答杜斌的问话，沉默地站在杜斌身后。

"你为什么要这么干？"杜斌又问道。

南宫骁继续沉默了一阵，然后才说："杜斌，其实……从你答应陪我出来走这一趟，你就应该知道这件事没有那么简单，你说是不是？毕竟，我给你开出的价码是八百万。八百万可不是一个小数目，说不定你一辈子也挣不到这个数，对不对？"

"我在问你那段影像是不是你安排人偷录的？"依旧背对着南宫骁的杜斌用低沉愠怒的声音朝南宫骁质问道。

"是，是我安排人背着你和冷雅一录的。"南宫骁终于承认道。

蹲着的杜斌呼地站起来，转过身，几乎是鼻尖贴着鼻尖地朝南宫骁恶声喝道："你为什么要这么干？你在利用我，从开始就在利用我。"

黑暗中，杜斌逼视着南宫骁，南宫骁也直视着杜斌。

两人就像狭路相逢碰在一起的两头猎豹。

夜的暗光里，南宫骁的脸上抽扯出一丝变态般的微笑，朝杜斌说道："你能不能平心静气地和我说话？如果不能，我拒绝回答你的一切提问。"

"你是木先生的人！你和木先生是一伙的，对不对？"杜斌低沉着声音说道。

"我和谁都不是一伙的。我既不是木先生的人，也不是冷雅一的人。我就是我自己。我这样解释，不知道说清楚了没有。"南宫骁冷笑道。

"说，你究竟要我帮你干什么？杀人灭口，还是放火抢劫？"杜斌继续恶声喝问道。

"那倒不至于。你现在需要做的，就是寸步不离地守在冷雅一的身边，百分之百地保证她的安全……"

"然后呢？"

"暂时没有然后。"南宫骁说道。

"要是我现在就选择退出呢？"杜斌说道。

南宫骁突然呵呵笑道："有冷雅一在，你不可能选择退出。我笃信这一点，呵呵……"

南宫骁的笑声令杜斌感到相当刺耳，却无力反击。

"好了，别义愤填膺了，就跟吃了好大的亏似的。平心而论，这一趟，你净挣八百万不说，还有可能最终抱得美人归，这么好的翻身机会，除了我能够提供给你，恐怕没有另外的人可以提供给你了吧？记住，在我们这个神奇的国度，改变命运，或者说实现阶层的跨越，需要的往往就是一个机会。小子，你现在面临的就是这么一个千载难逢的好机会。机会难得，你可得好好把握住！所以，你现在用这种态度对我，是毫无道理的。呵呵……"

南宫骁的话切中了杜斌的要害，心里积蓄起的怒气瞬间就消失了一大半。

"怎么样，脑子转过弯了没有？"南宫骁又朝余怒未消的杜斌问道。

杜斌看着南宫骁，消停了一下，说道："我不管那根所谓的九幽蛇杖最终落在谁的手里，反正，我只对冷雅一负责。她想要，我就会不择手段地帮她抢！"

"这就够了。"南宫骁说道。

有了这番谈话后，杜斌和南宫骁重新回到了雅间。

冷雅一和苏袖以及胡丽琴都在，三个女人就像是在候着杜斌和南宫骁两人似的。

因为有了和南宫骁的开诚布公，杜斌在冷雅一的直视下变得不再露怯，而是颇有些底气十足地径直走到冷雅一身边，然后随手拖了一只凳子，紧挨着冷雅一坐下。杜斌的这个举动既出乎南宫骁的意料，也有点出乎冷雅一的意料。但坐下的杜斌却是一副若无其事的样子。

冷雅一用硌硬的眼神盯了南宫骁一眼。南宫骁故意不痛不痒地朝冷雅一说道："男人嘛，该承担的责任就是要勇于承担嘛，对不对？"

南宫骁的这句话看似是冲着杜斌说的，其实却是刻意说给冷雅一听的。

而杜斌却用愠怒的眼神盯着南宫骁。

冷雅一轻声冷笑道："都不知道你在说啥。"

南宫骁说道："这些都不重要，现在重要的是我得去找到胡大爷和庞三爷。胡老板，要不你陪我走一趟？"

胡丽琴似乎看出了一点端倪，也想快点离开这个是非之地，爽快地说道："陪你走一趟可以。但是，你们千万不要把事情整复杂了。"

"放心，不会有多复杂了。其实也就是一场普通的交易买卖而已。而且又有人阔绰地出钱，这事儿复杂不到哪儿去。"南宫骁说道。

"那行，我这就带你们去找我父亲，他应该就在庞三爷那儿。刚才你是把他吓着了。我父亲也是不经事的。好好跟他说，他应该也是好说话的人。"胡丽琴变得一脸轻松地说道。

"苏袖，你也跟我一起去吧。有杜斌陪着雅一就行了。"南宫骁又朝苏袖说道。

苏袖却说道："为什么要我跟着你去，而让杜斌陪着雅一姐？再说，我跟着你去能干什么？"

冷雅一这时却对苏袖说道："苏袖，就听南宫的安排吧。他这样安排自然有他的道理。你去吧，我不会有事的。"

"雅一姐……"苏袖颇有些不放心似的说道。

"去吧，快去快回，我就在这儿等你们的消息。"冷雅一又朝苏袖催促道。

苏袖这才跟着南宫骁和胡丽琴出了屋子，临了仍旧不放心地朝冷雅一说道："要是有什么事儿的话，赶紧给我打电话。"

苏袖说这话的时候还不忘剜了杜斌一眼。杜斌冲苏袖笑了一下。

南宫骁带着胡丽琴和苏袖离开以后，整个农家乐里似乎一下子变得安静下来。而雅间里的气氛也变得格外的严肃凝重起来。坐在冷雅一身边的杜斌感到周围的空气变得有点迟滞般的黏稠了。

"是南宫刻意安排你留下来的？"冷雅一首先打破僵局地朝杜斌问道。

"是我要求留下来的，本来，这事我也掺和不了。"杜斌内心忐忑地撒谎道。

"杜斌，问你一个问题……"冷雅一转了话题，说道。

"什么问题？"

"你觉得你能担起多大的事儿。"

"那要看是什么事儿。"

"比如杀人！"冷雅一盯着杜斌，简单直接地说道。

"杀人？杀谁？"杜斌心里扑棱了一下，问道。

"南宫骁！"冷雅一说。

"为什么？"杜斌吃惊地问道。

"没有为什么，只是随便这么一问。"冷雅一又变得轻描淡写地说道，似乎只是跟杜斌说了一句玩笑话。

没想到杜斌却变得很认真地说道："如果是因为你，我可以的。"

杜斌回答得这么干脆，倒是完全出乎冷雅一的意料，她盯着杜斌，说："你确定没有骗我？"

"如果你说的是真的。"杜斌说。

"说出你的理由，仅仅是因为……"

"没有理由。士为知己者死，够不够？"杜斌直视着冷雅一的眼睛，打断冷雅一的话，果断地说道。

冷雅一的眼睛一下变得湿润了。这时，外边冷不丁地传来两声很轻很有素质的敲门声。

"谁？"冷雅一警觉地问道。

门外边并没有人回应，但随之，屋子的门却被人从外边悄无声息地推开了。

第十九章　半山听雨

出现在门口的是一个年轻人，但年轻人却穿着一件藏蓝色的对襟长衫，头上绾了一个光滑漂亮的发髻，一副出家道士的打扮。最显眼的是年轻人的背上，背着一张古琴。

居然是换了一身装束的林锦绣！和林锦绣有过一面之缘的杜斌一眼就认出了他，诧异的同时却没有朝他打招呼，而是虎视眈眈地盯着他。林锦绣此时的打扮和行头，对于杜斌来说，多少显得有点突兀。

杜斌对林锦绣制琴人的身份已经有了很大的怀疑。此时此刻林锦绣的突然出现，既显得不合时宜也显得有点蹊跷。

站在门口的林锦绣并没有贸然走进雅间，而是彬彬有礼地朝着冷雅一自我介绍道："自我介绍一下，鄙人林锦绣……"

一听"林锦绣"三个字，冷雅一一脸的懵懂，扭头朝杜斌投去疑问的眼神，说："你们认识？"

杜斌这才朝冷雅一说道："在老宅子见过，算是一面之缘，刚才忘了给你说这件事了。"

站在门口的林锦绣也接过杜斌的话头说道："是的，我们刚才已经有过一面之缘。现在我冒昧造访，算是加深印象。"

林锦绣似乎话里有话。

多少生出了一点戒心的杜斌这才朝林锦绣说道："既然是存心而来，那就进来说话吧。"

林锦绣朝杜斌一拱手，说道："谢谢。"然后才走进了雅间。

林锦绣这个拱手的动作在冷雅一看来，既显得有些迂腐也显得有点繁文缛节的多余，于是轻微地皱了一下眉头。

杜斌原本以为林锦绣的造访是有明确的目的性，但没想到的是，走进来的林锦绣却将身上背着的古琴从琴套里取出，然后摆放在大圆桌上。

随后，林锦绣又从随身背着的一个褡裢里取出一套焚香的器物，再把香料在器物里点着。整套摆琴焚香的动作，林锦绣做得有板有眼不紧不慢，这一连串程式化的动作，使得林锦绣的举手投足间有了一种很神秘的仪式感。

杜斌和冷雅一不动声色地看着林锦绣这一番操作，竟然有点沉迷其中了。

整个过程中，林锦绣没有再说一句多余的话，最后，气定神闲地坐在古琴前，在古琴上弹奏出了一曲空灵优雅的古琴曲。

好的音乐对人的心灵是有着很强的穿透性的，即使对音乐一窍不通的杜斌，也从林锦绣指尖弹拨出的音符里，听出了竹林，溪流，层峦叠翠的青山，在雨水的冲刷下纤尘不染。

滴滴答答，雨水滴落在绿叶上，晶莹剔透，却在微小间映显出天与地的宽广和无垠……

而冷雅一更是一下子进入到了音符里的意境中……

古琴声在余音袅袅中戛然而止，好一会儿，冷雅一才从一种幻觉般的状态中回过神来，她看林锦绣的眼神变得清澈而且柔软，说道："是《半山听雨》？"

"是的。俗话说知音难觅，没想到在这么一个偏僻的农家小院里，我却觅到知音了。果然是幸会了！"

"免贵姓冷，冷雅一。"冷雅一朝林锦绣主动伸出了手。

一曲古琴曲，就像是一张印着高贵身份的名片，林锦绣和冷雅一之间的距离一下子就拉近。这让一旁的杜斌或多或少生出了一丝醋意。

　　"这首曲子，我也在老宅子里的天井里对胡丽琴弹过。可是，胡丽琴……呵呵，算了，不说也罢。"林锦绣呵呵笑道。

　　冷雅一也附和地笑道："毕竟这是一种雅文化，很小众的，曲高和寡，你也不能对胡丽琴要求太高。"

　　"我有什么资格对胡丽琴有要求，我需要的只是一种契合和共鸣，可是，这样的契合和共鸣，在生活中是很难遇到的，就是那种很庄重很契合的一瞬间的交集。所以，今晚，能够为你抚琴，我的确算得上是幸会了，呵呵……"

　　"林先生你可不要这么说，你再这么说，我倒是要感到惭愧了。我也是恰巧听过这首古琴曲而已，所以才能随口说出曲名的。这并不代表我对这支古琴曲有多深的领会，对不对？"

　　冷雅一在林锦绣的面前变得谦虚起来，而且还破天荒地尊称林锦绣为先生。一旁的杜斌自惭形秽，一下子感到很自卑。

　　"好了，抚琴一曲，曲终人散，我也不便继续打搅。不过，但愿在人生的某个时刻，我能在某一处深山转角处的风雨亭里，再给你演奏这曲《半山听雨》。"说罢林锦绣收拾起古琴和焚香的器具，干脆利索地离开了雅间。

　　林锦绣离开以后，倒是把冷雅一弄得有点意犹未尽了，朝杜斌说道："没想到会在这儿遇上这么一个奇怪的人。倒是挺有趣的啊。"

　　杜斌冷冰冰地说道："还有更有趣的呢，只是我没来得及跟你说而已。"

　　"还有更有趣的？也是跟这个怪人有关？"冷雅一突然对林锦绣有了很大的兴趣，追问道。

　　"他可是喜欢睡死人棺材的人。"杜斌说道。

"喜欢睡死人棺材的人？这么恐怖？我没听懂你说这话的意思。"冷雅一一脸诧异，说道。

　　杜斌这才跟冷雅一把老宅子里遇到林锦绣的事情一五一十地说了。

　　听了杜斌的话，冷雅一由好奇变得认真起来，朝杜斌说道："杜斌，你现在就带我去老宅子看看那口棺材。"

　　"我也正有这个意思。"杜斌说道。

第二十章　纵火者

就在杜斌领着冷雅一要去看老宅子的那口棺材时，外边突然传来一个女人石破天惊般的呼喊声："快来救火啊！后边的老院子着火了！"

听到外边的喊声，杜斌和冷雅一都是陡然间一惊。

杜斌更是一把拉过冷雅一的手，拽着冷雅一就冲出了屋子。

一条火龙已经从老宅子那边蹿腾了起来，红通通的火光刹那间照亮了老宅子上部的夜空！

土菜馆里的员工惊慌失措地乱成了一锅粥，有人拿了木桶瓦罐之类的舀水器物朝着老宅子那边冲过去，也有人跑到土菜馆的大门外边，边敲击着手里的瓷盆边大声呼喊："着火了！赶紧来救火啊！"

由于胡丽琴经营的这个土菜馆和紧挨着后边的那座老宅子是单独院落的格局，周围最近的邻居也和土菜馆相隔着一两里路的距离，所以救火的人一时半会儿也不可能赶过来。

除了农家乐里的几个人用手里的舀水工具杯水车薪地救火，便再也没有更有效的救火措施了。

火借风势，风借火势，一场完全失控的大火瞬间就在老宅子里形成了。眨眼的工夫，冲天的大火在爆燃声中把整座老宅子吞没了。

杜斌和冷雅一眼睁睁地看着老宅子陷入一片红通通的火海中。此时，土菜馆里所有的人都冲到了老宅子那边救火去了，土菜馆里只剩下冷雅一和杜斌。冷雅一从来没有经历过这种场面，看着在夜空里飞卷起来的火舌，一时间有点犯蒙。倒是农村长大的杜斌，有过火灾的真实经历，面对眼前这场突如其来的大火，心里并没有感到过分的慌乱。

杜斌意识到这场大火很有可能是人为纵火。

而在这个时间节点上，纵火的人又该是谁呢？

杜斌脑子里陡然间闪现出一个人的影子——林锦绣！

"这家伙果然是个狠角色！"杜斌喃喃自语地小声说道。

"你说谁是狠角色？"冷雅一扭过脸，朝杜斌问道。

"是林锦绣纵的火！绝对是他！"杜斌很肯定地说道。

"林锦绣？你疯了吧？你为什么会怀疑他？"冷雅一吃惊地说道。

"因为，只有他才有纵火的动机……"

"动机？你怎么确定他有纵火的动机？"冷雅一对杜斌的话感到无法理解。

杜斌知道一时半会儿跟冷雅一解释不清楚，即使解释清楚了冷雅一也不一定信他的话，所以没有回答冷雅一，而是拉着冷雅一朝着火光冲天的老宅子那边疾步跑去。

尽管杜斌知道凭着他和土菜馆的这几个员工，是根本不可能把这场突发的大火扑灭的，但是他不能袖手旁观，还是要参与到救火的行列之中。

然而，当杜斌拉着冷雅一来到老宅子前时，才发现先到一步的土菜馆的员工们已经放弃了救火的努力，都沉默地站在老宅子前，如同行注目礼般在跟老宅子做最后的道别。

老宅子在众人的注目礼中开始分崩离析地坍塌，疯狂的火舌在风的助燃下竟然形成了火龙卷，一条旋动的火龙在夜空中蹿腾起来，煞是壮观！众人同时发出一声惊呼。而就在众人的这一声惊呼声中，身后突然传来一个女人撕心裂肺的惨烈喊声："爸——爸——爸啊——"

这突如其来的喊声令杜斌和冷雅一浑身一颤，扭过头，却见胡丽琴疯了似的朝着火场冲了过来。众人不明白是怎么回事儿，此时的胡丽琴像中了邪，不管不顾地直接朝着火光冲天的老宅子里冲！

杜斌眼明手快，一个箭步上去截住了胡丽琴的去路，并一把拦腰抱住了她，朝她大声喊道："你是不是疯了？会被烧死的……"

可是，失去理智的胡丽琴却奋力地要挣脱杜斌的控制，歇斯底里般地大声哭喊道："放开我，我爸在里面！我爸在里面！"

一听胡丽琴喊这样的话，杜斌顿时就愣了，但依旧不松手地朝胡丽琴喝问道："你说什么？你爸怎么会在里面？"

"我不知道！我不知道！但是他真的在里面！我要去救他出来……"胡丽琴哭喊着。

土菜馆的员工们也回过神来，一起上来，帮着杜斌把失去理智的胡丽琴控制住，杜斌也趁机松了手。

这时，杜斌才发现南宫骁和苏袖也出现在了火场，并一脸忧戚地看着眼前这场疯狂肆虐的大火。

"她怎么会说她的父亲在老宅子里？胡大爷不是在庞三爷那儿吗？"杜斌朝南宫骁问道。

"胡大爷根本就没有去庞三爷那儿，胡丽琴给他打电话，电话里听到胡大爷喊救命的声音，说老宅子着火了，随后电话就断了……"

听了南宫骁的话，杜斌看了一眼这时瘫坐在地上的胡丽琴，一时间沉默了。冷雅一走上去，蹲下，把胡丽琴拥在怀里，默默地陪着胡丽琴流眼泪。

"是林锦绣纵的火。"杜斌对南宫骁说。

冲着南宫骁说这话的时候，杜斌才猛地发现，在火光的映照下，此时南宫骁的脸色极其难看。

南宫骁没有回应杜斌的话，而是把攥在手里的一个物件打开看了一眼。是杜斌从胡大爷脖子上扯下来的那块天铁。

"我怀疑我弟弟南宫勇也在里面。火场里也许烧死了两个人。"南宫骁沉着声音说道。

听了南宫骁的话,杜斌脑子里嗡的一声爆响,急声问道:"你说什么?你弟弟南宫勇也在里面?怎么会?"

南宫骁说道:"我们都被林锦绣骗了。他给我们讲的故事,都是他现编的鬼话。"

听了南宫骁的话,杜斌的脑子一时间蒙了。

"你确定你弟弟南宫勇真的在里面?"愣了好一会儿,杜斌朝南宫骁问道。

"虽然不确定,但是有百分之九十的可能!"南宫骁说道。

听了南宫骁的话,杜斌暗自松了一口气,说道:"原来你是猜测的啊。只要有百分之一的不确定,你都不该这么想的。"

南宫骁不再理会杜斌,而是朝着冷雅一和胡丽琴那边走过去……

第二十一章　诈尸

杜斌这才朝一直没有吱声的苏袖问道："你们见到庞三爷了吗？"

"没见到他人，倒是见到了他的孙子。"

"他孙子？哦，对了，下午给他停车费的时候，庞三爷好像提到过他有一个孙子的，叫什么名字来着？"杜斌说道。

"庞庭岳，我记得好像是这个名字。"苏袖说道，"对了，虽然没有见到庞三爷，但是他孙子说庞三爷傍晚的时候背了一样东西出去了，可能是上了那片官山。"

"官山？哪儿的官山？"

"具体是哪儿的官山我们也不清楚，不过据说这附近有一片生人勿近的官山。胡丽琴知道在哪儿。"

在杜斌和苏袖说话的过程中，四乡八邻的人已经从几里甚至十几里的地方赶了过来，并即刻投入到了灭火的行动中。大火终于在天将放亮的时候被扑灭了，与其说是扑灭的，不如说是疯狂肆虐的大火自己偃旗息鼓的。

救火的人扑灭了最后一点余火，精疲力竭地纷纷散去，老宅子周围又归于一片平静，但这种平静却充斥着一股劫后余生的肃杀之气。

南宫骁冒着被滚烫的灰烬烫伤的危险，借着手机的照明，开始在火场里寻找起来，苏袖也跟在他的身后。

一直被冷雅一拥在怀里的胡丽琴朝她的员工有气无力地吩咐道："你

们快去帮我找找我爸，活要见人，死要见尸，我现在双腿没劲，站不起来了。"

冷雅一朝站在一旁的杜斌吩咐道："你也去帮胡老板找找吧……"。

听了冷雅一的吩咐，杜斌二话没说就朝着火场里走去。他首先要去的地方就是搁着棺材的那个地方。凭着刚才火势的判断，这场大火缘起的地方，应该就是搁着棺材的那间屋子。

杜斌边朝着那边走边朝不远处的南宫骁喊道："别的地方先不用找，先到搁棺材的那间屋子看看吧，林锦绣要销毁的就是那口棺材，他肯定是在那儿纵的火。"

不远处的南宫骁却不理会杜斌，而是看一下手里攥着的那块天铁，又再看一下火场的周围，就像迷失在原始丛林里的人，凭着手里的一个指南针在辨别和寻找着出路似的。

杜斌没工夫理会南宫骁的奇怪举动，径直朝着被整个烧塌的那间屋子走过去……

也许是棺材的质地太好的缘故，虽然整具棺材被烧得面目全非，但并没有完全化为灰烬地坍塌掉，整具棺材的轮廓还在，所以杜斌一眼就看到了那口棺材。有一根掉下来并被烧成木炭的房梁压在棺材上。让杜斌感到奇怪的是，棺材的盖子好像是被人掀开掉在一边的，而且被整个烧透，成了一堆灰烬。

果然是为了销毁证据采取的纵火行为。奇怪的文字符号很多都是刻在棺材盖子上的。

心里犯着猜忌的杜斌站在棺材的不远处，显出了几分迟疑。他是真的怕棺材里有被烧死的人躺在里面。那种惨不忍睹触目惊心的画面感，杜斌的内心是极度排斥的，他害怕出现这样的画面和场景。

"还站着干什么，赶紧过去看一下吧。"杜斌的身后有人轻声催促道。

说话的人是苏袖。

苏袖是什么时候出现在杜斌身后的，杜斌竟然没有发现。

杜斌下意识地嗯了一声，朝苏袖说道："苏袖，你有没有觉得奇怪，同样的地方，棺材盖子会被烧成一堆灰，但是棺材本身倒是没有怎么被烧透。按道理来说，棺材盖子更厚实的，不应该烧得比棺材还彻底的。况且，我当时看到这口棺材的时候，棺材盖子明明是放在棺材上的，现在，棺材盖子是被掀倒在一边被烧得透透的。"

"你觉得会不会是棺材盖子上被人为地施用了助燃剂，比如汽油酒精之类的东西？"苏袖说道。

"你自信点，把'会不会'三字去掉。"杜斌说着，朝棺材走过去。

此时天色已经有了微微的鱼肚白，周围的事物虽然依旧模糊，却有了一定的能见度。

杜斌围着棺材转了一圈，棺材里堆着掉落的瓦砾和被烧焦的木炭，分辨不出里面究竟有没有被烧焦的尸体。他把压在棺材上的那根房梁移开，隐隐约约看见一个焦糊状的，有着人的大致轮廓的东西。杜斌的心里咚地发出一声闷响，小声朝苏袖说道："胡大爷好像真的在棺材里面……"

苏袖也同样发现棺材里有模糊的人的轮廓，没有回应杜斌的话，俯下了身子，用手小心翼翼地刨开遮敷物。当苏袖把遮敷物刨开一点的时候，本能地发出一声惊呼，说道："杜斌，可能真的是胡大爷！"

杜斌心里打鼓，凑了上去，俯下身。当彻底看清楚棺材里有一具被烧焦的躯体时，不由得重重地叹了一口气，随后直起身子，不忍再看棺材里呈现出的惨状。

棺材里的胡大爷已经完完全全地烧成了一具焦炭，黑乎乎的，和掉进棺材的各种灰烬木炭搅和在一起，不加以仔细辨认，是真的看不出有一个人被烧焦在了棺材里。

看着已经完全被烧焦的躯体，杜斌的脑子一阵阵地发木，不知道该不该马上把胡丽琴叫过来认尸。

而苏袖这时朝一边走去，一刻也不敢多看棺材里的情形，并对杜斌说道："你快点想办法把胡大爷弄出来吧。"

杜斌只好硬着头皮，再次确认棺材里的具体情形。棺材里的这具被烧焦的躯体，已经基本可以确定就是胡大爷。

有肉被烧得焦煳的味道，混合着水汽弥散在空气中。杜斌一咬牙，开始用手去清理遮敷在胡大爷身上的各种被烧焦的杂物。而就在杜斌清理着遮敷在胡大爷身上的各种杂物时，一个令人魂飞魄散毛骨悚然的情景赫然间发生了。被烧得看不出脸部轮廓的胡大爷，焦煳的脸上，一双眼睛猛地凶巴巴地睁开了，直直地瞪着杜斌。

这双睁开的眼睛凶光毕露，饶是杜斌有着再好的心理素质，也不由得倒抽了一口凉气，发出了一声惊惧的喊声："胡大爷，你……还活着啊！"

在发出这声惊呼的同时，杜斌本能地要朝一边暴退出去，没想到胡大爷一只被烧得焦煳的手臂突然间抬了起来，并一把死死地抓住了杜斌的手掌。杜斌想将自己的手掌从胡大爷烧焦的手掌中抽扯出来，但是，他的手掌却被胡大爷的手掌攥得死死的，根本抽扯不出来。杜斌的手掌就像和胡大爷的手掌粘连在了一起。

听到惊呼声的苏袖条件反射似的几个箭步跑了过来，看到圆睁着双眼的胡大爷，同样发出一声惊呼："天哪！怎么会这样？会不会是诈尸了？"

被死死拽住的杜斌从来没有经历过这种状况，本能地想把手从胡大爷焦煳的手掌中挣脱出来，稍微使力，便感觉有一股更强的力道从胡大爷的手掌里传递出来，而且将杜斌的手掌越扣越紧。

胡大爷慢慢张开焦黑模糊的嘴巴，从喉咙管里发出奇怪的咯咯声，似乎想说话，却又说不出来。

在惊惧状态中快速回过神的杜斌意识到，此时的胡大爷也许正在经历着对死亡的恐惧和身体被烧焦后所带来的双重痛苦，于是放弃了要把手掌从胡大爷手里抽出来的打算，反倒是将胡大爷焦煳的手掌扣得更紧，朝苏袖问道："怎么办，苏袖？"

苏袖当然不知道该怎么办。

冷雅一和胡丽琴以及土菜馆的服务员们已经听到了这边的动静，争抢着跑了过来。首先跑过来的是胡丽琴，她跟跟跄跄地扑倒在棺材边，看到棺材里胡大爷让人不忍直视的惨状，不由得撕心裂肺地喊了一声——爸——便跪倒在地上。

但是，胡大爷却并没有将目光调向胡丽琴，而是依旧瞪着凶巴巴的眼珠子，死死地盯着杜斌，扣着的手掌越加用力，似乎在用手掌传递出的力道给杜斌暗示着什么。杜斌灵光乍现，当他意识到这一点的时候，才突然发现，胡大爷死死扣住他的手掌心里，好像隔着一个小小的硬物！

凶巴巴地盯着杜斌的胡大爷从杜斌的细微表情变化里，猜到杜斌感觉到了他手掌心里的硬物，眼神一下子变得缓和暗淡下来，这才将目光朝胡丽琴看过去，但扣住杜斌的手掌却依旧没有松开。

胡丽琴想要将覆盖在胡大爷脸上的各种杂物清理掉，但各种杂物已经和胡大爷烧焦的皮肉粘连在一起，根本无从下手。

胡大爷的喉咙里不停地发出奇怪的声响。

胡丽琴停止了要给胡大爷的脸上清理杂物的动作，站起来，魔怔了一般地说道："爸，你坚持住，你一定要坚持住啊！"说完这句话的胡丽琴扔下众人就朝另一个地方疯跑。

胡丽琴跑到了她住的那间房间里，在随时有可能房塌屋倒的废墟里翻找着东西。

在一个烧得已经坍塌掉的柜子里，她终于翻找到了一个尚且没有被完全烧毁的木质首饰盒，然后抱在手上，疯了似的跑回来。

跑回来的胡丽琴重新跪在棺材前，将手里的盒子放在地上，胡乱地打开，抽开小盒子的一个抽屉，一块崭新的手表完好无损地呈现出来。

此时，眼泪如同断线的珠子般顺着胡丽琴的脸庞掉落，她将手表拿在手上，然后把胡大爷的另一只烧成了焦炭的手臂拿过来，一边把手表朝胡大爷的手腕上戴，一边泣不成声地朝圆睁着双目的胡大爷说道："爸，其实你在春熙路亨得利看上的这块手表，我半个月前就给你买回来了。就等过两天你的生日，给你一个惊喜的。爸，我等不到那天了，我……我今天就给你戴上。"

可是，此时的胡大爷却用那双泛着红光的眼珠子直直地瞪着杜斌，喉咙里继续发出咯咯的怪异声响，仿佛急切地想对杜斌说什么话，却形不成音节，更说不出来。

胡丽琴朝胡大爷哭问道："爸，你是有什么话要对他说吗？"

胡大爷死死地瞪着杜斌，喉咙里发出的怪异声响越加迫切，攥住杜斌的那只手也更加使力，竭尽全力地用手上的力道朝杜斌传递着一种信息。

突然，一个念头在杜斌的脑子里闪现了一下，他朝胡大爷说道："你是要我从你脖子上扯下来的那块天铁吗？"

这句话从杜斌的嘴里一说出口，胡大爷手上的力道一下子就松懈了，杜斌的手也从胡大爷的手里解脱了出来，而那块像铁片一样的小小物件，却落在了杜斌的手心里，并被他不动声色地牢牢攥住了。杜斌站起来，朝着火场的四周望了望，才发现唯独少了南宫骁的影子。

正常情况下，此时南宫骁也应该就在当场的。棺材这边弄出这么大的动静，他不可能没有听见。杜斌感到有些蹊跷，朝苏袖和冷雅一说了声："我去去就过来。"然后就朝着南宫骁消失的方向快步走去。

杜斌在一段冒着余烟的残垣断壁下发现了南宫骁的身影。他坐在一块石礅上，背对着杜斌，独坐的背影显得孤独而且颓废。

杜斌走过去，站在南宫骁的身后，南宫骁浑然不知，似乎陷入到一种与外部的世界完全隔离的状态。

"胡大爷被烧死在棺材里了，可是，刚刚又诈尸了。"杜斌说道。

"我听到你那边的动静了，可是我没有勇气过去，也没有勇气面对……"南宫骁用颓废低沉的声音说道。

"为什么？"南宫骁莫名其妙的话让杜斌感到极度诧异，问道。

南宫骁沉默了一下，说道："因为，棺材里的人不是胡大爷，而是……南宫勇！"

听了南宫骁的这句话，杜斌如梦方醒，失声惊呼道："你说什么？棺材里烧死的不是胡大爷，是你弟弟南宫勇？怎……怎么可能？你是不是过度敏感了？"

"杜斌，你相信血脉亲情之间存在着心灵感应吗？"南宫骁答非所问地朝杜斌问道。

杜斌被问得愣了一下，说："说不上信或者不信。反正这东西没有得到科学的实际验证，听起来挺玄的，所以……在信与不信之间。怎么……你和南宫勇有心灵感应？就在刚才？"

"刚才我突然浑身乏力，无限悲伤，有种不敢面对任何人任何事的无力感。真的，我从来没有这么脆弱过，就像是一股风都可以把我吹化了一样。这种感觉在我身上从来没有发生过。"说这番话的时候，南宫骁一度哽咽了。

听了南宫骁的这番话，杜斌抬手从背后拍了一下南宫骁的肩膀，说道："如果棺材里烧死的真是南宫勇，你就更应该过去看看，他……诈尸了。或者，他知道你也在这儿，想最后……所以才诈尸的。"

南宫骁这时抬手摁住杜斌放在他肩膀上的那只手，说道："杜斌，我不能过去，而且，你还必须给我守住这个秘密。就当棺材里烧死的人是胡大爷吧。"

"为什么？"杜斌不解地问道。

"先别问为什么。你就当帮我一个忙。"

"你确定棺材里烧死的真是南宫勇？"

"我确定！"

"可是……他要那块天铁。"

听了杜斌的这句话，南宫骁将右手展开，那块天铁一直被牢牢攥在右手心里。

南宫骁一言不发，反手将天铁递给杜斌。

杜斌接过天铁，又问："你真不过去？"

"你觉得我能接受南宫勇被烧焦的样子吗？"

"你是怕控制不住，在雅一和胡丽琴面前露馅？"

南宫骁没有吱声，算是默认了杜斌的揣测。

杜斌不再多说话，转过身，却看见苏袖不知道什么时候站在他和南宫骁身后几步远的地方，正默默看着他们。杜斌刚要说什么，苏袖先开口说道："你先过去吧，这儿交给我好了。"

显然，杜斌和南宫骁的对话，苏袖都听见了。

"陪陪他。"杜斌朝苏袖撂下这句话，抬腿朝棺材那边走过去。

棺材边，胡丽琴被冷雅一拥在怀抱里，她的眼神充满了绝望和哀伤。

杜斌的心里突然涌起一种无可名状的悲怆情绪。

杜斌蹲下来，将焦尸的手抓住并抬起来，将手里的天铁放在焦尸的手心里，然后再将焦尸的手心拳起来。

就在杜斌把焦尸的手心拳起来的一瞬间，被烧焦的这具尸体突然像触电了一般，直挺挺的躯体在棺材里剧烈地震颤抽搐起来，而被拳起来的那只手的手心里突然间泛起了红光，就像放进焦尸手心里的那块天铁不是一块冷冰冰的铁疙瘩，而是一块被烧得通红滚烫的木炭！

也就在焦尸的手心变得通红的刹那间，整具焦尸像是被天铁瞬间点燃。杜斌是眼睁睁地看着焦尸手心里攥着的天铁将焦尸内的七经八脉点燃的。

被点燃了七经八脉的焦尸呼的一下从棺材里坐起来，只见一个浑身燃烧着熊熊烈焰的火人从棺材里站起来，然后跨出棺材，对着杜斌和在场的人巡视了一眼，头也不回地朝着火场外走去。

突然，一个佝偻猥琐的身影从一个隐蔽的角落里蹿了出来，并一下子拦住了火人的去路。这人手里攥着一根造型别致的拐杖。这根拐杖分明就是杜斌从图片上看到的那根拐杖——九幽蛇杖！

手持九幽蛇杖拦住火人去路的人竟然是庞三爷！闪身出来的庞三爷竟然变得如同一只猴子般灵活！

面对眼前乍然间出现的情形，杜斌的脑子里闪过一个大胆而且执着的想法——他要从庞三爷的手里直接把九幽蛇杖抢夺过来，然后交给冷雅一！

脑子里生出这种念头的杜斌，整个人一下子就振奋了起来……

第二十二章　飞碟坠落事件

被庞三爷拦住去路的火人停住了步子，被烧焦的肌肉混合着身体内的油脂一块一块地从骨架上掉落。眼见着火人很快就会被烧成一具红彤彤的骨架。

庞三爷并没有贸然朝着火人发起攻击，而是手攥九幽蛇杖和火人形成了对峙之势。

火人慑于庞三爷手里的那根九幽蛇杖，和庞三爷相隔着三四米的距离定住，不再朝前迈出一步。

随着火人骨架上的最后一块肌肉和脂肪被烧得坠落下来，原本被烧得通红的骨架却并没有因此而坍塌掉，整具骨架反倒变成了泛着乌黑色金属光泽的铁骨铮铮的骨架。

火人变成了一具有着金属质感的骷髅。

面对发生在眼前的场景，杜斌蒙了……

金属骷髅朝着横亘在面前的庞三爷迈出了极具威慑的一步！

早已蓄势待发的庞三爷一个箭步朝着金属骷髅迎面冲上去，挥舞起手中的九幽蛇杖，朝着金属骷髅腰间横扫了过去。

金属骷髅完全具备迥异于常人的意识和反应，在九幽蛇杖朝着它横扫过去的一刹那，伸出手臂，直接格挡横扫而来的九幽蛇杖。

杜斌不光听到了金属撞击出的清脆冷硬的声响，而且看到了九幽蛇杖和金属骷髅手臂间撞击出的金属火花！

杜斌简直不敢相信眼前发生的事实。他疑心自己是不是在做梦，使劲甩动了一下脑袋，然后再用手狠掐了一下自己的大腿，生生地疼。面对见所未见、闻所未闻的打斗场景，杜斌一时间既激动又手足无措。

他想上去帮庞三爷，却无从入手。

终于，庞三爷瞅准了金属骷髅露出的一个细微破绽，大吼了一声："老子要你命！"便将手里的九幽蛇杖稳准狠地直刺入金属骷髅的胸腔部位。

刹那间，刺入的九幽蛇杖释放出强烈的能量，金属骷髅浑身闪烁出炫目的弧光，弧光剧烈地扭曲抽动，庞三爷也像是被电流灼伤了一般，发出哎哟一声惊呼，本能地将蛇杖撒手……

受到蛇杖重创的金属骷髅，抓住插入胸腔部位的九幽蛇杖，将九幽蛇杖硬生生地抽扯出来，然后重重地朝着庞三爷砸了过去。庞三爷闪身躲开，金属骷髅趁机跑了出去，很快就消失在晨曦微露的暗光深处。

杜斌这时却寻机出手了。他突然启动，用快得难以想象的百米冲刺速度，抢在庞三爷做出反应之前，将九幽蛇杖捡起来并稳稳地攥在了手里。庞三爷这才反应过来，朝杜斌断声喝道："小子，你想干什么？放下拐杖！"

已经稳操九幽蛇杖的杜斌不再理会庞三爷，而是朝不远处的冷雅一大声喊道："雅一，你要的宝贝我帮你抢到手了！"边说边朝冷雅一那边跑过去。

庞三爷这时却朝着杜斌饿狼般猛扑上来。

一心只想着把九幽蛇杖交到冷雅一手中的杜斌岂可就范，只一个灵活的闪身动作，便将庞三爷晃得一个趔趄，朝一边冲撞了过去，差点收势不住地撞在一根摇摇欲坠的立柱上。

杜斌随之站住，对定住身形并呼呼直喘粗气的庞三爷说道："庞三爷，我们不白拿你这根拐杖，该给多少钱我们给你，但是，这根拐杖我们是要定了。就算是你当我们强买强卖，我们也认了。"

面对人高马大的杜斌，庞三爷也料定自己没有多大的机会能从对方的手里把拐杖抢夺回来，急得呼哧带喘地说道："小子，你这是在作死吗？你知道从古至今，因为这根拐杖，死了多少人吗？如果你们想用这根拐杖去谋求所谓的荣华富贵，你真是打错了算盘！我说这话还真不是吓唬你的。恐怕到时候你们连自己是怎么死的都不知道。赶紧，把拐杖给我。"

听了庞三爷的话，得意忘形的杜斌呵呵笑道："三爷，我知道想要得到这根拐杖的人有很多。既然是很多人都在觊觎的稀罕物件儿，那肯定就会有明争暗斗的抢夺，甚至是杀戮。但是，越是这种明里暗里的争抢，那就得靠先下手为强咯！所以，庞三爷，对不起，今天既然我已经抢到了这根拐杖，就不可能再还回到你手上了。实在是对不住了，庞三爷！"

见杜斌一副执迷不悟的样子，庞三爷气得跺脚，说道："你个家伙，你没看见我刚才在和什么东西打架？其实，你手里的这根拐杖就是一件法器。它不是什么值钱的古董。从古至今，便是一物降一物，只有它，才能够制住刚才的那个东西。你听懂我的话没有？"

经庞三爷这么一说，一意孤行的杜斌这才似乎回过点神来，露出了些许迟疑，转脸望着冷雅一。

冷雅一这时簇拥着胡丽琴走了过来。

胡丽琴朝庞三爷问道："庞三爷，刚才跑掉的那个……那个骷髅，是我爸吗？"

庞三爷看了胡丽琴一眼，说道："是你爸，又不是你爸。"

"庞三爷，你说的话我怎么听不懂？"神情极度憔悴的胡丽琴说道。

"你当然听不懂。但是你要我说出个所以然出来，我还真的说不出，但是，刚才跑掉的那个骷髅，肯定不是你爸，是官山的那个鬼魂。"

"官山上的那个鬼魂？可是……刚才躺在棺材里的分明就是我爸啊！"胡丽琴根本理解不了庞三爷此时说的话，说道。

庞三爷被胡丽琴追问得有点急躁起来，说道："哎，你要让我说出个子丑寅卯来，我还真的说不出来，反正，你刚才看到的就是从官山上下来的那个鬼魂。我是从官山上一直跟着他下来的。如果你真想弄清楚这件事的来龙去脉，也许有一个人能给你说清楚，到时候你去问他好了。"

"你是说林锦绣？"胡丽琴说道。

"对，就是他。为了亲眼见一回这个在官山上游荡的鬼魂，他陪着我在官山上守过几个通宵。"庞三爷说道。

"还有这种事？我怎么不知道？林锦绣从来没有跟我提起过这种事。"胡丽琴对庞三爷的话感到越发不理解。

"不光这件事你不知道，其实，你不知道的事情还有很多。"庞三爷说道，"对了，林锦绣说他在破解一个千古谜团，官山上的这个鬼魂，并不是真正意义上的鬼魂，而是被困在官山上的一个外星生物。我们这儿曾经有过飞碟坠落事件。那个坠落的飞碟，有可能就藏在这附近犄角旮旯儿的某个地方。这是林锦绣对我说的原话。林锦绣经常到你这儿来陪你爸喝酒摆龙门阵，他不可能一点都没有跟你提过这种事的。"

胡丽琴朝庞三爷摇头说道："庞三爷，林锦绣还真的从来没有跟我提起过你说的什么飞碟外星人这类事。我怎么感觉你今天是在说梦话？"

杜斌这时朝胡丽琴说道："胡老板，庞三爷也许说的真不是什么梦话，他说的很有可能才是真正的实情。林锦绣之前是打着买那口棺材的幌子经常上你这儿来，然后借故躺进那口棺材里。其实，林锦绣是在研究棺材上的文字符号，而且，很有可能他已经破解了文字符号里隐藏着的关键信息。很明显，他说的飞碟坠落事件以及被困在官山上的外星人，就是从棺材上的文字符号里获得的信息……"

接着，杜斌又朝庞三爷问道："对了，庞三爷，九幽蛇杖在你手里这件事，林锦绣也知道吗？"

"他不知道我手里有这根拐杖。也不可能知道。"庞三爷很肯定地说道。

"也许他早就知道。"这时，一个声音冷不丁地说道。

第二十三章　心理暗室

说话的是南宫骁。

不知什么时候，南宫骁和苏袖站在了杜斌的身后。此时的南宫骁已经恢复了正常的精神状态，身上有种临危不乱的镇定气场。

杜斌扭过头，看了一眼南宫骁，说道："南宫，刚才发生的事，你怎么看？你觉得是不是很诡异很离奇？"

南宫骁却说道："刚才的事，如果没有庞三爷的提示，还真是只能用匪夷所思来形容。但是，经过庞三爷的提示，这件看起来匪夷所思的真实事件，也就能够用现代的眼光和思维勉强做个解释。而我现在倒是觉得，这个林锦绣，他从棺材上的文字符号里破解出的信息，也许远不止官山上有被困的外星人这么简单。要不然，他也不会铤而走险地采用纵火这种极端方式来销毁证据。他究竟想干什么？"

听了南宫骁的这番话，胡丽琴朝南宫骁说道："你说什么？这把大火是林锦绣放的？"

南宫骁这才朝胡丽琴说道："是的，我和杜斌两人的一致判断，这场大火，就是林锦绣放的。你应该没有想到吧？"

"怎么可能？他怎么可能会干出这种事情？如果是他放的火，那他不就成了杀害我爸的杀人凶手？"胡丽琴拒绝相信南宫骁说的话。

南宫骁却不再理会胡丽琴，而是朝冷雅一说道："雅一，现在蛇杖已经在杜斌手上，我们是不是可以到宾馆里去找木先生了？"

"我们为什么要去找木先生？你觉得我是被谁都能要挟得住的人吗？我拒绝被人要挟！"冷雅一很干脆地说道。

"怎么？你的意思是……"南宫骁颇为不解地说道。

"为了不惹上不必要的麻烦，我们即刻就带上蛇杖回西安，这才是我们现在要做的事儿。别忘了夜长梦多，况且还有黄雀在后。"冷雅一说道。

"可是，木先生手上有你和杜斌的视频……"南宫骁变得不无忧虑地说道。

冷雅一这时像是换了一个人似的，变得武断强势，将眉毛一挑地朝南宫骁说道："南宫，恐怕这不是你该替我担心和考虑的事儿吧？这件事说到底，还是我和木先生之间的事儿，当然还关系到杜斌，因为他也是当事人之一。所以，既然不关你的事儿，你就不必过问。我自己的事情，我会用我的方式去处理解决的。你只需要和我一起把这根九幽蛇杖顺利地带回西安，你的酬金和杜斌的酬金，我会一分不少地支付给你们的。完事之后，我和你之间的这场合作也就此结束……至于杜斌，也许我跟他之间的事儿暂时还不能做个了断。"

冷雅一说这话的时候，眼睛瞟向了杜斌。

杜斌一下就露了怯，心慌慌的像是做了什么亏心事儿。

随后，冷雅一又朝庞三爷说道："庞三爷是吧？确实是对不住了，今天这件事，我的确不能按照规矩来办。至于有得罪的地方，也只有务必请你担待和包涵。这根拐杖，你尽管开个价码，但拐杖肯定是由我来接管。不知道你听懂我的意思没有？"

听了冷雅一的话，庞三爷怒声说道："你们看着都是有身份有地位的人，怎么一个个做事都不讲道理？要明抢了是吗？"

冷雅一冷哼一声地笑道："庞三爷，话我也说得够清楚了，至于你怎么理解我们那就是你的事儿。开个价吧，我可以直接给你现金的。你要是不知道开什么价格合理，你也可以让胡丽琴现场给你参谋。至于突发的这场大火，这件事跟我带的这几个人没有任何关系，所以，我们也不想掺和到这件事里来。至于是不是那个林锦绣放的火，这件事，也只能由胡丽琴自己去调查个水落石出……"

很显然冷雅一有尽快从这里脱身的急迫感。

庞三爷见事情已经没有了回旋的余地，而且现在的自己又是处在孤立无援的境地里，于是语气放软地说道："既然话已经说到了这个份儿上，那你看这样行不行，我现在就给我的孙子庞庭岳打个电话，让他过来跟你们谈，怎么样？反正他正要做一件大事情，手上刚好缺一笔大钱……"

见庞三爷松了口，冷雅一说道："那好吧，你给你的孙子打电话吧，让他马上过来。我的时间也是挺宝贵的。"

庞三爷没有手机，却记得庞庭岳的电话号码，于是用杜斌的手机拨通了庞庭岳的电话，然后把手机递给庞三爷，让庞三爷直接跟庞庭岳交涉。

庞三爷接过杜斌的电话，边接听边走到一边去对着手机说话去了。

不一会儿，挂断了电话的庞三爷走回来，把手机递给杜斌，说："庭岳说他马上就过来……"

然而，出人意料的是，冷雅一和杜斌他们等来的却不是庞庭岳单独一个人，和庞庭岳一起出现的，还有另外一个实力显赫的英俊男人。

跟随在这个英俊男人身后一并出现的，还有五个穿着黑西服，个个身高都在一米八以上的年轻小伙儿。

很显然，这五个年轻小伙儿充当的是英俊男人的保镖角色。

当这个英俊男人出现在冷雅一面前时，冷雅一一下子就露了怯，她朝英俊男人说道："楠笙，你怎么会出现在这里？你不是在美国吗？"

听冷雅一管英俊男人叫楠笙，杜斌顿时就醒过神来。眼前这个冰冷着一副面孔的英俊男人就是木先生口中提到过的冷雅一的丈夫——沈楠笙。

此时的杜斌已经来不及去细想沈楠笙为什么会突然出现在这儿，他的脑子乱糟糟的有点理不出头绪，私底下甚至比冷雅一还要露怯。沈楠笙浑身散发出的气场，对杜斌来说，是有绝对的压迫感的。

"是的，之前我是在美国。可是，这边出了这么要紧的事，我当然就得放下那边的事，直接赶回来了。"沈楠笙含沙射影地说道。

冷雅一盯着沈楠笙，沉默了一下，转脸朝南宫骁说道："南宫骁，你能不能给我一个合理的解释？这究竟是怎么一回事儿？我想，你应该是最清楚其中原委的人……"

南宫骁的脸上露出很不自然的表情，正不知道该怎么来接冷雅一的话茬，沈楠笙这时却说道："雅一，我觉得你没必要要求南宫骁跟你做出什么解释吧？其实，在你选择和南宫骁进行这场合作之前，你就应该想到，南宫骁终究是一个文物贩子，是你高估了南宫骁。作为一个职业文物贩子，赚取利益是他们的本质追求，所以，南宫骁的所作所为并没有违背他所从事的职业底线。倒是我现在要对你强调的是——雅一，尽管我和你之间的这段婚姻，是一段由现实的利益捆绑在一起的婚姻，但是，这几年的相处，你应该是比较了解我的。你知道我最憎恨的是什么？是背叛！而且你的这种背叛，直接让我的家族蒙羞，这更是不可饶恕的罪孽！"

沈楠笙说话的声音变得低沉而且凶狠！

杜斌见冷雅一被沈楠笙压迫得没有丁点反击的能力，于是一时冲动地抢声朝沈楠笙说道："沈大老板，你没必要这么咄咄逼人吧？一人做事一人当，其实这件事，我能给你一个解释的。而且，我现在唯一可以向你保证的是——我和雅一之间是清白的。或许你看到的，就是别有用心的人给雅一设的一个圈套！"

杜斌说话的同时，沈楠笙已经在用逼视的目光直盯着他。等杜斌说完这番话以后，沈楠笙恶狠狠地朝杜斌说道："住嘴！这儿还轮不到你跟我说话！不过，我会给你一个单独跟我解释的机会的！"

说完这句话的沈楠笙朝着他身后的保镖使了一下眼色，就有两个保镖朝着杜斌走上来。

杜斌顿时起了急，抬手将手里的九幽蛇杖举起来，直指着走过来的两个保镖，厉声说道："你们别过来，我可不是软柿子！大不了鱼死网破！"

冷雅一却朝杜斌厉声说道："杜斌，你闹够了没有！"

有了冷雅一的这一声呵斥，自觉理亏的杜斌顿时就偃旗息鼓了，手里的九幽蛇杖也随之放了下来。两名保镖走上来，一个保镖将杜斌手里的九幽蛇杖夺了过去，另一个保镖贴身和杜斌站在一起。很显然，只要沈楠笙一声令下，和杜斌贴身站在一起的保镖就会朝杜斌动手。

而束手就范的杜斌此时在乎的根本就不是沈楠笙和他所带的这几个保镖，他在乎的是冷雅一。冷雅一让他干什么，他就干什么。既然冷雅一让他不要有任何抗拒的行为，他就不会有任何抗拒的行为。

"庭岳，这是怎么一回事儿？你怎么会和这么一群人搅和在一起，你能给爷爷一个解释吗？"这时，庞三爷朝一直站在沈楠笙身边没有吱声的庞庭岳问道。

站在沈楠笙身边的庞庭岳穿着一件宽大得有点夸张的黑色 T 恤，T 恤衫与其说是穿在他身上的，不如说是整个罩在他身上的。这就使得他原本高挑的身形显得越发瘦骨嶙峋的单薄。

黑色 T 恤衫的正面印着一个醒目而且夸张的白色骷髅头像，骷髅头像空洞的眼眶格外狰狞，其中的一个眼眶正好被弄出了一个破洞，显出一种别扭的另类。

再加上庞庭岳有着一头长而且呈自然卷曲状的浓密头发，头发乱糟糟地从额头处奔拉下来，几乎遮住了他的整个眼帘，这使得庞庭岳的眼神只能从乱糟糟的头发缝隙间鬼鬼祟祟地投射出来，一种与生俱来的颓废气质被拉满。

庞庭岳说话的声音同样是颓废中透着寡淡，听不出任何感情色彩，就像是一个木头人在说话："爷爷，其实我没什么好跟你解释的。你知道的，从我在官山上出事后的那天开始，我就一直被一场梦魇折磨着。也是从那天开始，我就像一个被关在了暗室里的精神病人，找不到出路。我的整个精神世界的底色从此也变成了暗灰色。算了，我何必跟你说这些，即使跟你说这些，你也不可能理解，你也从来不会去理解。不过，我要跟你说的是什么呢？现在的时代早就变了。时代变了，观念当然也就变了。我只是不想跟你一样，几十年的光阴，就为了守住一个空口无凭的承诺，窝窝囊囊地过一辈子。也许你不知道，但也许你比谁都清楚，你守护的这根拐杖，原本是可以给你换来另一种生活状态的，但是，你却守着它，在这连老鹰也不来拉屎的穷乡僻壤里，窝窝囊囊憋憋屈屈地活一辈子。人生苦短啊，爷爷！你觉得这样值得吗？对得起你自己吗？又对得起我吗？我就实话跟你说了吧，爷爷，你想让我延续你的这种生活状态，我真的办不到！对不起了，爷爷，我真的不想成为所谓的什么衣钵传人。放在这样的年代，这显得太幼稚可笑了。而且，你已经是一个行将就木的人，我更不能成为你的殉葬品！简单说吧，我需要钱，而且很需要钱，最起码，我能够有到省城的大医院里看心理医生的钱吧？我真的需要去看一下心理医生了，爷爷，我被经常出现在睡梦里的那场梦魇折磨得太久了，我真的会疯掉的，你就当放我一条生路好吗？爷爷……"

"好了，你不要说了！庞庭岳，算我眼瞎，怎么就选中了你作为守护密约的传人！尽管作为密约的守护者，我一直把你当作是天选的衣钵传人，但是幸好，我还没有把守护密约的衣钵正式传承给你，不然，就凭你现在所说的话，我就可以大义灭亲地亲手灭了你。唉！一切都是天意。什么梦魇，只不过是你选择背叛的一个借口吧？"庞三爷异常愤怒地打断庞庭岳的话，固执地说道。

"爷爷，既然你是这么看我的，那就算我什么也没有说。但是，我还是要谢谢你放我一条生路。其实我早就知道，你对我已经失去了信心，不是吗？你其实比谁都清楚，我的这种精神状态，已经不再适合作为所谓的衣钵传人，所以，在你对我逐渐失去信心的同时，你早就找好了一个取代我的备份，我说得没错吧？"庞庭岳用颓废的声音颇为无奈地说道。

"庞庭岳！你——你怎么会有这样的想法？"庞庭岳的这番话激得庞三爷直喘粗气。

但是，庞庭岳却对庞三爷被激怒的样子视而不见，继续用颓废沉闷而且毫无感情色彩的声音说道："我怎么不会有这样的想法？我是人，不是木头。很难说，你是不是已经把林锦绣作为密约的衣钵传人，而且把最重要的东西传承给了他。但，这些对于我来说其实都不重要，因为我对所谓的衣钵传人是拒绝和排斥的，你传给林锦绣就传给林锦绣了吧，毕竟，相比较起来，他确实比我优秀。而我在乎的是你背着我传给他的那些东西。其实，我在乎的也不是你传给他的那些东西，我在乎的是那些东西如果重见天日，放在拍卖场上，会卖出多少钱。特别是你让他秘密破解的那部《神农天书》。爷爷，我要提醒你的是——你对我失去了信心，我没啥好说的。但是，有可能你最信任的人，却是最容易背叛你的人，人心难测，不是吗？"

"庞庭岳，你……"庞庭岳的话越加激怒了庞三爷，他怒不可遏地瞪着眼睛直视着庞庭岳，一时间激动得连话都说不出来了。

然而，像木头人一样的庞庭岳却根本不考虑此时庞三爷的感受，而是继续说道："其实我说的都是我心里一直想对你说的话。好了，我把我憋在心里很久的话终于说出来了，说出来了，心里也就好受了。我还要补充一句的是，这场大火，也是你指使林锦绣放的，我说得没错吧？"

"你给我住嘴！"庞三爷就像是被揭穿了老底似的，朝庞庭岳爆吼道。

在庞三爷的爆吼声中，周围的空气仿佛都被凝固住了，似乎只要有一个火星子，就会把这被凝固住的空气给引爆。

所有的人都将目光聚焦在了庞三爷和庞庭岳两人的身上。

庞三爷对着庞庭岳爆吼过后，竟然把情绪很快调整了过来，用低沉的声音朝庞庭岳语重心长地说道："庭岳，其实我知道你的心里有一层很厚的魔障，爷爷又何尝不知道你心里的苦呢？外边花花世界的巨大诱惑，内心的孤独和苦闷，内外交困啊！但是，如果有一天，你走出了这层魔障，你就会看到另一片天地的。你是能够走出这层魔障的，但是这需要时间，更需要历练。你为什么就等不及了呢？"

"我为什么要等？等到什么时候？我自己深陷梦魇的魔障，又有谁能来拯救我？我像是被困在一口阴森冰冷的枯井里，我在这口枯井里使劲地喊救命，没有人听得见……除了自救，我别无选择！所以，爷爷，对不起了，我不能给你养老送终了，后边的日子，你就自求多福吧！"庞庭岳说道。

"怎么？你要走？"庞三爷变得紧张地问道。

"是的，我不想再在这穷乡僻壤里过浑浑噩噩地过日子了。我太憋屈太压抑了，我得出去透透气。"庞庭岳说道。

"庭岳，你太让我失望了，也太让我伤心了。"庞三爷痛心疾首地说道。

"这又何尝不是我想对你说的话？"庞庭岳冷漠地说道。

"好了，多余的废话就不用多说了。马上就要天亮，到时候派出所的人又该来调查失火情况了。我可不想在这里惹上麻烦。我们还是赶紧走吧！庞庭岳，你现在就跟我走，至于看心理医生的事儿，我会给你做一个妥善的安排的。"这时沈楠笙催促道。

"庭岳，你真的要跟着这帮人走？"庞三爷朝庞庭岳问道，语气显得急迫而又焦躁。

"爷爷，我必须跟沈老板走，我想走出那间暗室。"庞庭岳去意已决，他对庞三爷说道。

这时，沈楠笙朝站在杜斌身边的保镖使了一下眼色，保镖便朝杜斌说了声："请吧。"

杜斌看了一眼冷雅一，冷雅一也看了一眼杜斌。

杜斌冲冷雅一笑了一下，便跟着保镖走出了火场，上了一辆雷克萨斯570越野车。跟着杜斌一起上这辆车的，当然还有南宫骁和苏袖。

而冷雅一却单独隔离般地跟着沈楠笙，被带上了另一辆劳斯莱斯轿车，庞庭岳也上了那辆劳斯莱斯。

当两辆车启动离开的时候，原本晨光微露的天色竟然变得格外的黑暗起来。车窗外几乎伸手不见五指，只有汽车雪亮的灯光像几道锋芒毕露的利剑，将眼前的黑暗劈出几道口子。

这或许就是黎明前的黑暗吧！

而就在两辆车载着杜斌他们离开的时候，庞三爷朝着车内的庞庭岳大声呼喊道："庭岳啊！你真的就要弃我而去了吗？我这么多年倾注在你身上的心血真的就付诸东流了吗？庭岳啊——庭岳啊——你是口传密约的天选之子！庭岳啊！你太让我失望了！你太让我失望了！你走吧！你滚吧！你是庞家的不孝子孙！你就是个败类啊……"

庞三爷最后的声音变得歇斯底里般的嘶哑，随后一转身，朝着一根倾斜下来的房梁撞了上去。

原本就被烧得摇摇欲坠的房梁在庞三爷孤注一掷的撞击下轰然倒下，正好压在庞三爷的身上，一口鲜血从庞三爷的口中喷溅出来。

蹬腿而亡的庞三爷死不瞑目，他圆睁着一双眼睛，死死地瞪着青黑色的天空，犹如天问！

坐在劳斯莱斯后座上的庞庭岳听到胡丽琴从火场那边传来的凄厉哭喊声："庞庭岳，你爷爷自杀了！你爷爷自杀了！他死了——"

有两行眼泪从庞庭岳的眼眶里涌出来，顺着脸颊流淌。而他整个人就像是木桩子一般，表情麻木，一动不动……

第二十四章　迷雾重重

“是杜斌先生，对吧？”就在杜斌站在西安的古城墙上，陷入对一段往事的回忆中时，耳畔传来一个女人的声音。

杜斌回过神，定睛一看，身边什么时候多出了一个妩媚妖娆的女子，自己竟然也不知道。

女子正笑盈盈地看着他。

“你是在跟我说话？”杜斌不确定地朝女子问道。

女子说道：“这儿除了你叫杜斌，还有别的人叫杜斌吗？”女子说话的口吻带着几分俏皮。

“可是……我并不认识你……”

“林月兮。这下不就认识了吗？多简单的一件事。”女子很大方地自我介绍道。

杜斌被眼前这位美貌时尚的女子弄得一头雾水，心里越发没底，说道：“可是，我们之前好像根本就不认识。”

“之前认不认识并不重要，重要的是你现在认识我了。林月兮，我再自我介绍一遍，增加一下你对我的印象。这下我们总算之前认识了吧？”

“之……之前？”

“刚刚之前我不是做了一遍自我介绍——林月兮，现在又自我介绍了一遍，呵呵……”女子故意朝杜斌眨巴着长着长睫毛的灵动眼睛，眼神有几分狡黠也有几分调皮。女子迷人的眼神明显带着几分挑逗的意味，这种挑逗的眼神很容易让男人深陷其中而无力自拔。

杜斌多出了几分小心，拘谨地笑道："可是，我还是有点……"

"好了，别对漂亮的女人抱有那么大的戒心。其实刚才我们所说的认识或者不认识，都不重要，重要的是有人要见你。"自我介绍叫林月兮的女子朝杜斌说道。

"有人要见我？谁？"杜斌警觉地问。

在朝林月兮发出疑问的同时，杜斌的心随之剧烈地晃动了一下，脑子里本能地闪出了一个人的名字——冷雅一！

"见了面你就知道了呀！跟我走吧。"说着，林月兮抬腿就走，也不管杜斌跟没跟上，高跟鞋踩在青砖铺就的老城墙地面上哒哒地响。

林月兮走路时扭动的臀部和晃动的腰肢以及整个身形显出的节奏和韵律，很像是职业模特儿在 T 台上走出的步态。

因为脑子里首先闪现出的是冷雅一的名字，杜斌毫不犹豫地疾步跟了上去。

然而，在一个五星级的总统套房里，杜斌见到的人却不是他日思夜想的冷雅一，而是他内心很排斥的一个人——木先生。

"你从缅甸回到西安，第一个见到的人会是我，应该感到很意外吧？"木先生开门见山地朝杜斌首先说道。

"其实也没有什么意外不意外的。俗话说山不转水转，低头不见抬头见。对了，还有一句话怎么说来着……冤家路窄。其实也不对，你好像对我的行程了如指掌？"杜斌冷冷地说道。

木先生冷冷地瞟了一眼杜斌，递了一根雪茄给他，杜斌拒绝了。木先生自己点了一支，抽雪茄的样子既有形又有派，说道："你的行程我还用了解吗？如果不是我从中运作，你觉得你能从缅甸全身而退地回来？你在缅甸的生存状态，不光苟且，而且形同蝼蚁。我没说错吧？"

"原来坤太太是你的人，我说怎么会那么神秘呢。"杜斌不动声色地冷笑道。

木先生当然从杜斌冷漠的表情里，看出了他对自己本能的排斥，于是说道："怎么，过去这么几年了，对我还是抱着很深的成见？"

杜斌不置可否地笑了一下。

木先生也附和地笑了一下，然后说道："你说的那位坤太太其实说不上是我的人。我和坤太太之间，只是人际关系上的相互利用，你懂我的意思吧？"

杜斌没有接木先生的话茬，等着木先生把话继续说下去。

木先生接着说道："我这么说你也许就更清楚了，事实上，坤鼎玉是林锦绣的母亲，这几年里，她在满世界找她的这个宝贝儿子。"

一听这话，杜斌一下子打起十二分的精神，好奇心也被调动起来，说道："你说什么？坤太太是林锦绣的母亲？"

"怎么？你不信？"木先生挑了一下眉毛反问道。

"那你说她在满世界地找她的儿子又是什么意思？"杜斌追问道。

木先生接连抽了几口雪茄，停顿了一下，卖了下关子，然后把雪茄在烟灰缸里摁灭，才说："事实上，雷坪镇那天晚上的那场大火过后，林锦绣就神秘失踪了。不光他的母亲在满世界找他，满世界找他的人还有很多，包括政府部门的人和胡丽琴。"

听了木先生的话，杜斌有点难以置信，说道："我在缅甸的这几年里，因为那根拐杖，这中间究竟又发生了多少事？拐杖不是已经落在沈楠笙手里了吗？怎么感觉没完没了似的？"

木先生盯着杜斌，审视的眼神带着几分狡黠，说道："真让你说中了，还真是没完没了了。事实上，几年前，这根拐杖因为沈楠笙的一场离奇车祸而销声匿迹了。现在，它又神奇地出现在了日本东京的拍卖场上。而你又是亲手接触过这根拐杖的人之一，所以，为了辨别这根拐杖的真伪，我才不得不把你从缅甸找回来。"

"原来如此。木先生，为了这根拐杖，你可真是煞费苦心啊。"杜斌说道。

木先生呵呵笑道："你应该记得我当初说过的话，这根拐杖我是志在必得，无论用什么手段和方法。"

听了木先生的这句话，杜斌不禁冷笑道："是吗？可是，也就是几年前，这根拐杖现身的那天晚上，你怎么没有出现？倒是沈楠笙带着一帮人出现了，你不会……"

听杜斌这么问，木先生显出了一丝沉默，沉吟了一下，才说："我这人不喜欢藏着掖着，跟你实话实说了吧，因为凭我的实力，我斗不过沈楠笙。其实也不是单纯的实力原因，而是背景！凭沈楠笙当时的背景，我只能退避三舍！"

"沈楠笙当时的背景？沈楠笙的什么背景，竟然会让你木先生也选择退避三舍？"杜斌不由得感到好奇，问道。

木先生又盯着杜斌笑了一下，说道："你听说过黑石会吗？"

"听说过，网络上也有很多关于这个神秘组织的传闻，不过真真假假虚虚实实的。怎么，沈楠笙的所谓背景，就是传闻中的黑石会？"

"是的。沈楠笙的真实背景就是黑石会。而且，他在这个组织里的级别，仅次于最顶层的长老级。"

"你说的是不是真的？根据我对黑石会这个神秘组织的粗浅了解，最顶层的长老级都该是什么级别的人物了？即使是放在国际政坛，这些大佬级的家伙都是属于叱咤风云的人物。沈楠笙这么年轻，在这个神秘组织的层级中，就有这么高的级别？"

"这跟他年不年轻没有任何关系，而是跟他的家族实力有关系。这么说吧，黑石会需要渗透的精英阶层，就是沈楠笙这种有绝对经济实力和社会地位的家族成员。"

"原来如此。"杜斌暗自吃惊地喃喃说道。

接着杜斌又朝木先生说道:"不过我也跟你实话实说,你煞费苦心地把我从缅甸弄回来,实际意义其实并不大。因为尽管我确实亲手接触过那根拐杖,但是,也只是那么一小会儿的工夫,连手柄都没有握热,甚至于,我对这根拐杖都没有一个具体的感觉。你要让我在拍卖场上帮你鉴别这根拐杖的真伪,我还真的没有这个能力。所以,我可能对你爱莫能助。"

木先生却笑道:"这并不重要。重要的是你首先要帮我拿回这根拐杖。"

"为什么你会偏偏选中我?"

"因为,那天晚上的当事人,到目前为止,我能找到的,只有你!"

"你说什么?对不起,木先生,我又有点没有听懂你说这话的意思……"

"你被你朋友弄去了缅甸,对这边发生的事一无所知,所以你听不懂我说这话的意思也是再正常不过了。那天晚上和这根拐杖有着直接或者间接关系的人,都像是人间蒸发了,都不见了。"

"你是说南宫骁也不见了?"

"是的。"

"那庞庭岳呢?"

"他还在。可是,和死了差不多。"

"和死了差不多。你这话是什么意思?"

"我这会儿就带你去见他,见到他本人,你就知道是什么意思了。"

木先生的话让杜斌一头雾水,不明白他将见到的庞庭岳究竟会是怎样的一种状况。

难道当初弃自己的亲生爷爷而不顾的庞庭岳出了意外,成了植物人?

第二十五章　密约

　　杜斌随同木先生坐上一辆银灰色的劳斯莱斯幻影前往一个目的地。开车的是林月兮。这次木先生没有带所谓的保镖。或许林月兮就是他的贴身保镖也说不定。

　　就在杜斌漫无目的地开着小差的时候，林月兮已经将车停驻在了一个略显陈旧的广场上。从车上下来，杜斌看了看这个不算大也不算小的广场。

　　或许是广场所处的位置比较偏僻的原因，在广场上溜达闲逛的人并不多，一座抽象的城市雕塑下，支着一个棋摊，有五六个老人围在棋摊前，为一步有争议的棋局吵吵嚷嚷。这是广场唯一聚集着人气的地方。不远处，一个老人用一支大的水写笔，在地上划拉着大字。一个戴着深度近视眼镜的年轻小伙子是唯一的旁观者，聚精会神地看得很认真。

　　整个广场，显得有点空荡荡的。

　　杜斌朝木先生问道："就这儿？"

　　木先生没有理会杜斌的疑问，而是和林月兮一起，径直朝广场东边的一个旮旯走过去。

　　广场东边的旮旯处，除了摆放着五六个环卫垃圾桶，然后便是几条品种不一大小不等毛色肮脏的流浪狗，在蚊虫和苍蝇胡乱飞舞着的垃圾堆里寻找着食物。

　　脑子里犯迷糊的杜斌不由得皱了皱眉头，踌躇片刻，一头雾水，只好跟上去。

当快要走到垃圾桶旁边的时候，杜斌才看见其中的一个垃圾桶旁边，斜躺着一个人。

与其说这是一个人，不如说这就是一条狗！

开始的时候，杜斌并没有认出这个活成了一条狗的家伙就是庞庭岳。

当杜斌站在庞庭岳跟前，看到庞庭岳的那两只眼睛时，从这双眼睛里发出的那种鬼祟阴森的目光，才让杜斌一下子确认，眼前这个肮脏邋遢的男人就是庞庭岳。

杜斌既错愕又吃惊。

"当时，沈楠笙不是要带他去看心理医生吗？怎么混成这么一副模样了？狗都不如！"杜斌朝木先生问道。

木先生看着躺在垃圾桶旁边的庞庭岳，说："也许当初沈楠笙带他去看的根本就不是什么心理医生……"

"沈楠笙带他去看的不是心理医生？你这话是什么意思？"杜斌大惑不解地问道。

"这个问题我回答不了你，所以，答案你得自己去找。"

"我得自己去找？你这话又是什么意思？这与我何干？"杜斌冷笑道。

木先生说道："目前的情况是，几年前，沈楠笙离奇地死于一场车祸，随着这场车祸消失的，还有那根九幽蛇杖。或许，随着沈楠笙一起消失的不仅仅是那根九幽蛇杖，还有更多不可告人的秘密。而这个庞庭岳，在被沈楠笙控制的那段时间里，他究竟经历了什么，除了沈楠笙和面前的这个庞庭岳本人以外，恐怕不会有第三个人知道了。不过，庞庭岳受到过严重的精神刺激和极端的精神伤害，这个倒是可以肯定的。"

"你是说沈楠笙当时并没有带庞庭岳去看所谓的心理医生，而是对他实施了精神虐待，或者别的什么……"杜斌问道。

"至于是不是你说的这样，我不好妄下定论。但是，庞庭岳受到过强烈的精神刺激和极端的精神伤害，这个是可以确定的。"木先生说道。

"我们也对庞庭岳进行过心理催眠，想在他被催眠的状态下寻找到一些我们想要得到的线索，但庞庭岳在被催眠时表现出的状态是极其反常的，除了极度的惊悚和恐惧，就是歇斯底里的号叫！也许他在催眠时正经历着极其痛苦恐怖的心理过程……"这时林月兮补充性地说道。

听了木先生和林月兮的这番话，杜斌不由得对眼前的庞庭岳有些怜悯和同情起来。

而庞庭岳却在杜斌出现在他面前的那一刻起，从一绺一绺乱蓬蓬头发的缝隙间，表现出了鬼祟的目光，就像蚂蟥一般死死地黏在杜斌的脸上，一刻也没有松开。这种目光盯得杜斌不由得心里发怵。

尽管杜斌很排斥庞庭岳的这种目光，但是，此时的杜斌也紧盯着庞庭岳，和庞庭岳鬼祟的目光直直地对视着，试图透过庞庭岳的目光一窥他的心理状态。

在杜斌的直视下，庞庭岳肮脏的脸上冷不丁地露出一丝神秘莫测的微笑。他懒洋洋地抬起右手，朝着杜斌摆动了两下，说道："你让开，挡住照在我身上的阳光了。"

杜斌一愣，不由得回头朝天空看去。

此时的天空哪儿有什么阳光，只有厚厚的阴霾在天空中悬浮着。

"只要不进入到梦魇状态，他的内心其实是充满了阳光的。这就是精神病人和我们正常人的不同之处。"木先生朝杜斌说道。

木先生的这句话带有某种哲思的意味，杜斌听不大懂，但通过木先生提到的"梦魇"两个字联想到了什么，说："你刚说什么？梦魇？"

杜斌很刻意地就"梦魇"两个字提出疑问。

杜斌的这个疑问引起了木先生的注意，说："对，他要是不处在梦魇的状态里，他其实是没有什么惊悚和恐惧以及所谓的心理痛苦的。我曾经对他进行过一段时间的单独观察，而且，试图用一种特殊的方式跟他取得沟通和交流，但是，他拒绝了。他在梦魇的沼泽里陷得很深。"

"你这话让我想起了当初发生在他身上的一件事……"杜斌说道。

"当初发生在他身上的一件事？一件什么事？"木先生问道。

"当时，他要跟着沈楠笙离开雷坪镇的时候，他亲口对他的爷爷庞三爷说，他其实一直被一场梦魇控制和折磨着，就像是被困在一口阴森潮湿的枯井里。原话好像就是这么说的。而且，当时他就表现出要找心理医生的强烈愿望。当时的情形我记得很清楚的。会不会他一直就没有从那口所谓的枯井中走出来，最后因为绝望导致了他最终的精神崩溃，而不是你猜测的沈楠笙对他进行过什么精神虐待？"

"也许是吧。我之所以要带你来看一下眼前的这个庞庭岳，想要告诉你的就是——目前我能接触到的当事人，就你和庞庭岳。但是，你也看见了，目前的这个庞庭岳，等同于一个废人，用行尸走肉来形容也不为过。"木先生说道。

"但是你对我也别抱太大的期望。对于这件事来说，我也许能起到的作用，并不会比庞庭岳大。"杜斌说道。

"也许是，也许不是。但愿不是。"木先生牵强地笑了一下，然后转身就走。

杜斌没有即刻跟着木先生和林月兮转身离开，而是继续盯着庞庭岳，用审视的目光看了他一会儿。

当杜斌也转过身，要撵上去跟随着木先生离开的时候，庞庭岳却在杜斌身后说道："你应该把不属于你的东西交出来……"

庞庭岳的声音冷飕飕阴森森的。杜斌情不自禁地心里一凛，感觉自己听到的这句话不像是庞庭岳本人发出的声音，倒像是有一个鬼魂一样的家伙，躲在庞庭岳的身体里在朝他说话。

杜斌不由得停住刚刚迈出去的步子，转过身，看着庞庭岳，说道："是你在对我说话？"

庞庭岳没有回答杜斌，而是用那两束鬼祟阴森的目光死盯着他。杜斌被庞庭岳这两束诡异的目光盯得有点毛骨悚然，他下意识地把手伸进裤兜，摸了一下裤兜里揣着的那块錾刻着一个神秘图案的金属铁片。

这个金属铁片，自从杜斌得到它的那一刻起，就从来没有离过身。杜斌总感觉这块金属铁片蕴含着某种神奇的能量。这种神奇的能量，在他从事黑拳比赛的那段日子里，总在冥冥中庇护着他。

庞庭岳说的不属于他的东西，难道指的就是这块金属铁片？

杜斌灵机一动，朝庞庭岳问道："你怎么知道我身上带着你想要的东西？"

庞庭岳的脸上露出一丝冷笑，随后说道："因为，除了我，没有人知道那东西一直就带在你身上。"

"你是装出来的精神病？你这么干究竟为了什么？"杜斌变得异常警觉，问道。

"等你！"庞庭岳说。

这时，已经坐进劳斯莱斯幻影里的木先生和林月兮冲着这边轻轻按了一下喇叭。

"晚上你就在这儿等我，我会抽时间过来找你的，我有要紧的话要问你。"杜斌撂下这句话，转身朝劳斯莱斯幻影方向疾步走去。

第二十六章 《成都》

此时的西安古城，对于杜斌来说就是一个伤心地。也许除了木先生和林月兮，没有第三个人知道杜斌又回到了古城西安。

杜斌又来到了曾经的那个酒吧，他幻想着在生命中出现奇迹，那就是和冷雅一不期而遇地再一次邂逅。

但是，这根本不可能。

尽管明知道不可能，杜斌还是固执地坐在原先的那个座位上，眼睛一直盯着酒吧的入口处，他期盼着冷雅一的身影在酒吧的入口处出现。

在酒吧里枯坐了三个小时的杜斌，在望眼欲穿的漫长煎熬中终于面对了现实。他怅然若失地站起身，饮下了最后一口酸涩的苦酒，形单影只地离开了这个梦开始的地方。

酒吧外边，一个流浪歌手怀抱吉他，在弹唱着一首歌曲——《成都》。杜斌不由得在流浪歌手的面前停住了脚步，他从来没有听过这么走心的歌曲：

让我掉下眼泪的

不止昨夜的酒

让我依依不舍的

不止你的温柔

余路还要走多久

你攥着我的手
让我感到为难的
是挣扎的自由

分别总是在九月
回忆是思念的愁
深秋嫩绿的垂柳
亲吻着我额头
在那座阴雨的小城里
我从未忘记你
成都
带不走的只有你

和我在成都的街头走一走
直到所有的灯都熄灭了也不停留
你会挽着我的衣袖
我会把手揣进裤兜
走在玉林路的尽头
坐在小酒馆的门口

分别总是在九月
回忆是思念的愁
深秋嫩绿的垂柳
亲吻着我额头
在那座阴雨的小城里
我从未忘记你

成都

带不走的只有你

……

当流浪歌手把这首歌曲完整地演绎完了之后，已经泪流满面的杜斌冲着流浪歌手使劲拍掌地叫了一声"好"，如同一位绅士般，掏出钱夹，把钱夹里所有的现金抽出来，动作虔诚地放到了地上的琴盒里，然后头也不回地离开了。

流浪歌手看着琴盒里的一大叠百元钞票，一时间愣住了。

而《成都》这首歌的旋律，却一直在杜斌的脑子里萦绕着……

第二十七章　螳螂捕蝉，黄雀在后

内心经过了一场情感洗礼的杜斌，漫无目的地在他曾经熟悉的古城街道上溜达着，他甚至想到鬼市去看看，那儿也有冷雅一的影子。其至于，他会不会在鬼市碰到"水心斋"的主人南宫骁？

他一直想要得到南宫骁的一个解释。因为和南宫骁之间，杜斌的心里有一个结，始终没有打开。他抬手看了一下腕表，才发现即使要逛鬼市，距离开市也还有几个小时。

此时的杜斌，不光是在回忆中寻找着冷雅一的影子，他也在现实的古城中寻找着冷雅一的影子。脑子里萦绕着《成都》这首歌曲旋律的杜斌，像歌词里描述的那样，把手揣进裤兜，幻想着此时的身边有冷雅一挽着他的衣袖。

而当他把手揣进裤兜并幻想着冷雅一挽着他的衣袖时，手却触碰到了那块冰冷的金属铁片。杜斌这才想起他和庞庭岳是有一个约定的，于是随手招了一辆出租车，朝那个偏僻的广场赶去。

然而，让杜斌做梦也没有想到的是，在他坐上出租车朝广场赶去的时候，另一辆黑色的轿车却悄悄地尾随在了他的后边。驾驶黑色轿车的是林月兮，而坐在副驾驶上的正是木先生。

当林月兮和木先生确定杜斌是朝着广场方向去的时候，林月兮的脸上不由得露出一丝鬼魅般的微笑，朝副驾驶上的木先生说道："木先生，你可真是料事如神啊！"

木先生也露出一丝自鸣得意的浅笑，说道："生活中的很多细节都是需要用心去观察的，这样你才可能发现其中的微妙之处。再狡猾的狐狸，都是会露出尾巴的。"

"你是说杜斌还是庞庭岳？"林月兮问道。

"当然是庞庭岳。"木先生说。

"庞庭岳？"林月兮表示出了相当的疑惑和不解。

木先生盯着前面的出租车说道："不是这家伙是谁？他也许可以骗过所有的人，甚至通过他迥异于常人的心理素质躲过对他进行的催眠测试。但他别想骗过我。"

"你是说——你一直就不相信庞庭岳是真正的精神病患者？"

"他怎么可能是精神病患者？他可是从小就受过庞三爷特殊训练的奇才。"木先生说道。

"看来，你在庞庭岳身上还真的没少下功夫。"

"不能不下功夫啊！关于这根九幽蛇杖，最终被它打开的，究竟是一座宝藏还是魔窟，谁也说不清楚啊！但，这个险，对于我来说，却是绝对值得一冒的。正所谓螳螂捕蝉，黄雀在后，目前我要做的就是那只黄雀。"木先生轻轻叹了一口气，说道。

"你要做那只黄雀？那充当螳螂角色的人又是谁？"林月兮又是不解地问道。

"开始我以为是沈楠笙，后来才知道不是。既然沈楠笙这种身份的人都会蹊跷地死于一场车祸，这就说明这只螳螂隐藏得很深，而且能量绝对大得超乎想象。而这只能量超乎想象的螳螂之所以一直没有现身，那是因为九幽蛇杖跟着沈楠笙一起消失了一段时间。现在，九幽蛇杖既然就要在东京的拍卖场上重新出现，那么，这只隐藏得很深的螳螂，也许就要出现了。"

听了木先生的这些话，林月兮说道："木先生，听你这么描述这只所谓的螳螂，你知道我现在联想到了什么吗？"

"联想到了什么？"

"我曾经看过一部好莱坞的科幻大片，叫《异种》，这是一部系列电影，其中一部出现的异种外星生物，就很像你所说的这只螳螂。现在我脑子里一出现这部科幻电影里的画面，就有种惊悚和恶心感。"林月兮说道。

"你怎么会突然联想到那部科幻电影？难道你跟我脑子里幻想出的东西不谋而合？其实，你说的那部科幻系列电影我也看过，还真是那么巧，我脑子里出现的也是那部电影里的外星生物的画面。"

听了木先生的话，林月兮咯咯笑道："木先生，到最终，我们不会是真的在和外星生物较量吧？这样的情节，电影里可以出现，可是，在现实中……我们是不是想象力太过丰富了，呵呵……"

木先生这时也变得心情愉悦起来，语气轻松地呵呵笑道："没有想象力就没有未来。科学就是现在的神话，而神话，就是未来的科学。"

"既然话都聊到这儿了，那么，木先生，你觉得我们有稳操胜券的把握吗？反正……我觉得悬！"

"不赌一把谁知道输赢？以小博大的事儿我又不是没干过，而且，基本上我都干成了，不是说'爱拼才会赢'吗？没有挑战性的项目，我还没兴趣参与呢。"木先生语气颇为幽默地说道。

出租车在广场边停了下来，杜斌下了车。

晚上的广场居然比白天要热闹许多，一群跳广场舞的大妈占据了广场的中间位置，音乐弄得震天响。在广场周边散步闲逛的人也不少。周遭的世界显得一片祥和。国泰民安的盛世景象已经初显端倪。

杜斌快步绕过跳广场舞的那帮人，径直朝着放垃圾桶的那个角落走过去。

也只有放垃圾桶的角落没有人在那儿逗留，而且那个角落的光线也显得很暗，一棵大榕树茂盛的枝叶把城市里的光污染做了一个有效的隔绝。这藏污纳垢的角落似乎成了生人勿近的特殊领地。

杜斌径直来到垃圾桶旁，庞庭岳竟然不在。

这家伙爽约了？

不死心的杜斌围着垃圾桶转了一圈，庞庭岳果然不在。只有一条瘦骨嶙峋浑身长满了癞疮的流浪狗，在垃圾堆里寻找着散发着恶臭的馊腐食物。

杜斌叉着腰杆，有点生气地朝着广场上望了望，这时，身后却传来一个人的声音："你怎么这会儿才来？等你老半天了。"

杜斌闻声转过身，庞庭岳一身邋遢地站在不远处，看着他。

杜斌小声嘟囔了句骂人的话，朝庞庭岳说道："我还以为你爽约了呢。"

"我在这儿等了你几年，怎么可能爽约？"庞庭岳边说边走过来，手里居然捏着一支燃着的烟屁股，最后还把烟屁股放在嘴上狠吸了一口。烟头上的火星子被他吸得熊熊的。

"说吧，你怎么知道我身上有你想要的东西？"杜斌并不想跟这个邋遢鬼做过多的纠缠，开门见山地问道。

庞庭岳不慌不忙地就着身边一块大的鹅卵石坐下来，说道："我爷爷告诉我的。"

"你爷爷告诉你的？你是说庞三爷？他不是被你气死了吗？"杜斌很是不解，说道。

"他就是被气死了，也会把该让我知道的事情告诉我。"庞庭岳说道。

杜斌被庞庭岳的话整得快要没耐心了，说道："你又要在我面前继续装脑子不清醒了是不是？"

"谁脑子不清醒了？我说的是真的。当然我的话你可以不信，其实你不信也正常。"庞庭岳说道。

"好，就当我假装相信你说的话。那么，你爷爷其实并没有被你气死，对不对？"杜斌说道。

"事实上他真的死了。他要是不死，那天晚上的事儿，就可能会没完没了。我也不可能像虱子似的在这个犄角旮旯儿寄生到现在。所以，那天晚上，我爷爷必须死！"庞庭岳说道。

"我没明白你说这话的意思。"

"你肯定不会明白，因为你始终是一个局外人。"

"其实我是明白你刚刚说这话的意思的。只有你爷爷死了，那个从你爷爷嘴里说出的所谓的密约也就彻底被守住了，因为只有死人，才会对他知道的秘密守口如瓶的，对不对？而且，当时你拒绝了当密约的衣钵传人，于是你爷爷索性就把他要严守的密约带到地底下去了，以后，也就再也不会有人知道和惦记那个所谓的密约了。你爷爷是个狠人！"杜斌自作聪明地说道。

"你说得也许对，也许不对。"庞庭岳故弄玄虚地说道。

"不对是什么意思？哦，对了，我把一个人给忘到九霄云外去了。不是还有一个林锦绣吗？"杜斌说道。

"所以他才从人间蒸发了。"庞庭岳说道。

"你是说林锦绣已经……"

"我不知道。但是他确实从此再没有出现过，跟从人间蒸发了没什么两样。"

"好了，话题不要扯远了。说我和你之间的事吧。你要我交出来的东西究竟是什么东西？"杜斌朝庞庭岳问道。

"一块铁牌。"

尽管杜斌已经料到了庞庭岳要的东西就是他身上的那块金属铁牌，但是，当庞庭岳准确无误地说出他所要的这件东西后，杜斌还是感到很诧异，说道："你怎么知道铁牌在我身上？"

"我说了，是我爷爷告诉我的。"庞庭岳依旧这么说。

杜斌不知道说这话的庞庭岳又是在装疯卖傻还是确实有人告诉他铁牌在自己的身上。

不过可以确定的是——告诉庞庭岳这个秘密的人绝对不是庞三爷。

也许在这件事上，庞庭岳在故弄玄虚地整噱头。

"我承认你说的那块铁牌在我手上，而我的身上也确实一直带着一块铁牌。可是，我想问的是——这块铁牌真的对你有那么重要？用得着你用几年的时间在这儿等着我的出现？万一我永远不会在这儿出现呢？你不是要在这儿等我一辈子？再说，你这么伪装自己，也真够难为你的，一般人根本不可能做到……"

"所以我不是一般人。"庞庭岳这时笑道。

"好了，庞庭岳，多余的废话我们暂时不说，你看，我都对你开诚布公了，东西就在我身上，我没冲你撒谎，对不对？"

"对。"

"那么，你能不能告诉我这块铁牌究竟是一件什么了不起的东西？"杜斌说道。

"这块铁牌是甄别一种特殊身份的唯一信物。"庞庭岳说道。

"甄别一种特殊身份的唯一信物？什么身份？"

"密约守护者！"

"可是，我清楚地记得，当初你是明确拒绝了密约守护者这个身份的，而且是当着我们那么多人的面拒绝的。所以，对不起，这块铁牌，我还真的不能给你了。"杜斌很干脆地说道。

"可是我现在需要这个身份。"庞庭岳说道，语气显得很诚恳。

杜斌冷笑道："现在在我看来，这可不是出尔反尔的事。如果当初你不是这么决绝地拒绝你的爷爷，说不定我现在还真的可以把这块铁牌交给你。但是，既然你说出了这块铁牌的真实用处，我反而不打算把它交给你了。"

"你必须交给我！"庞庭岳的语气变得强硬起来。

"不然呢？"杜斌问道。

"你会死得很惨！"庞庭岳威胁道。

"别用这话威胁我。我还就不信这个邪了！"撂下这句话的杜斌转身就走……

看着杜斌头也不回地离开，庞庭岳并没有上前阻拦杜斌，而是目送着杜斌远去。

而杜斌和庞庭岳的这番对话，却被坐在黑色轿车里的林月兮和木先生听得清清楚楚。

林月兮在木先生的授意下，早已在杜斌的身上秘密搁置了一个高科技的狠活儿——微型窃听器……

当听了杜斌和庞庭岳对话后，林月兮朝木先生说道："木先生，你可真是高人啊！你是怎么看出庞庭岳的破绽的？连当初的沈楠笙都没有做到这一点。"

木先生这时一脸的得意，说道："细节！"

走到广场边，杜斌同样招了一辆出租车，然后准备回宾馆休息。

"木先生，我们还继续跟踪吗？"林月兮朝木先生问道。

"当然得跟着这小子啊！我们得安全地把他护送回宾馆。现在看来，这小子是真的不能出任何差错啊！他对我来说，简直是太重要了。"木先生说道。

"你是说他本人重要还是庞庭岳想要得到的那块铁牌重要？"林月兮问道。

"两者都重要。"

"其实，如果你要想得到杜斌身上携带的铁牌，也不是很难办的一件事情，我是可以帮你搞定这件事的。至于他本人嘛……"林月兮脸上露出一丝复杂暧昧的表情。

木先生冷冷地瞟了一眼林月兮，说道："怎么？又春心泛滥了？"

林月兮妩媚的眉梢间挂着一丝玩世不恭的不屑，说道："你是知道我采用什么方式来保持旺盛的青春活力的。"

木先生嘟囔道："但愿这小子能扛得住你的摧残。"然后交抱着双臂，将身子尽量地陷进座椅里，闭上眼睛，不再理会林月兮，进入闭目养神的状态。

第二十八章　风月

回到宾馆，杜斌感到有点疲惫，他到浴室里冲了澡，裹了浴巾出来，将身体尽量妥帖地躺进大沙发里，然后顺手拿过床头的香烟，又从沙发上的衣服兜里摸出一个精致的打火机，点燃了香烟，美美地狠吸了一口。在烟雾浸入到肺叶里的时候，杜斌感觉整个人一下子就放松下来了。

香烟和打火机都是林月兮给他的。香烟是大重九，打火机是纯金的Zippo打火机。杜斌对林月兮送他的这个纯金的打火机有种爱不释手的喜欢。

杜斌原先抽烟最喜欢用的就是Zippo打火机，而且能用这种打火机在手里玩出各种让人眼花缭乱的花活儿。现在，躺在沙发上抽着烟的杜斌，又开始就着打火机，在手里玩起了花活儿……

这时，外边响了两声很轻很柔的敲门声。

听到敲门声，杜斌以为是特殊服务的人送货上门地推销服务来了，于是朝房间门门说道："这里不需要服务，上别家推销去吧。"

外边没有了动静，他以为外边的人知趣地走掉了，但是，仅仅间隔了几秒钟，又传来两声同样的敲门声，很轻很柔，似乎怕打搅到房间里的人，又似乎担心房间里的人会拒绝。

杜斌有点烦躁起来，很不耐烦地从沙发里起身，前去打开门，却发现是林月兮站在门口，一脸妩媚地看着他，一双长着长长眼睫毛的眼睛忽闪忽闪地朝着杜斌眨动。

杜斌愣了一下，才发现自己赤裸着上身，下边仅裹着一条浴巾，于是慌声说道："怎么是你？"

"怎么会不是我？是不欢迎我吗？"

杜斌脸色发烫，支吾着说："你等等……"说着就要关上房门，打算先把衣服裤子给穿上。

而林月兮却顺势把门推开，像一只灵狐似的蹿进了房间。

杜斌尴尬得手足无措，慌声说道："你得让我先把衣服穿上啊！这样都会很尴尬的……"

林月兮对杜斌表现出的手足无措视而不见，目光却落在杜斌鼓胀硕大的胸肌上。这两块肌肉就像是有岩浆在里面滚滚涌动一般。林月兮脸上浮现起一层粉色，说道："这样不是挺好的吗？"

边说边把房间门啪嗒一声给关上了，并反手熟练地上了反锁。

杜斌似乎意识到了什么，眼神也不由自主地落在林月兮鼓胀的胸口上。

那一片半遮半掩露出来的雪白和深藏着诱惑的沟壑，让杜斌身体中的一股热血一下子冲上脑门，身上最敏感的部位也有了反应。

此时，和杜斌近在咫尺的林月兮脸上粉云飞浮，眼睛卓然发亮地看着杜斌，眼神里全是欲望的火苗在燃烧。

脑子犯迷糊的杜斌很清楚地意识到即将要发生什么。肉体的蠢蠢欲动和精神的竭力遏制开始了激烈交锋。

此时的杜斌处在严重的人格分裂状态！

腰肢柔软身形婀娜的林月兮朝着杜斌撩上来，如同一条灵蛇，一把将杜斌缠住，双手箍抱着杜斌的颈脖，一条玉腿缠住杜斌的腿，她的身体顶压住杜斌的胸口，粉脸泛潮，呼吸急促而又热烈……

狂卷起的浪潮撞击着杜斌心灵的堤坝。

杜斌竭力遏制住身体里隐藏着的那个恶魔，他陷入了精神世界即将全面溃决的绝境！

而就在这时，宾馆的门被人咚的一声给撞开了。

门被撞开时的力道是如此之大，即使林月兮事前将门进行了反锁，也没能抵挡住这股大力的撞击。在这股巨大力量的撞击下，宾馆房间的门形同虚设，轰的一声豁然洞开。

随着门被撞开的刹那，五个彪形大汉同时涌入，用专业得不能再专业的手法，将杜斌和林月兮立马控制住。

杜斌被两个彪形大汉死死地抵压在床上，浴巾脱落，浑身赤裸。而林月兮则被另外两个彪形大汉胁迫在墙角，不敢动弹半分。与此同时，杜斌的太阳穴被一支硬邦邦的枪口给顶得死死的。

"你们是谁？"被摁在床上的杜斌朝这伙人大声质问道。

五个人中，空出来的其中一人没有回应杜斌的话，不慌不忙地走到沙发边，将杜斌的衣服和裤子拿过来，开始仔细地翻找搜索。终于，那块精致的铁牌被这人从裤兜里翻找了出来，随后用手机拍了照，并用微信传递了出去。

一会儿，手机就有了微信提示音。

那人看了微信，朝同伙使了下眼色。

整个过程中，五个人没有说一句话，在仅仅不到五分钟的时间内，便撤离了房间。

第二十九章　消失

五个人刚一撤离房间，重获自由的林月兮瞬间恢复了常态，朝杜斌吩咐道："赶紧穿上衣服，我在楼下等你。三分钟。"然后便拨通手机疾步走出了房间。

处于懵懂状态的杜斌尽管尚且没有回过神，但还是在林月兮的吩咐下，以极快的速度潦草地穿上裤子，然后边胡乱穿衣服边朝着外边疾步走了出去……

一辆黑色轿车已经候在了宾馆的大门口处，穿戴好了衣服的杜斌从宾馆的旋转门里一走出来，坐在驾驶座上的林月兮便朝杜斌喊道："赶紧上车。"

杜斌二话没说，拉开副驾驶的门就坐了进去，并大声朝林月兮抱怨道："这帮人是不是你招惹来的？"

林月兮无暇理会杜斌的抱怨，深踩油门，黑色轿车发出一声咆哮，如同夜里的一头黑豹般蹿了出去。留下守在旋转口的门童一脸茫然。

杜斌有点不依不饶地朝林月兮说道："半夜三更的，你来添什么乱？"

林月兮辩解道："是我给你添的乱吗？你没看见这五个人完全是冲着他们想要的那个东西来的吗？那东西是从你身上搜出来的，不是从我身上搜出来的。人家是直奔主题。"

杜斌这才醒过神来，感觉自己有点错怪林月兮了。

"别吵了，先追上那拨人再说。"这时，从杜斌的身后传来木先生的声音。

杜斌这才发现后排座上坐着木先生，扭过头，朝木先生说道："木先生，怎么你也……"

"我是陪林月兮过来跟你商量后天由她全程陪同你去东京的事情，没想到节外生枝了。"木先生说道。

杜斌"哦"了一声，疑惑地回过头，瞟了林月兮一眼。

林月兮边操控着轿车边朝杜斌问道："这伙人从你裤兜里搜出的究竟是什么东西，重要吗？怎么弄那么大的阵仗，个个都跟职业杀手一样？"

杜斌说道："其实我也不知道那玩意儿重不重要。就是一块金属铁牌。对于我来说，也许不重要，但是，对庞庭岳……"说到此处的杜斌突然幡然醒悟般地大声说道："对了，一定是庞庭岳那小子！一定是他！可是……怎么又可能是他？他不是像狗一样的一个流浪汉吗？"

说完这番话的杜斌紧接着又像是什么都明白过来似的说道："这小子隐藏得是真深啊！"

"我们先不用去追那五个人了，估计也追不上了。我们先去找到庞庭岳那家伙再说。只要找到庞庭岳，就什么都明白了。一定是那家伙干的好事儿。"杜斌朝林月兮说道。

林月兮从车内后视镜里看了一眼后排座上的木先生，和木先生取得了眼神上的交流。

"听杜斌的，先去找到庞庭岳那家伙。说不定那家伙还在那儿。杜斌，你和庞庭岳这个神经病究竟在搞什么名堂？"木先生这时也装腔作势地朝杜斌问道。

仍旧被林月兮和木先生蒙在鼓里的杜斌根本不藏着掖着地对木先生一五一十地说道："我都说了，就是一块小小的金属铁牌。庞庭岳说他在垃圾桶边装疯卖傻地等了我这么多年，就是为了我身上的那块金属铁牌，说那块金属铁牌是证明他一种神秘身份的唯一信物。谁知道他说的是不是疯话。"

"如果他说的是疯话的话，刚才发生的那一出又怎么解释？"木先生说道。

"问题的关键点就在这儿啊，把我都整糊涂了！所以我才说先去找到庞庭岳再说嘛。"杜斌说道。

"既然那块金属铁牌对庞庭岳来说那么重要，你又是怎么得到那块金属铁牌的呢？"木先生朝杜斌问道。

于是，杜斌就把他是怎么得到那块金属铁牌的过程，粗略地跟木先生说了，随后又补充道："我说的可是真的，你们千万不要以为我是在跟你们说天方夜谭。"

木先生和林月兮又通过车内后视镜交换了一下眼色。

林月兮载着木先生和杜斌赶到庞庭岳栖身的那个广场，三个人小跑着来到垃圾桶旁边，却并没有庞庭岳的影子。

杜斌看着眼前的垃圾桶，说道："也好像不大对。我记得我从这儿离开的时候，庞庭岳在我背后说了一句我会死得很惨的话，可是，我并没有死啊，只是被人用枪口胁迫了一下。这……好像又不是庞庭岳干的……"

"那你觉得会是谁干的？现在除了你和庞庭岳知道你身上有那块所谓的金属铁牌，还会有第三个人知道吗？"

"对啊！难道真是庞庭岳干的？但还放了我一马？"杜斌一脑子糨糊地说。

木先生这时说道："既然这块铁牌对你来说并不是很重要，也就是个可有可无的东西，你觉得我们有没有必要就这块所谓的金属铁牌继续帮你深挖下去？你知道，在西安，我是有这方面的人脉和资源的。无论明的暗的，我都可以的。"

杜斌大度地说道："算了，没必要小题大做。既然是人家庞庭岳的东西，物归原主也挺好。我之所以没有把那块金属铁牌还给他，是气不过当初他对庞三爷的冷漠态度。早知道这小子会给我来这么一出，我当时就该把金属铁牌直接给他，何必……"

"何必搅黄了你的一桩好事，对吧？"木先生呵呵笑道。

木先生刚刚发出呵呵两声笑声，才发现自己不小心说秃噜了嘴，便立刻止住了。因为杜斌房间里所发生的整个事件过程，他都是躲在黑色轿车里全程窃听到的。林月兮眼神颇为紧张地瞟了木先生一眼。

神经大条的杜斌却忽略了这么一个关键的细节，反倒是像被人扯掉了底裤般露出一脸的尴尬。

幸好木先生马上换了话题说道："好了，既然这件事对你杜斌来说无关痛痒，当然也就无须再为这件事浪费精力。你和林月兮还是精心准备一下，后天就启程前往东京。"

第三十章　大冤种

杜斌根本不会知道，九幽蛇杖将会出现在日本东京的一场拍卖会上这件事，在国内的收藏界已经引起了不小的震动和波澜。一场明里暗里的蛇杖争夺战其实早已展开。

九幽蛇杖在日本东京的突然现世，使得日本东京这块弹丸之地，一时之间成了国内收藏大咖云集的地方。

而杜斌却单纯地认为，他的这一趟东京之行，就如同出一趟公差般简单，甚至从某种意义上来说简直就是一场惬意的旅行。

怎么会不惬意呢？既有一笔天降横财的巨额收入，还有林月兮这样一位绝色美女全程协同相伴，而且，事成之后，还会重新拥有他朝思暮想的人——冷雅一。

所谓天上掉馅饼的好事，也不过如此吧？

事实上，杜斌对日本这个国家是没有什么好感的。当杜斌从飞机的舷梯上下到真实的东京地面时，他对这片陌生的国土，是怀着本能的排斥心理的。仿佛这片土地上的一草一木都对他怀着深深的敌意一般。同样，他对这片土地上的一草一木也怀着对等的心理动机！

林月兮似乎看出了杜斌的心理动机，她拖着笨重的行李箱跟在杜斌身后，一边说："怎么，看你绷着一张脸，皱着眉头的样子，对异国他乡很排斥？这可是许多人做梦都想到此一游的地方。"

杜斌却冷冷地说道："也许我和你说的那类人不一样。"

"别板着脸，你得兴奋起来呀！有我这么一个大美女全程陪同，你还有什么不如意的？做人得知足，板着个脸干什么？就像谁欠了你好多钱似的。而且，你知道吗？情绪会相互感染的。"

杜斌扭头瞟了林月兮一眼，却答非所问地朝林月兮警告道："不过，我得先给你打一下预防针，前天宾馆里的那出戏码，绝对不能在我面前重演，不然，到时候可别说我没给你留面子。"

"前天宾馆里的那出戏码？哪出戏码？哦，是你被人用枪顶在床上的那出戏码？你放心，木先生在我们来之前，已经做了各方面的妥善安排。木先生在这边的人脉关系可不是你想象的那么简单。他甚至跟山口组的老大都能平起平坐地说上话。"林月兮故作一愣地说道，脸上的表情确实笑盈盈的，充满了挑逗的意味。

"别跟我扯没用的，揣着明白装糊涂是不是？我说的是被枪口顶住之前的那出戏码。"杜斌正色道。

"之前的那场戏码？我靠！"林月兮爆了一句粗口，紧接着咯咯咯地笑道，"你是说你会拒绝？我不信……我真不信，咯咯……"

林月兮咯咯笑着的话里不光带着戏谑的成分，更充斥着挑衅的意味。这令杜斌感到既恼火又无奈。

"恐怕不是拒绝那么简单吧。不信你真可以试试。"杜斌板着面孔生硬地说道，脚下并不停留，只管直直地走他的道。

"试试就试试，谁怕谁啊！"林月兮见杜斌说话这么直接和不留情面，眼睛冒火地盯着杜斌，发狠地说道。

"我劝你最好别试。人性是经不起试探的。"杜斌依旧板着面孔说道。

见杜斌始终保持着这么一种态度跟自己直来直去地说话，丝毫没有一点哄漂亮女人开心的意思，手里拉着行李箱的林月兮越想越气地站住了，眼神愤懑地盯着他，一口好看的银牙狠狠地咬了一下嘴唇。

而撂下了这句话后的杜斌，只管朝前面走，林月兮在他的眼里，突然间变成了空气，就连整座机场，似乎都变成了空气。此时的他昂首挺胸地走着，目光抬得高高的，有种目空一切的傲慢和冷酷。

　　这样的男人对于林月兮这样的女子来说，是想恨又恨不起来的。她看着杜斌雄健的背影，又气又怨又无可奈何，使劲跺了一脚，银牙一咬地发狠道："我就偏不信，你会是一个坚如磐石冷得像冰的怪人！"接着疾撵几步，追上了杜斌。

　　在机场的出口处，前来接机的是一位同样长得国色天香宛若天仙般的女子。

　　她叫唐甜儿。

　　唐甜儿远远地就看见了拉着行李箱的林月兮和走在林月兮前面的杜斌，于是略显兴奋地边冲着林月兮招手边快步小跑着上来。

　　唐甜儿早就掌握并熟悉了杜斌的个人资料，见真实的杜斌比照片资料上的还要帅气威武，心里也不由得暗自由衷地赞叹。

　　因为和杜斌没有过任何实质性的接触，此时的唐甜儿只当是根本不认识杜斌，把走在前面的杜斌直接给忽略了过去，转而上手去接过林月兮手里的行李箱，林月兮这才朝杜斌喊道："你走那么快干吗？"

　　杜斌这才站住，见林月兮一脸愠怒地盯着他，终于缓了脸色地朝林月兮笑道："你的腿也不比我的短啊？"

　　替林月兮拉过行李箱的唐甜儿故意用鄙夷的眼神瞟了杜斌一眼，朝林月兮说道："他就是杜斌？"

　　林月兮愤愤地说道："不是他是谁？一个不解风情的木头人。我这一趟算是倒了血霉，摊上和这么一个人出来办事。"

　　听了林月兮的当场抱怨，唐甜儿就像是和林月兮唱双簧似的，说道："你不说我也看出来了，一点怜香惜玉的绅士风度都没有，让女人拉着行李箱，自己倒是空着手趾高气扬地走道。就像自己有多帅似的，我就想不明白了，在月兮你这个绝色美人儿面前，某些人哪儿来的这种自信……再说，月兮我不是说你，你什么时候变得这么委曲求全地迁就一个人了？有点出息好不好？"

杜斌当然听出了两个女人的一唱一和，将目光锁定在唐甜儿身上，故意直视着唐甜儿的眼睛。

唐甜儿的一双眸子就像是刚被抛过光似的带着亮色，透出的眼神清澈透明得犹如两汪静谧的湖水。

林月兮这时朝杜斌醋意十足地警告道："你这么看着她干吗？当心我把你的眼珠子抠出来！刚说你是不解风情的木头人来着，怎么一下子眼睛里就像是伸出了爪子似的？她可是我最好的闺蜜。"

唐甜儿没想到林月兮会说出这么一句话，用犀利的眼风剜了林月兮一眼，朝杜斌伸出手，说道："唐甜儿，同样也是月兮的闺蜜……"

杜斌故意把手背在身后，不跟唐甜儿握，而是颇显幽默地说道："唐甜儿？怎么，不是日本人？或者……你还有一个日本名字？"

唐甜儿被杜斌莫名其妙的话弄得愣了一下，略微尴尬地把手缩回来，说："为什么我非得是日本人？你吃错药了吧？"

林月兮用挖苦的口吻朝唐甜儿说道："他就是一个很少迈出国门的土老帽，或者说从来就没有迈出过国门，顶多也就是在缅甸待了几年。以为在日本接他，你就该是日本人。"

唐甜儿朝杜斌笑道："是这样的吗，杜斌先生？"

杜斌被两个女人挤对得一时间没了话，呵呵地附和着笑了两声，然后转身迈腿就走，但心里却在嘀咕：怎么又是一个要命鬼一样的女人？是不是真的命犯桃花了？

心里犯着小嘀咕的杜斌不由得提起了精神……

唐甜儿开着车，林月兮坐在副驾驶。唐甜儿和林月兮聊着天，杜斌被这两位国色天香貌若天仙般的女人冷落在后排座上。在两个女人眼里，此时的杜斌形同空气。

"我听木先生说，他打算花巨资要力捧你来当女主角的那部电影，剧本已经完成了。导演的事最终确定了吗？"林月兮朝唐甜儿问道。

"现在的分歧就在这儿，木先生想请那位他觉得非常熟悉这种题材的电影导演，但是……我还是想把这个难得的机会争取到，然后给余秀峰……"

"你还这么一心一意地维护着他？就他现在落魄潦倒的处境，哎，怎么说呢，我都替你冤得慌。"

"正因为他现在的处境并不好，所以我才要一心一意地帮他啊！你别总是在我面前贬低他好不好？他真的是一个很有才华的导演。而且，我是绝对相信他对电影艺术是有独特的视角和敏锐的判断能力的。他跟一般的导演不一样。也许正是因为他的坚持，才使得自己沦落到现在这个样子。坚持是要付出代价的！在你坚持某些东西的时候，就注定会失去另外的一些东西。这个道理你又不是不知道。他现在缺的就是一个真正属于他的机会。这部电影我私底下已经跟他聊过几次了，他对这部电影有很深的理解。而且也有他个人的很多想法。只要我把这个机会争取到，给他，成功对他来说只是一步之遥的事儿。他真的是会在国内的导演圈子里大放异彩的人。他有这个实力……"

听了唐甜儿的话，林月兮咯咯笑道："我是真不知道你是犯花痴了还是确实很天真很单纯。醒醒吧你，看你把他夸得像朵花似的。狗尾巴花吧？不过，话又说回来，在这个圈子里混的人，还有真正天真和单纯的人吗？都是千年的狐狸了，你就别在我面前玩聊斋了。所以，你除了是在犯花痴，根本不可能再有第二种可能。而且，你以为在这个圈子里混的，个个都是只看重艺术的艺术家？切，说白了吧，这个所谓的艺术圈子，不过是打着艺术幌子的名利场罢了。艺术成了最好也是最后的遮羞布。张爱玲不是说过吗？华丽的袍子里边，藏着的都是虱子。里面充斥着吸血和蝇营狗苟的龌龊勾当。为了所谓的机会，哪个私底下不是无底线在出卖灵魂？当然，这个木先生就更不可能是什么艺术家了，他本身也不是这个圈子里的人，咯咯……我想说的是什么呢？木先生是不会大度到明明知道你跟余秀峰是那种关系，还要睁着眼睛在你身上花重金的大冤种，咯咯……对不对？其实我说的这些你比谁都清楚。"

"打住打住，一段时间不见你，你哪儿来这么多的怪话？还真是士别三日当刮目相看了！你现在是不混这个圈子了，算是脱离苦海了，可是你也不能站着说话不腰疼地用颐指气使的语气跟我说话啊！还用上帝视角来跟我聊圈子里的事儿了，你哪儿来的这种勇气和底气？真是受不了你了。既然木先生这么介意我跟余秀峰的这种关系，那他就别来招惹我啊！事实你也是知道的，是他主动来招惹我的，不是我硬要朝他贴上去的。"

"谁叫你唐甜儿有这么一副沉鱼落雁闭月羞花的臭皮囊呢？他不招惹你招惹谁啊？你要知道，得不到的才是最好的。这既是我的肺腑之言，也是对你的提醒。木先生现阶段的嗜好，我是再了解不过了。越是得不到的，他越是要千方百计地得到。这叫什么来着……对，这叫自个儿跟自个儿较劲……从某种意义上来说也是自恋的一种表现。处处想证明自己，处处想彰显自己。对，就是这么一种心理。目前的情况是，你让木先生很较劲，知道吗？在这件事上，怎么说呢？木先生活得有点拧巴，他也许真的不该招惹你。你唐甜儿是什么底色的人，木先生不清楚，但是我清楚啊！你说是不是？但话又说回来，木先生也不是泛泛之辈，不然他也不会这么自恋，你和木先生两人的山水相逢啊，算是棋逢对手将遇良才了吧……"

"你最好在我面前少说怪话，我劝你最好善良！呃，对了，你真的这么了解木先生？"

"至少我比你了解木先生。"

"你当然比我了解木先生，毕竟他当初也是用同样的手段征服和捧红你的，对不对？"唐甜儿的话里明显带着刺儿了。

林月兮白了唐甜儿一眼，说道："所以我才是你的前车之鉴啊！作为木先生这样的人物，现在的情况是被你反拿捏，从某种意义上来讲，你还真得感谢我。没有我的毁灭，哪儿来你的重生？你说是不是这么个理儿？没有我的前车之鉴，你会拿捏得这么准？你要是不对木先生使出那一套一套的手段，木先生哪儿会对你那么上心啊？还不惜花重金请一流编剧给你量身定制剧本，你做梦吧你。别的男人我不了解，但是，木先生这种男人，我大抵还是比较了解的。我劝你还是好自为之吧！与狼共舞虽然好玩，但是有时候绝对会惊险刺激到让你怀疑人生。"

"你吃我跟木先生的醋了？"

"我吃你跟木先生的醋了？扯淡！木先生的醋，我吃得过来吗？你的醋，我犯得着吃吗？凭木先生现在的手段和能量，他还能捧红一大把人的。我也吃那些人的醋？况且，我也不至于傻到那种程度吧？人家，终归是手里握着资本和顶级资源的商人和艺术掮客，我和你，即使再怎么折腾，归根结底，在木先生这种人眼里，最终就是一个女人而已。你听懂我话里的意思了吗？"

"我没听懂。"唐甜儿声音突然拔高地说道。

"别揣着明白装糊涂，还是那句话，都是千年的狐狸，别在我面前玩聊斋。商人眼里，只有增值与贬值，不会有别的。你现在就是处在增值的阶段。好好把握吧，别因为一个余秀峰，毁了你这辈子都想圆的梦！能圆的梦，抓住机会尽快圆，能办的事儿呢，尽快办！女人最美好的这段光阴吧，还真的就是雪泥留痕，白驹过隙。"

林月兮的话让唐甜儿沉默了一下，然后说道："你是在开解我，还是在帮木先生当说客？"

"随你怎么理解。反正，我对你是推心置腹的，知道什么说什么，想到什么说什么，苍天可鉴，毫无保留。"

"你拉倒吧你！对了，月兮，话虽然是这么说的。但是，我觉得你能不能帮我在木先生那儿撮合一下我们刚说的那件事儿？"

"没问题啊。不过我都跟你说了，不一定起作用。木先生不是那种甘愿当大冤种的人。他现在表现出不计较你跟余秀峰的关系，是因为他觉得余秀峰就是处在你和他之间的一个对手，他在征服你的同时，还要灭掉这个对手，对于木先生来说，这也是一件很过瘾的事情。就像一个猎人，他享受的不是杀死和获取猎物的喜悦，而是猎杀猎物的整个过程。木先生是很享受过程的人，过程对木先生是很有吸引力的……其实，人的心理变态是各种各样的，特别是木先生这种玩女人于股掌间的男人，你甚至都不知道他对异性的兴奋点会出自哪方面，对于女人来说，这也是木先生这类男人最危险最可怕的地方……"

两个女人说话的工夫，唐甜儿驾驶的轿车已经将杜斌和林月兮载到了早就预订好的宾馆。而在后排座落座的杜斌，听了林月兮和唐甜儿的整个对话，私底下有种惊心动魄的感觉。

宾馆开的是两个房间，这是杜斌特别要求的。

杜斌进了宾馆的房间，随手就把房间的门给反锁了。他担心林月兮又会趁他洗完澡的工夫过来敲门。所以反锁房门，只是一个潜意识的动作。

可是，杜斌洗完澡穿戴整齐后，林月兮并没有再来敲门。杜斌反倒觉得有点不大适应，下意识地一直听着门口的动静。有着这种猥琐心理的杜斌暗骂自己骨子里其实还是一个犯贱的家伙，和一般人比起来，也高尚不到哪儿去。

就在杜斌在为自己的猥琐心理做着自我反省的时候，居然有人在外边敲响了房间的门……

第三十一章　蹊跷的日本料理店

一直在注意着房门外动静的杜斌听到敲门声，一颗心就像是被什么东西轻微地捅了一下，或者是被什么东西不经意地挠了一下，他晃动了两下，越是有着足够的心理准备，就越是有着猝不及防的惊慌。

他一下子就从床上弹了起来。

"谁啊？"弹起来坐在床沿的杜斌装模作样地冲着门口喊了一声。

门外出现几秒钟的停顿，接着又是轻轻的两声敲门声。故技重施，这不是林月兮是谁？连敲门的节奏和使出的力道都是一样的。

杜斌站起身，邪性地笑了一下，然后走过去，打开了房间的门。站在门口的果然是林月兮，她用一双调皮中又略含着狡黠的目光看着杜斌。

此时的杜斌是穿戴整齐的杜斌，再也不会有裹着浴巾时的那种尴尬，朝林月兮说道："有什么事儿可以通过手机发语音的，没必要这么亲自跑一趟。这么折腾，你究竟累不累啊？"

"别这么自恋好不好？什么折腾不折腾的。就是你有折腾的兴趣我还没兴趣了呢！愉悦是相互的，知道吗？说这些高层次的精神境界你也不懂。唐甜儿约我去吃日本料理，她和她的男朋友。我想让你陪我一起去……"林月兮很严肃也很正经地朝杜斌说道。

杜斌却说："还是算了吧，我就不陪你去了，想早点休息。再说，我这人不善于应酬的，有轻微的社恐症，这你是知道的。"

说着杜斌便想把房间的门给关上。

可是，站在门口的林月兮却用膝盖把关过来的房间门给顶住了，也不说话，就看着杜斌，眼神很执拗。

杜斌不好再继续使力关门，只好放弃了关上房门的打算，转身朝房间里走。

林月兮站在门口，却并不进来，朝房间里的杜斌问道："去不去嘛？我让唐甜儿半个小时后来接我们。对了，你还可以顺带认识一下她的那个叫余秀峰的男朋友……"

"就是那个吃软饭的主？"杜斌言语讥讽地说道。

"话别说得那么难听。谁都有落难的时候。你杜斌前不久不是还在缅甸打黑拳吗？而且，说句会伤你自尊的话，即使现在的你，也不一定就站直溜了，对不对？"

听林月兮这么说，杜斌就像是被人揭了短似的无话可说了。又见林月兮站在门口用可怜巴巴的目光看着他，于是只好朝林月兮说道："那好吧，我就当舍命陪君子，陪你走这一趟。不过说实话，我不想陪你出去的原因还是因为我对这个地方真的没有任何好感，根本就不想到外边去，总觉得目之所及，皆是仇恨！"

"你还在我面前转上了。这都什么时候了，还抱着仇恨不放？开放包容你不懂吗？还说出舍命陪君子的话，又不是拽着让你陪我去赴鸿门宴，所以没你说的那么悬，更要不了你的命。那我现在就给唐甜儿打电话，让她尽快到宾馆的楼下接我们过去。"林月兮变得沾沾自喜地说道。

"随你的便。"杜斌说道。

唐甜儿是一个人开着车到宾馆的楼下接上杜斌和林月兮的，也是一副喜形于色的高兴样子，似乎心情很好。她说她的男朋友余秀峰已经先一步在那家料理店恭候着林月兮和杜斌了。

从唐甜儿嘴里得知，唐甜儿要带他们去的那家料理店，其实并不是正宗日本人开的料理店，而是地地道道的中国人开的。这个地地道道的中国人还是和余秀峰交情很深的朋友，名字叫——南宫勇。

当听到"南宫勇"三个字的时候，杜斌不由得脱口而出地问道："你说什么？开日本料理店的这个中国人叫……南宫勇？"

一听杜斌这么问，而且问话的语气显得特别吃惊，林月兮和唐甜儿都感到颇为意外。

"怎么？你好像认识南宫勇？不会吧？"林月兮问道。

杜斌这才意识到了自己的失态，慌声说道："不……不认识。"

"你绝对认识！不然听到南宫勇的名字，你不会这么一惊一乍的。说，究竟认不认识？"林月兮这时却盯着杜斌，不依不饶地追问道。

杜斌是个不会撒谎的人，见林月兮用审问犯人似的眼神犀利地盯着他不放，于是只好说道："我也就是曾经从一个人的口中，听说过南宫勇这个人的名字。南宫勇本人，我是真没见过，更不认识。就是感觉有点巧了而已。不过，天下同名同姓的人多了去了，说不准此南宫勇非彼南宫勇呢。"

"曾经有人跟你提到过南宫勇的名字？提到过南宫勇这个名字的人是谁？"

"他哥哥南宫骁……南宫勇有一个哥哥叫南宫骁，一个做古董生意的，有一个小古董店，叫'水心斋'。"杜斌说。

开着车的唐甜儿朝林月兮说道："这不就对上了吗？南宫勇的哥哥确实叫南宫骁。"

"还真有这么巧了？但是，那天南宫骁不是说烧死在棺材里的人不就是南宫勇吗？"杜斌有点不大相信地喃喃自语道。

"南宫勇被烧死在棺材里了？这是多久的事儿？我们怎么从来没有听说过？怪稀罕的。"林月兮和唐甜儿对杜斌的话感到有点莫名其妙。

于是杜斌就把雷坪镇那天晚上的那场大火的事儿，简明扼要地对林月兮和唐甜儿说了。

听了杜斌的这通解释，林月兮和唐甜儿相互看了一眼，不再说多余的话了。

两个女子似乎同时多出了一个什么心眼，不再就南宫勇的这个话题和杜斌继续深入地聊下去。

而令杜斌更加难以置信的是，当他看到等候在料理店里的余秀峰时，就像是看到了一个人的孪生兄弟。这个人跟自己当时在雷坪镇见到的庞庭岳简直是一模一样，甚至连身高、体型、发型和眼神也一样。

杜斌除了用孪生兄弟来解释他看到的这个余秀峰，就再也找不到更合适的理由了。

所以，当杜斌的眼神一落在余秀峰的脸上，顿时就有点错愕了，眼神在余秀峰的脸上停留一阵，没有挪开。

眼明心细的林月兮当然看到了杜斌的反常表情，也很准确地解读出杜斌眼神里透露出的信息和内容，朝杜斌问道："怎么？不会余秀峰也是你见到过的熟人吧？"

眼神依旧停留在余秀峰脸上的杜斌说道："还真是我认识的一个人。"

"哦，真有这么巧的事儿？秀峰，你之前认识他吗？"林月兮呵呵笑着地朝盘腿而坐的余秀峰问道。

余秀峰冷峻着一张脸，很有范儿地撩了一把遮住了眼睛的卷曲头发，说道："我怎么会认识杜斌先生？这是第一次幸会！"

听了余秀峰的话，林月兮便将目光投向杜斌，说道："杜斌，人家秀峰可是从来没有见过你。你确定你没有看走眼？"

听了余秀峰和林月兮的话，杜斌对自己的猜想变得不大自信起来。天底下有名字相同的人，但是，长得如此一模一样的人，还真是不多见。

于是杜斌说道："我也只是觉得他长得像那个人，并没有确定他就是那个人。对了，你知道我说的那个人是谁吗？"

"谁啊？"林月兮问道。

"就是前天晚上在垃圾桶边消失的庞庭岳。"

"你说什么？你说秀峰像庞庭岳？"问这话的时候，林月兮不由得刻意看了余秀峰一眼。

杜斌肯定地说："不是像，简直就是一个模子里翻版出来的。如果不介意我说话有所冒犯的话，我都怀疑他是不是刚刚潜逃到日本来的，或者，他在中国那边原本就有一个孪生兄弟。"

听了杜斌的这番话，林月兮看着余秀峰，故作幽默地说道："秀峰，你是不是真有一个孪生兄弟在国内啊？怎么杜斌说得这么有鼻子有眼的。而且，他说的那个庞庭岳我也知道，但是这个人的真实面目我却没有见过一回，因为我每次看到这个庞庭岳时，他的庐山真面目都是隐藏在厚厚的污垢后面的。"

余秀峰却笑道："我哪儿有什么孪生兄弟。我要是有孪生兄弟的话，我父母该把这个信息告诉我的，不会对我守口如瓶这么多年。"

于是林月兮朝杜斌说道："杜斌，你怎么解释？"

杜斌却说："就算他不是庞庭岳，也不是庞庭岳的孪生兄弟，可是……南宫勇又怎么解释？解释不通啊！再巧合也不可能两种巧合都叠加在一起了吧？"

而杜斌所说的南宫勇，此时一直在后厨忙碌，没有露面，似乎在故意躲着杜斌似的。

此时的杜斌很期盼着南宫勇的露面。他越来越觉得这家料理店里隐藏着某种蹊跷。天底下再巧的事情也不至于巧到这种程度。被烧死在棺材里的南宫勇和在垃圾桶边消失的庞庭岳几乎是同时出现在他的面前，这绝对不是巧合，而是真正的蹊跷。

杜斌逐渐地意识到，他似乎又被带入到一场可怕的陷阱里，而且，这个陷阱有可能是深不见底的万丈深渊……

第三十二章　传说中的易容术

当杜斌意识到这一点的时候，开始暗自后悔，自己对林月兮和唐甜儿其实一直都是不设防的。林月兮和唐甜儿对他的问话，他都是如实回答和盘托出。在林月兮和唐甜儿面前，他就是毫无涉世经验的雏！

就在杜斌一分神的工夫，一直在注意着杜斌脸上表情细微变化的林月兮朝他问道："在想什么呢？"

杜斌愣了一下回过神，呵呵尴尬笑两声，说："哦，没想什么……"

当杜斌回应了林月兮的问话，又瞬间意识到，自己似乎在受到林月兮的贴身监视。

其实，杜斌从见到林月兮的第一面起，他就深深地陷入了林月兮的美貌中，从而忽略了很多不该忽略的细节和关键的东西。不管杜斌承不承认这一点，事实上就是如此。

杜斌越是回答得敷衍，林月兮越是用锥子一般的目光盯着他，眼神锋利得就像是要剜进杜斌的心里似的。

杜斌感到了林月兮的眼神对他造成的巨大心理压力，朝林月兮说道："你这么盯着我看干什么？就像是在审视一个犯人似的……"

林月兮这才把目光扯回去。

终于，在后厨一直没有露面的南宫勇抽拉开榻榻米的格栅，托着精心准备的寿司出现了。

当杜斌朝南宫勇投去猜忌的目光时，南宫勇也和杜斌的目光进行了短暂的交接，但马上又将目光投向了屋子里的人。南宫勇似乎有点回避杜斌的目光。

杜斌故意很直接地朝南宫勇问道："那天在胡丽琴土菜馆的包间里和我交手的人是你吧？"

一听杜斌问这话，南宫勇的脸上露出一丝不自然的神色，但这一丝极其不自然的神色只是在南宫勇的脸上稍纵即逝地闪现了一下，随后就朝杜斌说道："我都不知道你在说什么。"

杜斌冲南宫勇的这句质问显得有点不大礼貌，林月兮不由得微微地皱了一下眉头，打圆场般地朝杜斌笑说道："杜斌，你是不是有点人来疯了？你刚还说从来没有和南宫勇见过面，怎么又说和南宫勇交过手了？胡丽琴又是谁？"

杜斌没有回答林月兮的问话，而是继续用似笑非笑的目光冷冷地看着南宫勇。

杜斌越是这么看着南宫勇，南宫勇越是回避着杜斌追光灯般的目光。

"你有个哥哥叫南宫骁，他是我在西安结交的最好的也是唯一的朋友。他跟我提起过你的。"杜斌又说道。

南宫勇沉吟了一瞬，才对杜斌说："其实，我都快把我这个亲哥哥给忘了。我们之间都有好几年没有联系了。不怕你笑话，你要是不提起他，我都快忘了自己还有这么一个哥哥了……"

听了南宫勇的这番话，唐甜儿倒是显得饶有兴趣起来，朝南宫勇笑道："南宫勇，有你们这样的亲兄弟吗？几年不联系不说，还到了快忘了有这么一个哥哥的地步。你可真够可以的。如果真是这样的话，我都不知道你们两兄弟之间，是你无情还是你哥哥寡义了，你说是不是？"

杜斌却接过唐甜儿的话茬，说道："我听他哥哥南宫骁好像说过这么一嘴，说是他的这个弟弟欠了他的钱，于是就玩儿人间蒸发了……"

听了杜斌揭自己老底的话，南宫勇一时之间脸色泛红，朝杜斌说道："我哥真是这么跟你说的我？"

"真是这么跟我说的你。如果你哥哥在的话，是可以当面对质的。"杜斌故意这么说道。

南宫勇却呵呵笑道："我哥哥愿意怎么说他这个弟弟就由他说去吧，反正我在他的眼里，就是这么个无赖，呵呵……"

林月兮和唐甜儿交流了一下眼色，随后林月兮也笑道："这还真的有点意思了。那么，你哥哥现在在哪儿你知道吗？"

南宫勇说道："他在哪儿关我什么事儿？大概是两年前我回了趟国，还特意到西安找过他，他人不在西安，'水心斋'的铺子也关张了。所以，是我哥给我玩起了人间蒸发，而不是我不愿意见他……"

"那么，你和你哥究竟是谁欠谁的钱？"林月兮笑着问道。

南宫勇呵呵附和着笑，说："我跟我哥根本就不是谁欠谁钱的事儿。准确地说是'三观'不合。人各有志，就像屋檐下的家雀，长大离开巢穴了，就各飞各的了，也许这辈子也不可能再聚到一起。关于兄弟情这件事，我想得通通透透的……"

但是，杜斌却冷不丁地朝南宫勇说道："其实，当时你哥是凭着我手上的一块天铁知道是你的。那块天铁是你的吧？"

南宫勇朝杜斌很干脆地说道："天铁？什么天铁？我都不知道你在说什么。既然你说你是我哥的好朋友，那我可要给你一点点人生忠告了，你可不要对我哥的什么话都信。我哥可是一个很会杜撰故事的人，而且杜撰的故事起承转合天衣无缝。除了我这个亲弟弟能够听出故事里的小破绽，一般的人，是怎么被他忽悠的，到最后恐怕都是不会明白的。再说，玩儿古玩行的，哪个不是编排故事和讲故事的高手？所以，杜斌先生，我倒不是好奇我哥给你讲的这些无厘头的故事本身，我好奇的是，我哥为什么会给你编排关于我的这些故事，他的目的究竟是什么？我给你说的这番话，你还真得去想想。而且，你刚才还说了，我哥是你在西安认识的唯一可以交心的朋友，我哥为什么会跟你交朋友？这个恐怕你从来就没有想过吧？所以，和玩古玩行的人交朋友，你还真得多出个心眼子，你根本不会知道他是在给你挖坑还是在和你真正地交心，干这一行的人都不是一般人。所以……我跟你说这番话，够坦诚的了吧？"

南宫勇的这番话，还真把杜斌给弄得无话可说了。于是杜斌稍微思忖了一下，朝南宫勇说道："你说这番话也确实在理。我为什么这么说呢？是因为当时南宫骁确实给我挖了一个坑，到现在我都还想让他给我一个合理的解释。可是，恐怕我再也没有机会见到你了，我和他的那种朋友之间的缘分，也许已经尽了。算了，既然这事儿聊不出个结果，我们就不聊了，就当我刚才说的是一些无聊的话……"

这时，唐甜儿朝南宫勇说道："对了南宫勇，我听说你有一个拿手绝活，能不能给我们露一手？"

"什么拿手绝活？怎么连我自己都不知道？"南宫勇笑道。

"听说你会江湖中传说的易容术？"唐甜儿说道。

一听唐甜儿提到"易容术"，杜斌的心里顿时就打了一个闪，一下子又将目光聚焦在了南宫勇的身上。

此时的杜斌，脑子里不光是多出了一根弦，而是多出了无数根弦。他越来越清晰地意识到，自己是在跟一群身份极其不明的人打交道。至于为什么会跟这么一群人打交道，到现在还是一个谜。他想凭自己的能力去拆解开这个谜。

杜斌那颗原本浑浑噩噩的脑袋，就像突然被开了一扇天窗似的，一下子变得敞亮了，人也变得聪明绝顶了。

听了唐甜儿这句问话的南宫勇呵呵笑道："我都不知道你说的这是哪儿跟哪儿的事儿。我连易容术是什么都不知道，你从哪儿听说我会易容术了？我就是一个喜欢做日本料理的厨子。"

唐甜儿却有几分较真地说道："南宫勇，恐怕你没有老实交代问题吧？有句俗话不是说了吗？叫无风不起浪。怎么没人说别人会易容术呢？怎么就偏偏说你南宫勇会易容术呢？对了，我这么问你也没有别的意思，我是什么意思呢？你要是真的会存在于江湖传说中的易容术，不妨就展示出来。如果真有这个绝活的话，我可以推荐你到剧组去当专业的化妆造型师，这不比你在异国他乡开料理店强？"

"你可别想用化妆造型师的噱头来套我，再说，我根本就不知道什么是易容术。我重申一遍——我就是一个喜欢做日本料理的厨子。都不知道你从哪儿道听途说来的。"

没想到唐甜儿这时却朝一直没有出声的余秀峰说道："秀峰，他不承认！"

一听唐甜儿这么说，大家才幡然醒悟过来，原来唐甜儿听到的所谓南宫勇会易容术的话，是从余秀峰那儿听来的。

南宫勇朝余秀峰呵呵笑道："余秀峰，你是喝醉了吧？你怎么会把八竿子打不着的事儿朝我身上栽赃啊？"

余秀峰朝南宫勇一摆手地苦笑道："我也记不起什么时候冲唐甜儿说过这话了，也许是做梦说的梦话吧。对了，可能还真是说梦话了。那段时间我看武侠小说入迷来着，所以就……糖，你是不是真从我梦里听来的？"

余秀峰亲昵地管唐甜儿叫"糖"。

唐甜儿白了余秀峰一眼，显得有点索然无味地说道："也许真是听你梦里这么说的。谁叫我是你的枕边人呢。"

"看看，我就说嘛。"南宫勇呵呵笑道。

但是，杜斌此时的脑子却开始了全速运转。

难道那天晚上在胡丽琴土菜馆的包间里，和自己交手的真是眼前的这个南宫勇，而不是所谓的胡大爷？那块天铁其实就是从南宫勇的脖子上扯下来的？如果这个推理成立的话，那么，当初的胡丽琴，垃圾桶边栖身的庞庭岳，面前的这个余秀峰……

自己究竟是在跟一群什么人打交道？自己又为什么会和这么一群原本八竿子打不着的人打上交道？也许，一切的一切都源自于当初交了一个古董贩子朋友——南宫骁！

杜斌不敢顺着"易容术"这条线索深想下去了，他的脑子一下子就混沌了。

从料理店回去的路上，杜斌的脑子一直在做着高速度的运转。他在对过往的一段日子进行全面复盘。他要在这次的全面复盘中，找出这段人生中出现差错的蛛丝马迹。

但是，杜斌并没有找出任何的蛛丝马迹，因为一切的发生，都是那么的自然而然，丝毫没有不合情理的地方。生活中的合理性在他的复盘中都是那么的顺理成章。

也许唯一的破绽来自他本身。不然作为一个原本的普通人，怎么会卷入到这么一场越来越离奇的事件中。

那么，自己的破绽究竟在哪儿？杜斌一时半会儿捋不出来。

回到宾馆，杜斌一个人深陷在单人沙发里，他在继续寻找着深埋在记忆深处的线索，他得从这些线索中把一个已经在自己的生活中消失的人给揪出来。这个人就是南宫骁！

然而，越是想把这个人揪出来，这个人就越是隐藏得深。此时的南宫骁在杜斌的记忆里变得比泥鳅还要滑，杜斌根本就抓不住他。他在跟杜斌玩起了捉迷藏。杜斌的脑子开始抽扯着犯疼了。

躺在沙发上的他有点茫然无助地仰面朝上，抬起右手，用拳头狠狠地捶打起了自己的脑门。

"南宫骁！南宫骁！你究竟给我挖了多大的坑，害得我到现在也没有从这个坑里爬出来！你为什么要给我挖这么大一个坑？目的何在？意欲何为？什么时候是个头？"杜斌开始自言自语起来。

这时，杜斌越转越乱的脑子终于在某一个地方被卡住了。

也许，最终让他入坑的人，是他这辈子唯一忘不掉的人——冷雅一。

当冷雅一的影子终于在杜斌的脑子里出现后，杜斌情不自禁地从沙发里坐了起来，并挺直了身子。看着空荡荡的房间，他突然有种失魂落魄六神无主的感觉，心里一下子就变得像是被搬掉了所有家什的空屋子，空荡荡而且过着穿堂风……

"冷雅一，冷雅一，你究竟是红颜祸水还是我的一生所爱？"

杜斌对坚定不移的唯一信仰——爱情，开始产生了怀疑。

也就在这时，房间门外传来两声轻轻的敲门声。杜斌知道，一场真实的诱惑必须又要由自己亲自去面对了……

第三十三章　神秘事件调查科

然而，出现在房间门口的人居然不是林月兮，而是唐甜儿。

杜斌一脸疑惑，说道："怎么会是你？"

唐甜儿一把将杜斌拽出了房间，然后才说："我在宾馆的外边根本就没有离开，等林月兮出了宾馆，我才上来的。"

"你是说林月兮这阵儿没有在她的房间里？"杜斌越加疑惑地问道。

"你以为呢？也只有你像个傻子似的，老是被人牵着鼻子在走，跟个木偶有什么区别。"唐甜儿说道。

"我像个木偶似的老是被人牵着鼻子在走？对不起，我……有点没听懂你这话是什么意思。能不能到房间里去说话？"说着杜斌就要把唐甜儿朝房间里领。

但是唐甜儿却说："房间我就不进去了，我怕你房间里已经被人做了手脚。你还是赶紧跟我走，我带你去见一个人。"

"见一个人？谁？"

"先别问，去了你就知道了。"

听了唐甜儿的这番话，杜斌的心一下子就悬起来。他不确定自己该不该相信眼前的这个女子。如果不相信眼前的这个女子，那么他现在又该相信谁？难道相信林月兮？

"你还愣着干什么？赶紧跟我走啊！"唐甜儿催促道。

杜斌这才噢噢地慌声应道，并打算回身到房间里去取随身要带的东西，比如打火机香烟之类的。

可是唐甜儿却拽了杜斌一把，说道："还取什么东西，这就跟我走吧。"

已经彻底被打乱了方寸的杜斌被唐甜儿拽得只好顺手带上了房间的门，跟着唐甜儿疾步走出宾馆，上了车……

车上，杜斌禁不住地朝唐甜儿问道："你们这究竟演的是哪一出啊？为一根拐杖，至于吗？搞得我云里雾里的。既然是公开拍卖的东西，光明正大地竞价不就完了吗？我怎么一下子就感觉这事有点见不得光了？"

专心开着车的唐甜儿朝杜斌冷笑一声，说道："你以为真的只是一根拐杖的事儿？"

"不是一根拐杖的事儿，那又是什么事儿？"

"你可真是个木头。你脑子里除了冷雅一，什么都没有。我都服了你了。"唐甜儿说道。

"你说谁？冷雅一？你怎么会知道冷雅一？"杜斌顿时吃惊而且变得警觉地问道，同时心里还像是被什么东西猛烈地撞击了一下，发出哐当一声爆响。

"看看，我没说错吧？一提到这个人，你就魂不守舍，你就冲动。"唐甜儿不客气地说。

"甭废话，先回答我的问题，你怎么会知道冷雅一的？你究竟是什么人？或者，你是谁的人？"

这时，唐甜儿从身上摸出了一个黑色塑料封皮的证件，对着杜斌晃了一下，然后又迅速收回去，说道："我是国家一个暗战部门的专属成员。"

"国家暗战部门的专属成员？什么暗战部门？我怎么从来没有听说过？太玄了吧？"

"你当然没有听说过。确切地说，我隶属于暗战部门的一个专属部门——神秘事件调查科！"

"神秘事件调查科？你唬我的吧？"

"你不信我的话没关系。再说，一时半会儿你也不可能相信我说的话。先带你去见一个你要见的人再说。"

……

在一个可以让人在风中凌乱的海边码头上，一个身穿卡其色风衣的男人正面朝大海，背对着走过来的杜斌和唐甜儿。男人的背影高大威猛，身高足足有一米九开外，风衣被海风吹得鼓胀起来，长长的衣摆猎猎摆动。男人裹了一下风衣，转过身，杜斌和唐甜儿已经走到了男人的面前。

杜斌根本就不认识眼前的这个男人。眼前这个男人四十多岁的年龄，皮肤黝黑粗糙，五官也同样粗糙突兀，乍一看，就像是脸上扣了一张三星堆的青铜面具。

这种极具辨识度的粗线条五官，令杜斌过目不忘。

"石科长，你要见的人，我给你带过来了。"唐甜儿朝男人说道。

眼前的男人居然是有正式职务的，这倒是有点出乎杜斌的意料。

被唐甜儿唤作石科长的男人首先朝杜斌伸出手，说道："杜斌先生，你让我们好一阵找啊！没想到会在日本东京找到你！"

不明就里的杜斌很被动地伸手跟石科长握了，讪笑着说道："对不起，我是真的被你们搞糊涂了，我……你们……究竟是什么路数啊？"

石科长嗓门粗大快人快语道："你被搞糊涂就对了。这就说明你还被人蒙在鼓里。"

"我被人蒙在鼓里？我被谁蒙在鼓里了？"杜斌愣头愣脑地问道。

石科长和唐甜儿对望了一眼，交换了一下眼色，随后石科长朝唐甜儿说："你把我们的身份已经对杜斌先生做了介绍了吧？"

"已经告诉他了。可是他半信半疑。要不你再给他确认一下我们的身份吧。"

石科长却说："确不确认我们的身份其实并不重要。毕竟我们的这个神秘部门，在正规编制里是根本不存在的。重要的是什么呢？重要的是杜斌先生必须要绝对地跟我们配合和合作。这是你目前唯一的选项。"

杜斌听石科长的话，心里顿时生出了些许排斥和反感，说道："对不起，石科长。我首先并不能确定你们的真实身份，更不知道你们是在为谁卖命，或者说办差，所以，我凭什么要选择跟你们配合和合作？"

"问得好。我可以首先而且直接地回答你，我和唐甜儿是在为谁卖命这个问题。我和唐甜儿是在为我们的祖国卖命！你信吗？"

"我不信。"杜斌很直接地说。

"我就知道你不信。"石科长说着，从风衣的内兜里摸出了一份证件，递到杜斌的面前。

杜斌接过证件打开，证件上果然有暗战部、神秘事件调查科等字样，而且有石科长的照片，照片上还打了发证机关的专属钢印。

发证机关还真是国家级部门。

"你们真是……"杜斌惊讶得语无伦次了。

"不是真是，而是必须是。这下你应该没有什么疑问了吧？"收回证件的石科长说道。

"你们想从我这儿知道什么，你们只管问吧。只要我知道的，什么都可以和盘托出。你们，我可以不相信，但是，现在作为身处异国他乡的我，我选择相信我的祖国。钢印上的那几个字，我看着是真的，也很亲切，这种体会以前可是从来没有过的。"

听了杜斌的话，石科长向他竖了一下大拇指，朝唐甜儿说道："看看，这就是觉悟！"

唐甜儿用赞许的目光看着杜斌，笑了笑。

石科长转脸朝杜斌说道："好了，杜斌先生，咱们长话短说，直奔主题。三年前，雷坪镇的那场大火，你还记得吧？"

"怎么？你们不是冲着九幽蛇杖来的，而是为了调查三年前雷坪镇的那场大火？我就说嘛，一根拐杖怎么会和你们神秘事件调查科的人扯上关系。提起雷坪镇的那场大火，这不就跟你们这个部门对上线了吗？"杜斌自作聪明地说道。

石科长却说："我们还真是冲着九幽蛇杖来的。但是，在这之前，我们先得对那场大火做一个了解。因为九幽蛇杖是从雷坪镇的那场大火中给带出来的。你是当时的目击证人之一，而且是最为关键的目击证人。说实话，我们顺着这条线索，一直找了你三年。你的神秘失踪，让我们走了很多弯路啊！"

"我的神秘失踪？我怎么就神秘失踪了？"杜斌很是不解地问道。

"所以这得问你自己啊！"

杜斌这才想起来，他当时是被沈楠笙带到一个荒芜的滩涂之地，并挖了一个坑，然后把他打晕后，他就什么也不知道了。

当他醒来后，已经身处缅甸和庞雄飞在一起了。

至于他是怎么被人弄到缅甸的，庞雄飞编撰了一套很惊险的偷渡故事，具体是不是这样的，杜斌当然不会知道。

也就是说，杜斌对自己亲身经历过的真正传奇，其实是一无所知的。有的只是凭庞雄飞的一面之词。没有旁证，也没有佐证。

于是杜斌只好朝石科长苦笑道："其实，对于我是怎么神秘失踪的，到现在对于我来说也是一笔糊涂账。也许我有过一段时间的失忆。但是，我记得很清楚的是，当时沈楠笙是伙同他的几个贴身保镖把我押解到了一个长满了芦苇的荒滩上，然后就在我面前现挖了一个长方形的坑，坑挖好后，沈楠笙就把我踹进了坑里，随后一个家伙跳进坑里，照着我的后脑勺狠狠地来了一下子，再往后，我就什么都不知道了。大概我是被沈楠笙给活埋了。至于是谁把我从土坑里刨出来的，我又是怎么到了缅甸的，我还真的不清楚。"

"你是说，这三年的时间，你都是在缅甸度过的？"

"是的。"

"这就有点意思了。"石科长自顾自地笑道。

"那么，你再把那天晚上雷坪镇发生那场大火的事，趁现在，详详细细地跟我们说说，可以吧？"石科长又说道。

"当然可以，因为那天晚上的经历实在是太刺激太不可思议了，对于我来说，到现在还是记忆犹新。说记忆犹新吧，又觉得像是做梦一样的不大真实。因为当时发生的那件事，简直是太过离奇了，完全超出我的认知范围。"

于是杜斌就将雷坪镇那天晚上发生的那场大火以及被沈楠笙带走的经过，详详细细地给石科长做了还原性的叙述。

叙述完关于那场大火的整个事件后，杜斌顺嘴问道："对了，石科长，我听说沈楠笙死于一场车祸，是不是真的？"

石科长用很肯定的口吻说道："事实上，沈楠笙不是死于一场普通的车祸，而是死于一场国际谋杀！"

第三十四章　缘起

"国际谋杀？有这么玄乎吗？"杜斌吃惊地问道。

"当然有这么玄乎，不然怎么会轮到我们暗战部门亲自出面调查这件事。"石科长说道。

杜斌看了一眼唐甜儿，朝石科长说道："对了，石科长，有一件事我不知道该不该当着唐甜儿的面说？我其实一直在纠结这件事。"

"有什么事儿不可以当着唐甜儿的面说？我们不是在闲聊，而是在做一件很严肃的调查工作，所以，没有什么避讳的。说吧。"石科长说道。

杜斌于是说道："你这么说我心里就有底了。那我就把我心里的想法直接说出来了。我可以很确定地说，唐甜儿的那个叫余秀峰的男朋友，就是雷坪镇庞三爷的孙子——庞庭岳！而且，庞庭岳的那个做日本料理的朋友南宫勇，也是当时雷坪镇那场大火的亲历者之一。他们两人这个时间点同时在日本出现，这就是一件很值得怀疑的事情。"

石科长这时看了一眼唐甜儿，说道："其实，你说的这条线索我们早就有所掌握。不然唐甜儿也不会主动去接触余秀峰。只是现在的问题是——余秀峰是一个城府极深的人。我们现在一直想要搞清楚的是他的另一个神秘身份……"

"打住打住。"杜斌的脑子被搞得生疼起来，说道，"石科长，你们也早就知道余秀峰就是庞庭岳？"

"不是早就知道，而是一直就知道。"

"那……也就是前天，在西安垃圾桶旁边神秘消失的人……不是庞庭岳？"

"他也是庞庭岳。"

"他也是庞庭岳？怎么会？难道这世界上有两个庞庭岳？"

"是的。说不准还有第三个庞庭岳。"石科长说道。

听了石科长的话，杜斌不由得像傻子似的，瞪大了眼睛盯着石科长，以为石科长在说天方夜谭……

但杜斌马上又反应过来，说道："石科长，你不会是说——西安的那个庞庭岳是余秀峰的替身吧？这事儿，怎么会那么绕？"

"西安的庞庭岳还真不是什么余秀峰的替身，而是真实的庞庭岳……"

"那现在的这个叫余秀峰的庞庭岳又该怎么解释？难道他也是真的庞庭岳？他会分身术？"

"是的，他也是真的庞庭岳。"

"怎么可能？你是在逗我玩儿的吧？"杜斌难以置信地朝石科长说道。

"你觉得我有这么无聊吗？而且有这个必要吗？"石科长说道。

杜斌是彻彻底底被整糊涂了，瞠目结舌地看着石科长，有点无话可说了。

见此时的杜斌是这么一副表情，为了缓解一下现场的气氛，石科长刻意用很轻松的口吻朝杜斌说道："这件事对你来说也确实太绕太扯淡了，呵呵……那咱们姑且把庞庭岳这件事儿放一边不聊，先来聊一个题外话吧。你听说过罗布泊的双鱼佩事件吗？"

脑子暂时失去运转功能的杜斌这时才又恢复了正常的思维能力，说道："怎么没有听说过，百度一搜，满屏都是。哦！你该不是说庞庭岳这件事也和罗布泊的双鱼佩事件如出一辙，是同一种性质的偶发事件？其中有一个庞庭岳是镜像复制？"

"看起来你脑子还是挺灵光的，反应也够快。所以，关于庞庭岳这件事，目前，只能暂时这么界定。而现在我们面临着比较尴尬的处境是——唐甜儿虽然和余秀峰接触得很深，但是，唐甜儿却不能直接向余秀峰表明自己的真实身份。"

"为什么？"

"这关系到庞庭岳一个极其隐秘特殊的身份。他的这个身份即使对现在的我们来说，也是极为敏感的，轻易不敢去触碰。"

"你是说当时庞三爷临死的时候说的密约传承人的身份？"

"是的，就是你说的这个密约传承人的身份。"

"这个身份真的有这么特殊？我怎么感觉有点像江湖术士的故弄玄虚？"

"当然有这么特殊。这事说起来还真就话长。不过既然事情已经发展到了这一步，我就必须得跟你把庞庭岳的真实背景说道说道了。这事儿该从哪儿说起呢？那就从庞庭岳的曾祖父庞铁山说起。庞庭岳的曾祖父曾经是袁世凯一个练兵小站的逃兵。在逃亡的过程中，结识了同样是以逃亡身份出宫的一个宫廷太监。这个宫廷太监的真实身份其实是'九阴元神门'的杀人惯犯，被朝廷缉拿，躲避无门，最后挥刀自宫，隐身于宫廷王爷荣禄的门下。后来因为东窗事发，再次出逃。庞铁山和这个'九阴元神门'的逃亡宫廷太监有着同是天涯沦落人的共同际遇和经历，所以两人便沆瀣一气地搅和在了一起。由于两人臭味相投，品行相当，所以，在这个宫廷太监的点拨和亲力亲为的言传身教下，庞铁山便成了独来独往的盗墓惯犯，因为盗墓，庞铁山很快就发了财。当时又时逢乱世，是个枭雄并起的时代，年轻气盛野心勃勃的庞铁山凭借盗墓得来的巨额财富，很快拉起了一杆子队伍，并将这支队伍以官军自居。有了官军这支合法队伍，庞铁山干起了比土匪胡子还黑的勾当和买卖。他凭借着逐步壮大起来的实力，和国内国外的不法商人内外勾结，干起了大肆倒卖国宝的勾当。盗掘古墓也越发肆无忌惮。但，出卖国家民族利益的事最终是会引起公愤的。庞铁山因为作恶多端，最终引起各方势力的倾轧和追杀。所幸的是，庞铁山的儿子庞天野，也就是庞庭岳的祖父，他没有传承庞铁山的品行，当他发现庞铁山和国外势力勾连大肆倒卖国宝后，毅然决然地和南宫无量联手，最终亲手杀死了自己的父亲庞铁山。尽管如此，庞庭岳的祖父并没有彻底投向光明的组织和未来，而是加入到了一个极其神秘的组织，并且成为这个组织里最为核心的人物之一。这个组织，掌控着到现在为止也鲜为人知的巨大财富和一种神秘符咒。其实，到了庞庭岳的爸爸庞三爷这一代，事情应该有所转机的，但是，偏偏又遇上了十年动乱，庞三爷在这场动乱中遭受到了极大的心理和生理的摧残，所以，原本有所转机的事物，又走向了它的反面。现在的关键是——庞庭岳受到他爸爸庞三爷的影响究竟有多深，我们并不清楚，但庞庭岳本人的城府绝对是深不可测，我们无法知道他内心的真实想法，就连跟他接触了那么久的唐甜儿，也无法进入到庞庭岳的内心深处，这就是一件很麻烦的事儿。所以，为了稳妥起见，我们一直不敢应允唐甜儿向庞庭岳亮明她的真实身份。而这件事的麻烦还远不止于此，就譬如出现了庞庭岳的镜像复制人这件事，我们几乎还没有找到解决这件事的最终办法。我们甚至不知道是什么人什么力量对庞庭岳进行了镜像复制。仔细想想，这件事是很可怕的，细思极恐啊！"说完这番话的石科长深深地叹了一口气。

"那么问题就来了——即将出现在拍卖场上的九幽蛇杖，和你说的这段庞庭岳的传奇家史又有什么必然联系？应该没有吧！"杜斌自作聪明地说道。

石科长笑了笑，说道："其实你已经很清楚其中的关键点在哪里了，只是明知故问而已。不错，即将出现在拍卖场上的九幽蛇杖，很可能就是当初从庞铁山手中传下来的。至于这根九幽蛇杖究竟是一件什么性质的宝物，就目前已知的收藏圈，也是流言四起众说纷纭，各种假说和揣测都有，风口很乱。也许这根九幽蛇杖还真的就是打开一个巨大宝藏的密钥。反正，几乎所有人的思路都是朝着这个方向走的。"石科长说道。

这时，杜斌又说道："其实，我要说的是，关于庞庭岳是不是所谓的密约传承人这件事，你们调查的对象和方向是不是有点搞偏了。我记得当时庞庭岳和他爷爷庞三爷挑明立场的时候，很明确地提到了一个叫林锦绣的人。而且，庞庭岳还说，林锦绣就是他庞庭岳的备份。真正的密约传承人是林锦绣而不是庞庭岳。"

"是的，我们也一直在找这个人。但是，这个人却像是人间蒸发了……"

杜斌这时又想起了一件事，说道："对了，我突然想起来了，那天晚上，林锦绣还刻意到包间里给我和冷雅一弹奏了一支古琴曲《半山听雨》。临和我们分别的时候，他还对冷雅一说了一句云山雾罩的话。当时我对他说的这句话并不在意，现在想想，我才突然觉得，林锦绣说的这句话也许是另有深意，而且……冷雅一知道这句话的含义所在。对！冷雅一一定知道！我怎么这时才反应过来？也真够愚笨的。"

"哦？林锦绣说了一句什么话，弄得你到现在才反应过来？"石科长很留意地问道。

"我记得当时他对冷雅一说，但愿在他人生的某个时刻，能在某一处深山转角处的风雨亭里，再给冷雅一演奏一曲《半山听雨》。不怕你们笑话，当时我对林锦绣说的这句话还有点吃醋的意思，所以对这段话记得很清楚。现在回想起来，林锦绣那天晚上和我们分别的时候，跟冷雅一说这句话，就是刻意留下的一个哑谜。冷雅一是知道谜底的。只不过当时我没有想到这一层。现在冷雅一失踪了，林锦绣也人间蒸发了。"

"你不会是怀疑冷雅一跟着林锦绣私奔了吧？"唐甜儿这时咯咯笑道。

唐甜儿的这句略显戏谑的玩笑话恰好戳到了杜斌的痛处，他朝咯咯笑着的唐甜儿正色地说道："有这么可笑吗？"

唐甜儿立刻就将笑容收敛起来了。

石科长朝触碰了一鼻子灰的唐甜儿说道："小唐，你还别说，杜斌捋出的这条思路也许还真就是这么一回事儿，也许，林锦绣那天晚上给杜斌和冷雅一留下的这段话里，确实掺杂着别的什么东西。也许我们没有参透，而冷雅一却参透了。说不定，还真是林锦绣和冷雅一之间的一场约定。"

"林锦绣和冷雅一之间的一场约定？"杜斌有点不大相信般地说道。

唐甜儿抖机灵般地眼珠子一转，说道："会不会就是在一个叫半山的地方？"

听了唐甜儿的话，杜斌犹如醍醐灌顶，说道："我怎么从来就没仔细想过这个问题？"

可是，这个叫半山的地方究竟在哪儿？这依旧是一个谜。

当杜斌被唐甜儿送回到宾馆，林月兮已经从外边回来了，而且故意把房间门半开着，手里捧了本时尚杂志，装模作样地趴在床上翻看，其实是在注意着走廊上的动静。

当杜斌从林月兮的房间门口经过时，林月兮立马就把杜斌给叫住了："杜斌，你给我站住。"

杜斌立马站住了。

林月兮从趴着的床上翻滚下来，光着脚丫子，几步跑到杜斌面前，一副气急败坏的样子，朝杜斌兴师问罪般地说道："好啊！我说怎么敲半天的门没动静，原来是背着我一个人偷偷溜出去了。说，出去干什么坏事儿去了？"

杜斌白了林月兮一眼，说道："我出去要干什么事儿好像没必要向你报备吧？更没必要跟你汇报吧？再说，你出去不也没跟我打招呼吗？我出去的时候还敲了你的房门呢，你里面不也没动静吗？"

"你就不会打我的手机？"

"你也没打我手机啊！"

杜斌的话噎得林月兮直翻白眼，瞪着杜斌好一会儿，然后喘了口气，说道："好，就算你没必要跟我报备，但是，你也总得事前给我打个招呼吧，你搞得我很担心你的。你出事了，我是有责任的。"

"别说假话了。傻子都能听出来你这话有多虚伪。我手机又不是没带身上。行了，我还得回房间休息呢。对了，我再提醒你一下，没事别去敲我的房门，孤男寡女的，这样影响不好！"

说完这番话，杜斌做出一副目空一切趾高气扬的表情，昂首挺胸就朝着自己的房间门走了过去。

林月兮在背后朝杜斌喊话道："明天的拍卖会，你只管看我举牌就行了，你要做的就是甄别出那根拐杖究竟是不是你上过手的那根拐杖。"

已经走到房间门口的杜斌撂下一句："我都说了，我没有甄别那根拐杖真伪的能力。"

说着杜斌打开房间的门，走进房间，砰的一声把房间的门给关上了。

此时的杜斌，心里就像是有了主心骨般地变得强大起来。他的心情出奇的好，有种找到了组织的感觉，那种孤立无援的孤独感一下子消失得无影无踪。

第三十五章　提供重要线索

杜斌坐在单人大沙发里，拿过刚才忘带上的打火机，在手里玩起了花活儿。

打火机还是那个纯金的 Zippo 打火机，刚才出门的时候因为唐甜儿拽得急，没来得及带身上。

可是，纯金的 Zippo 打火机在杜斌的手里只转了几下，杜斌灵光乍现般地多出了一个心眼。他想起了唐甜儿提醒他的一句话——他房间里或许早就被木先生安排的人做了手脚。

窃听器或者针孔摄像头？

想到这儿的杜斌立刻警觉起来，而他首先想到的就是手里的这个纯金的 Zippo 打火机。

无缘无故地，林月兮怎么会这么贴心地首先送他一条烟和这个纯金的 Zippo 打火机？况且，林月兮又怎么会知道他喜欢的是 Zippo 打火机？

事出反常必有妖啊！

于是，杜斌三下五除二地就将手里的打火机拆解开来，果然在拆解开的打火机里取出了微型发射器的电子元件装置。气不过的杜斌对着拆解出来的微型发射器怒声骂了一句极难听的脏话，然后就拿着拆解开的打火机零部件和电子元件装置去敲响了林月兮的房门。

衣着暴露敷着面膜的林月兮很快开了门，见杜斌一脸怒气地站在门口，便朝杜斌问道："怎么像要吃人一样？谁招你惹你了？"

杜斌不回答林月兮的话，而是径自走进房间，把手里的零碎一股脑儿地扔在床铺上，朝站在他身后的林月兮说道："你一直在窃听监视我，对不对？"

林月兮因为敷着面膜，看不见她脸上的具体表情，只是忽闪着一双大眼睛，眼神既无辜又无邪地看着杜斌，说："谁窃听监视你了？你神经病吧你？"

"都铁证如山了，还要狡辩是不是？"杜斌指着散落在床上的打火机的零碎部件，说道。

林月兮凑上去，上手拿过那个电子元件装置，审视了半晌，说道："这也跟我无关啊！打火机是木先生授意我转给你的。我还以为是木先生对你格外垂青呢！真是好人没好报，还误会是我在打火机里做手脚了。"

"那么，请问，木先生朝打火机里放这种高科技的玩意儿，究竟是什么意思？是不相信我？"

"这我怎么知道。你问木先生去。"

"我现在就问你！"杜斌一根筋地说道。

"你问我？我只能跟你说四个字——无可奉告！"然后林月兮没好气地朝杜斌下逐客令，说道，"你滚滚滚，赶紧从我的房间里消失。真是狗咬吕洞宾不识好人心。你搞得我的心情简直是糟透了，怎么看你怎么多余！"

见林月兮换了这种态度，原本还占据着绝对心理优势的杜斌一下子便泄了气，不再说多余的话，气呼呼地从林月兮的房间里走了出来。

回到房间的杜斌越想越气，拨通了唐甜儿的电话。

杜斌这次拨通唐甜儿电话的时候格外多出了一个心眼，他把自己整个地蒙在了被窝里和唐甜儿通话。

电话一拨通，杜斌就像受了委屈的小孩子向父母告状一般，说道：

"他们监听我……"

"谁监听你了？"电话那端的唐甜儿问道。

"木先生和林月兮。果然跟你说的一样，他们在我身上事先就做了手脚。"

"事先就在你的身上做了手脚？你能不能说清楚一点？"

"他们在给我的打火机里安装窃听器……"突然杜斌的脑子里有一道火花闪过，紧接着朝电话里的唐甜儿说道，"我现在有一条重要线索提供给你，你务必要把这条线索重视起来。"

"嗯，我听着呢，你说……"

"西安那边的那个庞庭岳一定是被木先生控制起来了。"杜斌说道。

"木先生把庞庭岳控制起来了？你为什么突然这么说？有足够的理由吗？"

"当然有。当时，我和庞庭岳在垃圾桶边的对话，绝对是被木先生给窃听了。所以，关于我身上揣着那块金属铁牌的事，除了庞庭岳知道，木先生也同样知道。所以，木先生就对我先动了手。而且，很有可能，他同时也对庞庭岳动了手。我和庞庭岳是同时暴露的。那块唯一能够甄别庞庭岳密约传承人身份的金属铁牌，也在木先生的手上。我觉得你应该把我提供给你的这条线索，立刻转达给你所在的组织，让他们在西安那边对木先生采取措施。"

"好的杜斌，你提供的这条线索很重要，也很关键，我这就给石科长汇报。"

挂断了唐甜儿的电话，杜斌的心里如释重负。他从被窝里探出头来，却听见有人在敲房间的门。杜斌首先想到的就是林月兮，原本是不想给林月兮开门的，但是因为和唐甜儿刚通了电话，情绪和心情都有了好转，于是过去打开了房间的门。

进到房间里的林月兮的眼眶红红的、湿湿的，长长的睫毛上还带着被泪珠打湿的痕迹，显然是刚刚哭过。

"你愿不愿意听我解释？"

杜斌很爷们儿地说道："已经翻篇了，没必要解释了。"

"可是……我不许你误解我。"林月兮颇显小孩子气地说。

杜斌呵呵干笑两声，说道："你不许我误解你？其实我和你之间，也就是一段短时间的合作关系，合作完了之后，你走你的阳关道，我过我的独木桥，过后谁也不认识谁。误解与不误解又有什么关系呢？所以，我没误解你，因为我根本就没有误解你的理由啊！"

"不，你就是误解我了。"

"林月兮，你可真能胡搅蛮缠，这样很好玩儿吗？你要是实在闲得慌，就到楼道口撒泼去，别来烦我行吗？"杜斌有点无可奈何地朝林月兮说道。

林月兮却执拗地说："不管怎么样，你都得听我解释……"

杜斌只好缴械投降般地朝林月兮说道："好好好，你解释吧，我听着就是了。"

"那条烟和那个打火机确实是我亲手交给你的，但是，首先……我也不知道木先生是在打火机里做了手脚的。我是无辜的。"

"你知道打火机里是装了窃听器的。"

"我不知道……"林月兮继续叫屈。

"你知道！"杜斌固执己见。

"好吧我知道。可是我都是在事后才知道的。"林月兮终于承认道。

"那你为什么不告诉我？"

"我想告诉你来着。可是我更怕木先生……"

"怕他什么？"

"怕他……怕他伤着我。"林月兮变得闪烁其词地说道。

"好了，我原谅你了，你也是无辜的。你出去吧，我们两个相安无

220

事最好。"杜斌说道。

"可是，有一件事我还是想告诉你。"林月兮有点讨好卖乖地朝杜斌说道。

"还有什么事要告诉我？说。"

"抢走你铁牌的人其实是木先生。"林月兮说道。

"你早就知道是木先生？你和木先生沆瀣一气？"

"我也是过后才反应过来的，也想告诉你来着，可是……我一直在犹豫这样做值不值得。"

"值不值得？什么意思？"

"你这个人值不值得我冒这个险。"

"冒险？对不起，我还是没有听懂。"

"如果我把我想明白的这件事告诉你，就意味着我背叛了木先生。你不知道，如果让木先生知道我背叛了他的话，我的下场会很惨。"

听了林月兮的话，杜斌对林月兮的看法有所转变，说道："好了，你说的话我知道了。你出去吧，明天办完该办的事儿，你和我就不用再见面了。就当我们从来不曾认识。所以，刚才那件事，算我小题大做了，我诚挚地对你说声对不起，好吧？"

"你真不生我气了？"

"我真不生你气了。再说，你也说了，窃听器是木先生装在打火机里的。即使要生气，我也该生木先生的气，对不对？"

听了杜斌的这番话，林月兮如释重负般地笑了，说道："我就知道你不是一个小肚鸡肠的人。那好，你休息吧，我不跟你胡搅蛮缠了……"

说完，林月兮退出了杜斌的房间。

第三十六章　守住初心

拍卖场上，九幽蛇杖的争夺处在白热化的胶着状态，经过一番举牌竞价，最后剩下的三个买家还在互不相让地进行激烈的竞价厮杀，那些铩羽而归败下阵来的收藏大咖，则只能抱着隔岸观火的心态，继续观看着这场既比心理素质更比经济实力的激烈竞拍。

拍卖价格已经被举到了一亿六千万，三个买家还没有任何想要放弃的意思。竞拍价还在一千万一千万地朝上飙升。

有旁观者开始预测这根失传已久的九幽蛇杖，有突破三个亿的可能。

举牌价超过一亿六千万以后，买家的每一次举牌，都会引得看热闹的收藏大咖们发出一阵惊呼，随着拍卖价格的继续飙升，整个拍卖场上的气氛也被烘托得越来越热烈，围观者的情绪也被渲染得越来越兴奋。

而在三个举牌的买家中，林月兮的举牌最为引人注目。随着竞争的白热化，其他两个买家每举一次牌，内心就如同滴血般难受，这种难受的内心感受从他们越来越不淡定的面部表情便可以完全看得出来。

只有林月兮，手里举牌的动作就跟闹着玩儿似的。她甚至都不用看拍卖场上的气氛变化，也不用看跟她一起举牌竞价的另外两位买家。只是跟着另外两个买家的竞价节奏，一千万一千万地举着牌。

当竞价达到两亿四千万的时候，另外两个买家眼见就要支撑不住，这时，拍卖场上的一个角落里，突然站起来一个高大的人影，并大声喊道："大家都可以不用举牌了，我有话要当着在场所有人的面说……"

正津津有味地看着林月兮竞价举牌的杜斌听到角落里传出的喊话声，立马觉得这个声音很熟悉，有着似曾相识的感觉，于是不由得循声看过去。

当杜斌的目光落在站起的这个人脸上时，眼睛不由得立马就瞪直了。喊话的人居然是欠杜斌一个解释的南宫骁！看到犹如从地缝里钻出来的南宫骁，杜斌情不自禁地也站了起来，直直地看着南宫骁，一时间有点冲动。

南宫骁当然也看见了站起来的杜斌，可是他只是瞄了一眼杜斌，然后就朝着拍卖台走过去。

拍卖场顿时出现了不和谐的骚动。

拿着拍卖锤的拍卖师也有点没有搞清楚状况，以为是砸场子的来了。他甚至都没来得及叫保安，南宫骁已经一个箭步地蹿上了拍卖的主席台。

上了拍卖台的南宫骁开门见山地说道："你们其实都被骗了，这根所谓的九幽蛇杖，其实是一件实实在在的赝品！"

听了南宫骁的这番话，整个拍卖场就像是炸了营般一下子躁动起来。南宫骁的话不仅石破天惊，而且是令人难以置信！

有人开始大声朝南宫骁发出了质疑的声音："这可是经过了权威专家鉴定过，并由九位业界的权威人士同时出具了书面鉴定意见的宝贝，你凭什么说它是赝品？"

接着便有人起哄地说道："恐怕你是来砸场子的吧？已经突破两个亿的拍品，居然被你说成是一件赝品。你当我们在场的人都眼瞎啊？你可真能嘚瑟。还是赶紧下来吧，当心被保安轰下来，那可就尴尬了。"

……

而南宫骁却对下面的起哄声充耳不闻。

与此同时，拍卖场的工作人员已经手脚麻利地把摆放在展示台上的九幽蛇杖撤了下去。

出人意料的是，竟然没有工作人员或者保安过去轰南宫骁下来。

事实上，南宫骁并不是单刀赴会，而是有备而来地带了人手的。和南宫骁几年未曾谋面的杜斌，此时一言不发地看着站在台上的南宫骁，就等着这家伙出洋相了。

南宫骁似乎也明白杜斌的这点小心思，特意将目光瞟向了他，然后冲着整个拍卖场上的人说道："这根九幽蛇杖，其实是一千多年以前，北宋长生库的主人按照一比一的真实比例仿造的一件赝品。真正的九幽蛇杖，藏身在一艘海底沉船中。如果大家不信，可不可以让拍卖方的人把这根九幽蛇杖取出来，我可以当着这儿所有人的面，在这根九幽蛇杖上，找出'长生库'三个字。"

一听南宫骁信誓旦旦地说出这番话，众人开始掂量起南宫骁所说话的分量了，有人开始选择站在南宫骁这一边。

事情发展到这个地步，拍卖方的人也到了骑虎难下的地步，经过私底下的一番紧急磋商，终于答应取出九幽蛇杖，让南宫骁当场印证他所说的话。

南宫骁拿过九幽蛇杖，根本不用在蛇杖上找，而是直接在拐杖的手柄部位，用很特别也很熟练的手法将手柄取了下来，然后从手柄的接口处，果然找出了"长生库"三个篆体小字。

一切真相大白，原本气氛被烘托得满满的拍卖现场，顿时就偃旗息鼓地草草收场了。

南宫骁就像打了胜仗归来的将军一般，在众人的簇拥下走出了拍卖场的大厅，已经有消息灵通的好事记者，各自举着手里的照相机，长枪短炮地对着走出来的南宫骁一阵猛拍。

杜斌并没有去凑这份热闹，一个人站在高高的台阶下等着南宫骁，眼神冷冷的。

南宫骁当然也看见了杜斌。他简单地敷衍掉簇拥着他的人，然后挣脱众人的围堵，疾步朝杜斌这边小跑着过来。刚想冲杜斌说话，杜斌却酷酷地冲南宫骁一甩头，说道："上车，我有话要问你。"

不远处，林月兮已经将一辆从宾馆租来的劳斯莱斯打燃了火，恭候着杜斌和南宫骁了。

杜斌和南宫骁坐在后排座位上，因为劳斯莱斯的后排座位很宽大，而且整辆车是四座布局，所以尽管杜斌和南宫骁是并排着坐在后排座上的，但是两人之间还是有一种很深的隔阂和很远的疏离感。

"南宫，这三年多的时间里，你应该还欠我一个合理的解释吧？你知道吗？这三年里，我心里过不去的坎只有两道，一道是冷雅一，一道就是你南宫骁……"杜斌朝南宫骁说道。

南宫骁用似笑非笑的眼神盯着杜斌，说道："什么叫欠你一个合理的解释？再说，你想让我给你解释什么？"

"你真的觉得不欠我一个解释吗？你知道，在西安，你是我认识的唯一的一个可以交心的朋友。可是，在冷雅一这件事上，我怎么感觉，你是故意挖了一个坑让我朝里面跳呢？而且，说实话，即使到现在，我还没有从你为我挖的这个坑里爬出来……"杜斌尽量用平和的语气朝南宫骁说道。

南宫骁仍旧看着杜斌，略微思忖了一下，说道："你真是这么认为的？"

杜斌冷笑着哼了一声，说道："你觉得我还会有第二种认为吗？"

南宫骁又略微地思忖了一下，说道："其实，我还真的没有什么好跟你解释的。但是我要跟你说的是什么呢？就是那八个字——不忘初心，砥砺前行。就这件事本身而言，你杜斌是有你的初心的，对不对？我南宫骁当然也有我的初心。所以，我对你没有任何解释。我们俩就各自守住自己的初心吧，也许时间会证明一切的。”

"好，既然你还是这么讳莫如深，不肯正面回答我的问题，作为曾经的朋友，我能够理解你，或者你有你的难处，或者说你有某种不可告人的缘由。那么我就再问你另外一个问题……"

"什么问题？"

"当初你为什么会选中我作为你设置陷阱的目标人选？我就是那个大冤种吗？"

"为什么会选中你？这话让你问的……这还是得你自己去找答案啊！"南宫骁仍旧似笑非笑地朝杜斌说道。

杜斌被南宫骁的这种态度以及所说的话彻底惹恼了，他突然朝开着车的林月兮大声命令道："你找个地方赶紧停车，我要下车和他决斗！决斗！没啥好说的了，太欺负人了。"

听了杜斌的话，开着车的林月兮不由得窃笑一下，还真的东张西望地开始给杜斌和南宫骁寻找宽敞地儿了。在一个十字路口的不远处，正好旁边有一处宽敞地儿，是个摔跤撂把式的好地方。于是林月兮就打了方向盘，打算把杜斌和南宫骁撂那儿。

没想到南宫骁这时却说道："呃，你能不能找个人少的僻静地儿，两个大老爷们儿在车来车往的路边尥蹶子好看吗？另外找个没人的地儿，我今天还就陪这位杜大爷练练了。看来今天，杜大爷这关我怕是过不去了。很多时候呢，生活就像打游戏，关关难过关关都得过啊！不然咋整？"

说这番话的同时，南宫骁故意把两只手相互掰扯了下，两只手的指节间发出一阵啪啪啪的砂锅炒豆子般的爆响声。

听从指挥的林月兮朝南宫骁说道："你这指关节这么响，会不会是有类风湿？我听说有类风湿关节炎的人，关节处就会发出你这种响声的。你真该去医院看看。"

林月兮说这话显然是故意调侃南宫骁的。

南宫骁朝板着脸的杜斌问道："这开车的是你什么人？怎么说话这么没分寸？"

杜斌懒得理会南宫骁，连看一眼南宫骁都显得多余，眼睛直直地看着前面，就跟个木头桩子似的，紧接着又摇了两三下脖子，脖子处也发出一阵啪啪啪的轻响。

开车的林月兮这时又说道："要不我直接把车朝郊外开吧，找个风景宜人的地方，这样你们俩决斗起来，心情也愉悦点。"

杜斌板着脸说道："到海边去，老子直接把他撂海里！"

南宫骁附和道："好，就依他的，海边，海边，还不定谁把谁撂海里呢。"

林月兮很配合地将车直接朝海边开去，突然，林月兮说道："我们好像是被人盯上了。"

杜斌这才从后视镜里发现，他们的车后面果然尾随着一辆越野车。

第三十七章　第二次握手

"能不能甩掉它？"杜斌朝林月兮说道。

南宫骁却说："甩掉它干什么？来而不往非礼也！先试两把再说。"

林月兮说了一声"好咧"，然后就将十二个小炉灶的劳斯莱斯突然间提了速。后边那辆越野车还真就上当地跟上来了。

林月兮笑道："还是个雏啊，一试就露馅。"

"先别急着下结论，多试几把再说……"

于是林月兮便把车速给瞬间降了下来，紧咬在后边的那辆越野车被弄了个猝不及防，来了一个紧急制动，发出嘎的一声响，整个车身不听使唤地剧烈摆动了两下，差点横在路中间。林月兮紧接着深踩油门，劳斯莱斯呼地又蹿了起来。后面的那辆车紧跟着也紧咬了上来……

南宫骁朝正处在兴头上的林月兮说道："别试了，正常驾驶吧。一会儿别把警察给招来了。"

话音刚落，一直紧盯着后视镜的杜斌却说："不用试了，拐弯了，开到另一条道上去了。可能是我们多疑了，我们的这辆车本来就挺招眼的，兴许就是一个街溜子，对我们的这辆车好奇而已。"

经过这一番疑神疑鬼的折腾，南宫骁这时也放松下来，交抱着膀子，把身体塌陷在后座上，白了一眼杜斌，说道："那还去决斗吗？"

杜斌很硬气地说道："怎么不去？我手痒了，你也手生不是？练练呗！"

"好，练练，练练……"南宫骁耐着性子地朝杜斌说道。

当林月兮把杜斌和南宫骁载到了所谓的决斗场地，驻了车，朝闭目养神的杜斌说了声"到了"。杜斌睁眼透过车窗一看，顿时就坐直了身子，盯着林月兮说道："你怎么会带我到这个地方？你……跟踪我？"

原来，林月兮载着杜斌和南宫骁来到的这个地方，正是杜斌和石科长私底下会面的地方。

"不做亏心事不怕鬼敲门，你那么紧张干什么？"林月兮从车内后视镜里盯着杜斌，说道，眼神犀利得让杜斌的心里发怵。

但杜斌同样通过后视镜，外强中干地狠盯着林月兮，随后推开车门边朝车外挪动身体边说："你就在这车上给我好好待着，一会儿我再找你算账。"说完下了车，把车门给狠狠地摔上了。

扶着方向盘的林月兮朝站在车外的杜斌撇了一下嘴，冷哼一声，说道："还不知道谁找谁算账呢！"

后一步下车的南宫骁朝林月兮笑道："他就是一个意气用事的恋爱脑，别跟他一般见识。我下去替你收拾他得了。"

下了车的南宫骁朝站在车头的杜斌彬彬有礼地说道："那请吧，杜大爷。"

杜斌不说多余的废话，径自朝着海岸边的沙滩走。

车里的林月兮撅下车窗，朝着杜斌和南宫骁喊道："点到即止哈，别真弄死一个弄残一个，我一个女流之辈，又是异国他乡的，不好替人收尸。"

海风很大，似乎要涨潮。

杜斌和南宫骁在海风猎猎的沙滩上站定，遥远的海岸线把这两人的身影映衬得有点单薄，但是画面感出奇的美。林月兮急忙拿出手机拍照。

这两头雄性动物都是林月兮的菜，用手机拍照的林月兮，胸口里的一颗芳心按捺不住地怦怦直跳。

杜斌摆出了一个架门儿，很是正儿八经朝着南宫骁亮出了架势。

南宫骁一见杜斌亮出的这个架门儿，嘴角一撇地轻蔑笑道："花拳绣腿的架势，吓唬谁呢？净整些没用的。"说着朝杜斌招了招手说道："你别在我面前整虚头巴脑的东西，把你在缅甸打黑拳使的狠招拿出来。"

"那是搏击技法，我怕你接不住。既然你学的是传统武术，我也用传统武术和你过招，不然你会说我胜之不武。"

"还是个讲究人儿了，呵呵……"南宫骁冷笑一声，然后出其不意地朝杜斌闪电般出手了……

杜斌传统功夫的底子极其了得，底盘功夫更是扎实，南宫骁的凌厉出手并没有晃得他眼花缭乱，而是按照传统套路稳扎稳打地和南宫骁见招拆招。

两个人在遥远的海岸线作为背景的沙滩上，闪转腾挪地折腾开来，那画面就更美了，整个画面里的雄性荷尔蒙气息顺着海风刮过来，直扑林月兮的面门。

坐在劳斯莱斯车里的林月兮小声爆了一句粗口，说道："这分明就是两头非洲雄狮在争夺交配权哪！这不是你死就是我活的，何苦呢？就这俩货，姑奶奶我是会来者不拒的……"

林月兮芳心乱动地用手机录着像，嘴里胡言乱语地念念叨叨，却忽略了一辆车悄无声息地停在了不远处。还是刚才的那辆越野车！

终于，杜斌和南宫骁两人的双手双臂搅和在了一起，就像是两盘齿轮被什么东西从中给硬生生地卡住了一般，转不动了。两个人气喘吁吁，汗流浃背，就像斗红了眼的狮子，面孔贴面孔，鼻尖对鼻尖死盯着对方。

"够没？"南宫骁问道。

鼻腔里喷着白气的杜斌狠声说道："没够！"

"怎么才够？"

"要么你把我废了，要么我把你废了！"

"那你还是把我废了吧！"说话间，南宫骁骤然间撒了手，然后整个人躺倒在了沙滩上。显然，南宫骁不玩了。

气喘如牛的杜斌站在躺倒的南宫骁跟前，不解气地朝着南宫骁的臀部踹了一脚，说道："你尿什么呀？起来啊，你的施刀令牌不是还没使完吗？"

同样喘着粗气的南宫骁盯着俯看着他的杜斌，突然抓住杜斌的一只脚踝，趁势将杜斌死命一扭一掀，毫无防范的杜斌一下子就被南宫骁给掀倒在地了。

南宫骁顺势用整个身体朝杜斌压了上去，杜斌顿时被压得死死的，动弹不得。

死死压住杜斌的南宫骁这时陡然间目露凶光，朝着杜斌的太阳穴举起了拳头。只要南宫骁的这只铁拳照着杜斌的太阳穴砸下去，杜斌立马就会当场报销。

杜斌眼睁睁地看着目露凶光的南宫骁朝着自己举起了铁拳，心里闪过一个念头：我命休矣！于是就闭上了眼睛。

但是，南宫骁却松开了杜斌，从压着的杜斌身上翻滚到了一边，说道："都消停消停吧，别折腾了，累不累啊？咱俩就这么躺着，好好说会儿话。"

杜斌说道："谢谢不杀之恩。"

"杀你？我要是真想杀你，你九条命都不够我废的。"南宫骁说道。

两个人仰面朝天地平躺在沙滩上，喘着气，默契地不说话，听海浪翻滚着涌向沙滩的声音。

过了一会儿，气息已经喘匀实的南宫骁朝杜斌问道："杜大爷，问你一个小问题……"

"说。"同样喘匀实了的杜斌简洁地应道。

此时的杜斌仰面朝天，看海鸥在眼前飞舞。

"你看过你们家的家谱吗？"南宫骁问道。

杜斌对南宫骁问出这样无厘头的问话感到有点不可思议，说："家谱？什么家谱？你跟我扯这些没用的干什么？我是'九〇后'，不是你这种古董贩子，对老物件儿不感兴趣的……"

听杜斌这么说，南宫骁很是无奈地说了句："你不会连家谱是什么都不知道吧？你可真是个数典忘祖的好孙子！还说我是古董贩子，亏你刚才还说我是你唯一可以交心的朋友。你对我根本就一无所知，何谈交心？"

"你不是个古董贩子是什么？而且还是一个见利忘义坑蒙拐骗专门卖假货的小古董贩子。就你那'水心斋'，巴掌大个一间门脸的小铺面，能攒出多大个生意？难道我说错了吗？"

"也只有你这个无知者无畏的蠢货才敢这么口无遮拦地贬损'水心斋'这个字号。换作这话从别的人嘴里蹦出来，我准抽他俩大嘴巴子。"南宫骁愤愤地说道。

杜斌呵呵笑道："怎么，听你这口气，你这'水心斋'仨字儿在你的那个圈子里还挺辉煌响亮的？"

南宫骁说道："就你这毫无文化根基的货色，你哪会知道我那'水心斋'仨字儿的字号是乾隆爷御笔亲题的？这是家学渊源，有传承的，你懂个屁。"

"你说什么？你说我是毫无文化根基的文化白痴？我可是正儿八经的本科毕业。虽然不是什么985、211，但起码也是正宗的一本文凭。你就一个高中文凭，还大言不惭地说我没文化根基？咱俩究竟是谁没文化啊？你说反了吧？自己打自己的脸了吧？"

南宫骁呵呵笑道："文凭不等于文化，杜大爷。文凭是什么？就是一张纸。文化是什么？是传承，是积淀，是厚重，是汗牛充栋……就拿现在的教育来说，有多少为这种教育甘愿付出的家庭，大多是为了那张薄薄的纸，而放弃了厚重的传承！从某种意义上来说，你也是这种教育大背景下的产物。就你为了应付考试而念的那几本破书，也敢自命不凡地称为文化，亏你说得出口，我都为你臊得慌。顶多算是文化扫盲班里出来的……"

"你少跟我说这些没用的。你就一个古董贩子，跟我起那么高的调干什么？想在我面前显摆啊？"

南宫骁这时从躺着的沙滩上坐起来，一本正经地说道："我还真没那意思。不过我还是奉劝你，抽空你还真得回你老家，翻翻你们老杜家的家谱，不然……说不定你还真会一辈子被蒙在鼓里。"

听南宫骁话里有话，杜斌对南宫骁说的话不敢再掉以轻心，也坐起来，盯着南宫骁说道："你三番五次地提到家谱，难道我是名门之后？我父亲或者我爷爷还有一大笔海外遗产等着我去继承？"

"我不是都跟你说了吗？所有关于你自己的答案，都得你自己去找啊。"南宫骁说道。

杜斌说道："嘿，你这话还真把我的好奇心给勾起来了。说不准这一趟回去，我还真得去翻翻咱们老杜家的家谱。其实也不对，我好像曾经听我爷爷说过，我们家的家谱在'文化大革命'的时候被抄家抄没了。我的名字都没按排行走。"

南宫骁呵呵笑道："所以，没有了传承，你现在就成了无根之木、无源之水了啊！悲哀啊！你知道你为什么当初会在西安那座古城里漂着了吗？那是因为你没有根基啊！没有根基，不就像浮萍一样了吗？"

"南宫，你究竟想对我表达什么中心思想？怎么跟我绕来绕去的？感觉很好玩儿是不是？"杜斌不耐烦地朝南宫骁说道。

"我都给你说得够明白了，看来你脑子还没转过弯。"南宫骁说道。

杜斌说："好像转过弯来了，又好像没有转过弯来。我都快被你整糊涂了。"

"那就继续转弯。转过来了，你就什么都明白了。峰回路转嘛，对不对？"南宫骁说道。

"好了，咱们换一个话题。你怎么会突然出现在这儿？不是说你人间蒸发了吗？"杜斌这才想起最该问的话来。

南宫骁却说："你又怎么会出现在这儿，并出现在那种场合呢？你既不是搞收藏的，又不是卖古董的，就是一个教富婆健身的。"

杜斌盯着南宫骁，不好意思地笑了一下，说："跟你上回许我的那个愿一样，有人许了我一千万，另外……主要还是为了冷雅一。我始终忘不了这个女人。你当初给我种下了一个很深的毒蛊，你知道吗？"

"我给你种下了一个很深的毒蛊？什么毒蛊？哦——你是说冷雅一？她是你身体里的一个毒蛊？你可真能瞎掰。对了，你究竟是在为谁卖命啊？谁许了你一千万？"

"一个叫坤鼎玉的贵妇人，或者更准确地说是替木先生卖命。这件事办成之后，他许我能见到冷雅一。可是，眼看着这件事就要办成了，却被你给搅黄了。来之前，我看了冷雅一的照片，她好像活得并不开心，尽管是照片，我也能看懂她的心思，我觉得冥冥中我是最懂她的那个人。"

"我给你搅黄了？木先生那种人的话你也相信？你可单纯得真够可以的。木先生是什么人？就是一个见利忘义的商人，一个文化掮客。说白点就是一个骗子。骗子的话你也照单全收地相信？"

"你当初不也骗我了吗？你说，这个世界上，我还能相信谁？为了冷雅一，我谁都相信，我又谁都不相信，我只相信我的内心。我听从我内心的指挥，它让我怎么干，我就怎么干。"杜斌沉下脸，反唇相讥地朝南宫骁说道。

南宫骁被杜斌的这番话给噎得愣住了，盯了杜斌好一阵子，然后才说道："杜斌，我知道你对我的误解很深，但是，你要相信我，我最终是会给你一个完整的解释的。我不会欠你这个解释。但这得需要一点点时间，因为你对你的过去一无所知，我即使给了你一个解释，你也不会相信的。所以，你不光要理解我，而且还要无条件地再一次信任我。我是你的朋友，是真的可以交心的那种朋友。而且，这次，只有我可以帮你重新拥有冷雅一。她还在那儿，只要你守住初心，冷雅一就是你的，她绝对不会再是别人的。"

听了南宫骁的这番发自肺腑的话，杜斌的眼睛突然间燃起了希望的火苗子，眼神就像是被点亮的灯火一般，灼然发亮地盯着南宫骁，说道："南宫，你说的是真的吗？你……不会再骗我？或者说……再给我挖坑？"

"但首先你得再次信任我。"南宫骁说道。

杜斌眼眶有点湿润地冲南宫骁伸出了手。南宫骁也伸出手。两个人的手终于又紧紧地握在了一起。

这时，林月兮疯了似的跑过来，边跑边朝杜斌和南宫骁喊道："那辆越野车上下来了几个人，他们好像是冲着我们来的。"

听到林月兮的喊声，南宫骁和杜斌同时朝林月兮那边看过去，果然看见不远处的那辆劳斯莱斯的旁边，站着几个穿着黑西服打着黑领带戴着墨镜的人。

"是山口组的人。"南宫骁说道。

"我们怎么会和山口组的人扯上关系？"杜斌颇为不解地问道。

杜斌对山口组这个日本黑社会组织早就如雷贯耳。这个组织在杜斌的心目中就是一个无恶不作、杀人如麻的邪恶组织，所以听闻是山口组的人，立马就紧张起来。

南宫骁当然看出了杜斌的紧张，叮嘱道："沉住气。该来的总是要来的，躲是躲不掉的。"

"什么意思？你早就知道会有山口组的人找上门？"杜斌不解地问道。

"当然。"南宫骁说道。

杜斌很是懊恼地说道："我怎么就这么倒霉，刚碰上你，就惹上麻烦了。你还真是我命里的灾星！"

南宫骁笑道："就咱俩？还说不定谁是谁的灾星呢。走吧，既然人家都主动找上门了，咱们还客气个啥？"

边说着，南宫骁也边朝着停在海岸边的那辆劳斯莱斯走了过去，而一脸紧张的林月兮此时已经跑到杜斌和南宫骁的面前了。

南宫骁朝花容失色的林月兮说道："别紧张，他们是来找我的麻烦的，不是来找你和杜斌的麻烦的。"

劳斯莱斯旁边，齐刷刷地站了五个笔挺标准的年轻帅小伙，都戴着墨镜板着面孔。墨镜很黑，镜片很宽，不光把这几个家伙的眼睛给遮挡得严严实实，也遮住了这几个家伙的半张脸。于是你便不会知道这几个家伙究竟是在看着你还是在看着前方的沙滩或者海岸线。

南宫骁格外气定神闲地走到这几个人的面前，站住了，故意用眼睛瞅着这几个人，不说话，脸上浮现出似是而非的浅笑，一副很优雅也很绅士的样子。

这时，从那辆越野车上下来一位中年男人，约摸一米六五的中等身材，五十多岁，头发有些灰白，但梳理得极其妥帖，身板也笔直挺立，精神头很旺盛。

这是一张典型的日本男人的面孔。

中年男人同样也是黑西服黑领带，却没有戴墨镜，左眼角上一道疤痕，很是显眼，像是从眼凤里透出的一道青紫色的闪电。

"南宫先生，我们组长和你的一位老友想要见见你，请你务必赏光。"中年男人彬彬有礼而且字正腔圆地用纯正的中国话朝南宫骁说道。

　　南宫骁说道："就单独请我一个人吗？"

　　"当然不是，顺便也请杜斌先生和林月兮女士一同前往。"中年男人说道。

　　"恭敬不如从命，那就请吧。"南宫骁说道。

　　南宫骁和杜斌以及林月兮被中年男人邀请上了那辆七座越野车，而劳斯莱斯则由中年男人带的手下来驾驶。

　　两辆车一前一后地驶离了海滩。

第三十八章　极限撞击

当两辆车行驶到一个丁字路口处，一辆黑色越野车突然从一道绿化带的灌木后边闪电般冲撞出来，直接撞向了杜斌和南宫骁乘坐的这辆越野车。

越野车被顶了个正着，就像一头大象被一头犀牛从腰部顶撞了一般，直直地被顶下了路基。

被顶撞下路基的这辆越野车也不是吃素的，驾驶越野车的家伙瞬间回过神来，手速极快地猛打了几把方向盘，越野车发出一声怪异的号叫，便朝着一边逃窜了出去。

发起顶撞的那辆越野车当然不会放过逃窜的越野车，在这辆越野车朝着一边逃窜的同时，黑色的越野车如同发了疯的公牛一般，冲下路基，紧跟着又冲撞上来，大有不将这辆越野车撞散架不罢手的架势。

而驾驶这辆越野车的家伙也不是个善茬，他不仅没有乱了阵脚，反倒是显得无比兴奋，用极限的车速瞬间和追击他的越野车拉开了一段不小的距离，然后来了一个一百八十度的大摆幅漂移，车头被硬生生地调转了过来，和黑色越野车来了个直接面对。

两辆车就像是杀红了眼的亡命之徒一般，经过短暂的对峙，黑色的越野车的引擎发出一声怪异的嘶吼，便朝着这辆越野车直直地冲撞上来，掉过头的这辆越野车也不示弱，澎湃的引擎同样发出一阵怪兽般的沉闷嘶吼，直面硬刚地朝着呼啸而来的黑色越野车迎头撞了上去。

这完全就是要同归于尽的架势！

杜斌从来没有经历过这么强悍亡命的场面，眼睁睁地看着两辆车就要发生正面撞击的瞬间，他绝望地闭上了眼睛。然而，也就在他闭上眼睛的那一瞬间，他清清楚楚地瞥见对方驾驶越野车的人竟然是唐甜儿，副驾驶上坐着的是石科长！

就在两辆越野车无限接近的刹那，驾驶杜斌这辆越野车的家伙最终还是败下阵来，在两辆车就要发生正面撞击的电光石火之间，他死命地拉动了方向盘，越野车的车身擦着对方越野车的右侧车头呼地蹿了过去。

车身与车头发生擦刮的地方被摩擦出一阵炫目的火花……

被颠得七摇八晃的中年日本人一下子撤掉了绅士风度的面具，从副驾驶上站起来，对着驾驶越野车的家伙就是一阵拳打脚踢的暴力输出，边输出边用日语朝着驾驶越野车的家伙咒骂！

显然，中年男人是不接受自己这边在关键的时候尿了的现实。

一阵暴力输出后，挨揍的家伙有点找不着北了。这时中年男人狞笑着拉动了方向盘，他要调转车头，和唐甜儿他们来一次同归于尽的迎面撞击。

而唐甜儿驾驶的那辆越野车也在这个时候调转了车头。

然而，就在此时，杜斌和南宫骁在没有任何私下交流的情况下，不约而同地同时出手了。

南宫骁和杜斌从后排座上同时起身，分别朝着驾驶越野车的家伙和中年男人猛扑上去。南宫骁箍抱住了驾驶越野车的家伙，而杜斌则箍抱住了丧心病狂的中年男人。

在激烈的争斗中，越野车一时间失去了操控，在路基下这片宽阔的空地上如同醉汉般左摇右晃地撒起野来。

南宫骁狠命地将驾驶越野车的家伙从驾驶座硬生生地拽到了后排，

朝坐在后排中间的林月兮大声喊道："你过去，把车给我稳住了。"

早被吓得花容失色的林月兮在南宫骁的爆吼声中回过神，短暂的手忙脚乱间，很快稳住阵脚，身子极其灵活地从中间的空隙爬到了驾驶座，重新掌控住了撒欢狂奔的越野车。

当林月兮重新操控住越野车的时候，才发现越野车已经冲出了路基下的开阔地，犹如一匹脱缰的野马般直朝着一道悬崖冲了过去。

越野车一旦冲出悬崖，等待他们的就是车毁人亡的结局。

千钧一发之际，林月兮显出了巾帼不让须眉的英雄本色。在越野车即将冲出悬崖的一刹那，她使出了全身的力量在拉动方向盘的同时踩下了越野车的制动装置。

越野车来了一个三百六十度的横摆，稳稳地搁在了悬崖边一块隆起的礁石上，越野车的两只前轮已经在悬崖的外边继续空转。

下边几十米处，是丛林般林立的礁石群和惊涛拍岸的汹涌海浪。

杜斌和南宫骁已经将车内的中年男人和驾驶越野车的家伙制伏，并牢牢地压制在了后排座上，分别缴获了一把手枪。

同样将越野车制服的林月兮这时从驾驶座上转过身子，因为过度的紧张，露出一脸显得有点僵滞的傻笑，顺便抬起手抹了一把额头上渗出的冷汗，显出一种楚楚可怜的傻萌味道。

这时，唐甜儿他们的那辆越野车又和那辆劳斯莱斯碰撞在了一起，并开始上演起了追逐冲撞的戏码。

制伏两个日本人的南宫骁和杜斌相互使了下眼色，然后，南宫骁用手里的枪托狠敲了被制伏的日本人的脑袋，杜斌也如法炮制地用枪托敲了中年日本人的脑袋。

两个日本人哼都没来得及哼上一声，便被敲得昏死了过去。

杜斌和南宫骁以及林月兮三人从越野车上下来，南宫骁首先朝着那辆劳斯莱斯的轮胎开了几枪，子弹却并没有打中轮胎。

唐甜儿看见杜斌和南宫骁他们三人从越野车上下来，无心恋战，直接撂下劳斯莱斯，将越野车直直地朝着杜斌他们这边开过来。

劳斯莱斯紧随其后地咬上来，有两个家伙从车窗里探出半个身子，开始朝着这边射击。

南宫骁和杜斌当然也不示弱，毫不犹豫地朝着劳斯莱斯射击。但子弹三下五除二地就被打光了。

子弹打光的同时，唐甜儿的越野车已经开到了三人的近前，杜斌和南宫骁不敢怠慢，在越野车停住的一刹那，伸手拉开了车后门，首先把林月兮甩了进去，然后两人也如同灵猴一般蹿入了车内。

南宫骁朝驾车的唐甜儿大喊了一声"开车"。

越野车在重新驱动的同时，后边的劳斯莱斯已经撞了上来。越野车整个车身如同被撞散架了一般地剧烈震动了一下，然后就朝着前面猛蹿了出去。

只是，价值不菲的劳斯莱斯显然不是生产出来专门用来撞击车屁股的，在孤注一掷地撞击了越野车的车屁股后，引擎盖下面冒出一股股白烟，然后就趴窝熄火了。

脱离险境的杜斌仍旧保持着兴奋的势头，意犹未尽地说道："简直是太刺激。这一趟日本之行总算是没有白来……"

这时，林月兮却说了句："糟糕，我好像中枪了！"

第三十九章　香消异国

　　杜斌和南宫骁的心里顿时一凉，朝林月兮的小腹部看去，林月兮的小腹部果然渗出血来，她的右手上也同样沾满了殷红的鲜血。

　　驾驶着越野车的唐甜儿说道："怎么办？送井田医生那儿？"

　　副驾驶上的石科长却说："不能送井田医生那儿，这样不光会给井田医生惹上麻烦，我们还会重新落入山口组的魔掌。这里可是这个黑社会组织的大本营，我们还处在他们的势力范围内，目前的我们还没有立足和喘息的机会。"

　　南宫骁说道："要不直接联系大使馆吧，寻求大使馆的保护和帮助。"

　　石科长却又说："我们不能和大使馆的人接触。这是原则也是铁律。"

　　"那怎么办？总不至于眼睁睁地看着林月兮身上的血流干流尽吧？"杜斌恼怒地说道。

　　"让她坚持住！"石科长回答的语气显得极其冷漠生硬。

　　"坚持住？怎么坚持？这也太不人道了吧？"按捺不住情绪的杜斌提高了声音怒吼起来。

　　石科长这时也恼羞成怒般地朝杜斌警告道："杜斌，你给我闭嘴！哪儿来的这么多废话！"

　　听石科长说话的语气变得异常严厉，杜斌还真就住嘴了。

　　"我来开车，你到后边去给她包扎处理一下。"石科长朝唐甜儿吩咐道。

唐甜儿驻了车，到了后排，杜斌换到了前排的副驾驶。

　　"月兮，你一定要坚持住，我们会马上联系一架私人直升机送我们到公海的一艘接应船上，到了公海的船上，我们就安全了。坚持住。"唐甜儿边给林月兮处理伤口边朝林月兮安慰道。

　　林月兮的额头这时渗出细密的冷汗，嘴唇也开始泛青，她惨淡地笑了一下，朝唐甜儿说道："糖，我恐怕是坚持不到公海上了。"

　　唐甜儿的眼泪扑簌簌直掉，林月兮抬手边给唐甜儿擦拭眼泪边笑着对她说道："你哭什么，我不还没死吗？我听你的就是了，我一定坚持住。我还不想做死在异国他乡的孤魂野鬼呢！更何况这还是日本……我要是死在了日本，我九泉之下的奶奶也是不会原谅我的。她受的苦难都是日本人带给她的……"

　　唐甜儿抑制不住地开始抽泣，颤声说道："月兮，你别说了好吗？你会吓着我的。你说这话就像是在跟我留遗言似的。你不会死的，你真的不会死的。"

　　林月兮却不听唐甜儿的哀求，继续说道："我告诉你，我奶奶是慰安妇，她在临走的那天，用了一个晚上给我讲述日本人对她造成的生理和心理的摧残和伤害，我对这个国家是真的恨啊！有人说不能活在仇恨里，要选择大度和宽容。可是，没有人知道仇恨这根毒刺，在我奶奶心里扎得有多深，扎得她有多疼……"

　　"好了，你别再说了，我知道的，我真的知道的。你要是再说，我就要把你的嘴给堵上了。"泪流不止的唐甜儿继续边给林月兮处理伤口边朝她哀求道。

　　可是林月兮不听唐甜儿的哀求，仍旧说道："糖，我要是真的坚持不住，你就把我的骨灰和我的魂一起带回我的祖国吧。你真的不能把我留在这片国土上的。这样我会变成孤魂野鬼，我会很可怜。如果我真的变成了孤魂野鬼，在这片充满了罪恶的国土上游荡，我该有多惨啊！我要和我奶奶待在一起，我要陪她，让她宽心，让她欢喜，我要给她带去慰藉……"

"好了，你别说了行吗？我真的要把你的嘴给堵上了……"唐甜儿快要坚持不住了。

"她的伤口处理好了吗？"这时，驾驶着越野车的石科长声音冷漠地朝唐甜儿问道。

"就快处理好了。"唐甜儿抽泣着说。

坐在副驾驶上的杜斌，此时早已泪眼模糊……

林月兮终归还是没有坚持到私人直升机把她送到公海上的那一刻。

在乘坐一架私人直升机前往公海的途中，林月兮咽下了最后一口气。

在林月兮弥留之际，她支开了其他人，只留下唐甜儿守护在她身边。她让唐甜儿尽量地将耳朵附在她的嘴边，用尽最后一丝气力，留下了最后的遗言。

没有人知道林月兮最后的遗言给唐甜儿说的是什么，更没有人会察觉到，林月兮在咽下最后一口气的时候，将一件东西悄悄塞到了唐甜儿的手中。

林月兮死不瞑目，她的眼睛最终没有闭合上，停止转动的瞳孔里，透露出的眼神空洞迷茫，但又似乎了无牵挂地洞穿了一切。

唐甜儿擦拭了脸上的泪水，对石科长说："林月兮要求把她的遗体投入公海，只要不是在日本的海域，她就能够找到回家的路。她怕这里的核废水脏了她的身体……"

此时的石科长脸色阴沉，朝唐甜儿问道："她没说她有什么亲人吗？"

"说了，这个世界上，其实她是没有亲人的。她很早的时候就是一个孤儿了。之前她的奶奶是她唯一的亲人，但在几年前也离开了她。"

唐甜儿说道。

"她的父母呢？难道她也没有父母……"石科长不甘心地问。

"她的父母在她几岁的时候死于一场意外的车祸。"

"是够孤单的。"听了唐甜儿的话，石科长叹了一口气说道。

在一艘超豪华的大型游艇上，按照林月兮的遗愿，由石科长领头，为林月兮做了简单却仪式感满满的海葬。

唐甜儿亲手给林月兮整理了遗容，林月兮宛若睡着了一般安静地躺在甲板上，在鲜花的簇拥下，林月兮的遗体沉入了深邃幽暗的大海深处……

第四十章　南海归墟

当黎明的曙光从大海的天际线逐渐浮现出来的时候，一艘超豪华游艇悄无声息地驶入了南海某神秘水域。

形单影只的杜斌站在甲板上，身体靠着护栏，看着黝黑深邃的海面出神。即使天际线处逐渐亮起来的壮丽曙光，也没有把他专注的眼神拉扯过去。

杜斌一动不动地在甲板上站了足足有两个钟头。换作一般的人，别说以这样的姿势一动不动地站立两个钟头，就是能站上十几分钟，也算是不错的了。

这就是功夫！

没有人知道此时的杜斌在想什么，却又感觉这家伙似乎什么也没想，只是直直地盯着深邃的海面出神。

另一个人，站在另一处不起眼的地方，对杜斌观察了很久。

这个人就是国内著名的地质学家、考古学家——魏久功。

这是一个集多重身份于一身的人。他所经历的那些离奇的考古探险经历，使得他整个人似乎包裹着一层说不清道不明的神秘色彩。

魏久功的手里端着一杯沏好的咖啡。事实上，他手里的这杯咖啡已经凉透了。因为注意力完全集中在了杜斌的身上，魏久功连手上沏好的咖啡也忘记喝了。

当魏久功准备将手里端着的咖啡喝上一口的时候，凉透了的咖啡渗透出的苦涩味道使得魏久功皱了一下眉头。他把手中的咖啡找了一个地方放下，然后朝甲板上的杜斌走过去。

"小伙子，在想什么呢？我已经观察你很久了，你能在原地一动不动地站这么长的时间，可真是好功夫啊！如果我没有猜错的话，你这应该是童子功，两三岁的时候就开始站桩扎马步了吧？根脉很正的传统底子啊！"魏久功主动搭讪地朝杜斌说道。

杜斌看了一眼出现在身边的魏久功，没有回答魏久功的话，倒是问了一个毫不相干的问题："魏教授，您说，这海底真的有龙宫吗？"

"何出此言？"魏久功不明就里地笑着问道。

杜斌这才淡然地笑了一下，说道："如果有龙宫就好了，我希望林月兮是被龙王的太子迎娶到了龙宫里。龙王嘴里的那颗龙珠不就是九转还魂丹吗？"

魏久功没想到杜斌会说出这么天真的话，笑道："小伙子，原来你站在这里一动不动，就是在想这件事啊。人死不能复生，生离死别是每天都在上演的戏码，没什么大不了的。你之所以这么放不下，那是因为你的经历还太少的缘故。你如果像我一样经历了那么多直面生死的事故和故事，你就会看淡很多东西的。但不是说看淡很多东西就等同于不在乎很多东西。看到下面深邃的大海了吗？越是深沉就越是平静。静水流深，把那件不愉快的事放下吧，别一直搁在心上。你看天际线那儿，每天的太阳不照样升起吗？别沉迷其中，小伙子。死有死的道，活有活的道。我是这么想的——另一个世界，说不定也很美！"

"魏教授，我懂你话里的意思。谢谢你的这番话。好了，我不想那件事了。"杜斌用双手捧住脸使劲地狠搓了两三下，好似卸下了心中那块垒地说道。

"这不就对了吗？活在当下，小伙子。"魏教授拍了拍杜斌的肩膀。

杜斌的肩膀很厚实，魏久功拍在上面很得劲儿。

这时，远处出现了一条装满集装箱的大型货轮的身影。大型货轮拉响了两声汽笛，像是在跟这艘游艇打招呼。

与此同时，一条水柱从不远处的水面下喷溅起来，足足有十几米高，落下的水花甚至砸在了杜斌站的甲板上。紧接着，便有巨鲸的身影在水面下出现。

杜斌是生平第一次见到真实的巨鲸的庞大身影，这不是一条，而是两条三条……

杜斌一下子就兴奋起来，叹为观止地说道："真大啊！怎么会这么大！"

魏久功说道："还有更大的，但在书本上都不可能出现。"

"还有更大的？有多大？"杜斌好奇地朝魏久功问道。

"比你现在看到的大上好几倍！"

"大上好几倍？那得多大啊？"

魏久功风趣地呵呵笑道："鲲之大，一锅炖不下，你说有多大？"

杜斌这才醒过神来，笑道："哦，你是在跟我说《山海经》啊！你说的鲲不是神话传说里的生物吗？但你刚刚说的好像又不是神话里的生物，像是现实中的海洋生物……"

"确实是现实中的海洋生物。也许神话传说中的鲲，也是人类制造出的产物。"

"你真的遭遇过这么大的海洋生物？"

"确实是遭遇过，而且是逢凶化吉，从它的肚子里逃出来的。"

"没那么玄乎吧？你是在哪儿遇见的？"

"就是在这片神秘的水域，这个号称南海归墟的地方。"

"南海归墟？这个地名怎么那么熟悉？对了，是一部盗墓小说里的地名吧。"

"但是此南海归墟非彼南海归墟。你刚才说的龙宫的大门，或许就要从这个叫南海归墟的地方打开。"

听了魏久功的这番话，杜斌既像是在听天方夜谭，又像是在听真实故事，有点云里雾里地看着魏久功。

突然，原本平稳的游艇出现了大的颠簸，就像是有什么大型生物在船底下面顶了一下似的。

"会不会是鲸鱼在下面撞到船底了？"杜斌好奇地问道。

杜斌的话音刚落，就有人从船舱里跑上甲板，朝魏久功大声喊道："魏教授，你赶紧下去看看，热成像仪和声呐系统同时捕捉到了不明大型生物的身影。"

魏久功听到喊声，撂下杜斌就朝船舱下疾步跑去。

杜斌也紧撵着跟了上去。

下到一间摆满了现代高科技仪器的船舱里，几块连屏的大屏幕上，果然出现了热成像的猩红色的不明生物画面，像鲸鱼，但即使不用鲸鱼作为参照，这东西也绝对要比最大的鲸鱼还要大上六七倍。

看到热成像的生物图像，杜斌脑子里马上又生出一个问题，因为热成像的这个巨型生物的周围，再也没有别的生物图像，也就是说，这个巨型生物本身是会散发热量的，不散发热量，热成像仪是根本不可能捕捉到它的身影的。

这究竟是一种什么样的奇怪生物？

大惑不解的杜斌犯起了嘀咕。

这时，游艇又发生了更大的颠簸，船舱里的人被颠簸得有些站立不稳。

很显然，是巨型生物在撞击船底。

这时，南宫骁和石科长他们也闻讯从各自休息的船舱赶了过来。

当石科长看到热成像仪上呈现出的生物图像后，说道："这回，它总算是露出庐山真面目了。"

紧接着，热成像仪上面的图像开始快速移动直至消失。虚惊一场的魏久功吁了一口气，说道："我还真担心它把我们的船底给撞穿了。"

　　南宫骁这时说道："那么现在基本可以确定的是，那条我们将要进入的海底沉船，有很大的可能就是被它撞沉的。"

　　但魏久功却说道："你说的那条沉船可是几百年前的一条沉船。也许这种巨型生物在几百年前就已经存在了！不过，按照我个人的想法，这种巨型的海洋生物，很有可能是近现代才出现的。它也许是核辐射的产物。"

　　"但是，这儿的辐射源在哪里？如果这儿没有辐射源，那么，为什么只在这片神秘的海域出现过这种巨型生物的身影，别的海域没有出现？所以，你的这种思路还是有待商榷。"南宫骁很显然不同意魏教授的说法。

　　"所以我们才要大胆假设小心求证嘛。所以我们才把你和魏教授一起请到这条游艇上一起共事嘛。一个是玩儿古董的，一个是搞研究的，看起来不搭界，但是，就这件事，还真得把你们找到一起来把关。"

　　南宫骁这时抬起拳头捶了下自己的额头，有点犯头疼地喃喃自语道："九幽蛇杖，九幽蛇杖，你究竟是一把打开什么大门的钥匙？你要打开的，究竟是一座宝库还是一座魔窟？"

　　石科长这时说道："既然巨型怪鱼已经现身，而且看起来还很活跃，那么，我们还是按先前制定好的方案进行下一步的工作。南宫，你做好潜水准备。实话告诉你吧，我很怀疑，这根在海底沉睡了几百年的九幽蛇杖其本身就是一个辐射源，而且是我们不能用现代设备探测出具体元素的辐射源。所以，这次你下水，是有一定的未知风险的。你得有足够的心理准备。"

　　南宫骁用半开玩笑的口吻朝石科长笑着说道："心理准备我倒是有的。按照你的说法，如果这根九幽蛇杖本身就是一个未知的辐射源，只怕到时候没有足够心理准备的是你而不是我。我要是遭受到不明辐射源的辐射发生了蜕变，别把你们所有的人都吓着了。"

"好了，别说些没用的了，你先去好好准备准备，准备好了，你随时可以潜水到海底，前去探囊取物……"

这时杜斌主动请缨地说道："其实潜水我也行的。我是专门进行过为期几个月的潜水训练的。为了保险起见，我可以和南宫一起潜水下去。"

"哦？你还有这本事？"石科长很感意外地说道。

"我说的可是真的。"杜斌说道。

"那好，一会儿你就和南宫一起下水。其实，我等的也是你这句话。"石科长爽快地说道。

第四十一章 遭遇浊流

人类徒手潜水最深的世界纪录保持者是探险家吉翁·奈瑞在 2006 年创造的。而有装备的潜水深度的世界纪录保持者则是一位埃及的男子在 2014 年创造的。他的最深潜水深度是 332 米。

杜斌和南宫骁这次要下潜的深度是 200 米。杜斌和南宫骁在游艇的甲板上做了几个简单的预热动作，然后就下到水里，朝着深海下潜。

因为水下坐标早已确定，所以杜斌在南宫骁的带领下，直奔目标而去。

下潜的过程极其顺利。但是，下潜到海底 200 米的深度，周围几乎就没有光了，穿着潜水服的杜斌和南宫骁处在了一种黑暗诡异的环境中。

两人借着手里强光手电的光，很快找到了那条沉船。沉船静静地躺在海底的淤泥里，腐朽的船板上长满了藤壶和各种藻类植物，还时不时有章鱼的身影鬼鬼祟祟地从手电的光柱中滑过去。

杜斌原本以为跟着南宫骁下到海底，取回九幽蛇杖就如同探囊取物般地容易。然而当他借助手电的光看到现实中的情形时，不由得有点心灰意冷了。因为海底除了腐朽的船板，然后就是堆积着的淤泥，别说一根九幽蛇杖，就是有一头牛，也很难从日积月累出的厚厚淤泥层里找出来。

杜斌甚至有点怀疑南宫骁在拍卖场上说的话靠不靠谱。现在的情况是，沉船倒是轻而易举地就找到了，可是蛇杖呢？

两人从船头潜到了船尾，还真找不到地儿下手。

杜斌觉得放弃寻找是目前最好的选择，因为不可能两个人徒手把这条沉船里的淤泥刨个底儿掉地来寻找这根本不见影子的蛇杖吧？

于是杜斌拽了一把南宫骁，朝他打了个放弃的手势。

可是南宫骁却很不心甘，他继续打着强光手电在沉船的周围游荡，似乎在分析九幽蛇杖当初最容易被搁置的地方。

既然南宫骁不愿意上浮，杜斌也不好一个人离开，他只好舍命陪君子地跟在南宫骁的后边。

而就在这时，杜斌感觉有什么大型的东西从他们的头顶滑过，周围原本显得很平静的海水被带得流动起来，而且被带得流动起来的水流还很急。

猛地，杜斌打了一个激灵，他立马想到了被热成像仪捕捉到的那个巨型生物。难道是那头巨型生物刚刚从他们的上面滑过去？

于是杜斌本能地将手电朝着刚才有东西滑过的方向照了过去。

当手电的光柱朝那个方向照射过去的时候，一头犹如一座海底暗礁般的巨型生物的脑袋赫然出现在十几米远的地方。巨型生物正用大得像灯笼一样的眼珠子瞪着他们。杜斌吓得急忙关了手电，转身拽了南宫骁一把就要上浮开溜。

但是，就在杜斌转动身子的那一刻，一股巨大的暗流突然在海底形成，暗流产生出一股巨大的吸力，杜斌和南宫骁根本来不及反应，就被突然形成的吸力吸附着朝后边倒着退着过去。

很显然，是巨型生物要一口把杜斌和南宫骁吸进肚子里去。

瞬间反应过来的杜斌和南宫骁想要挣扎着游出这股暗流形成的吸力范围已经不可能。两个人顺着暗流就被巨型生物吸入到肚子里了！

被吸入巨型生物肚子里的杜斌和南宫骁只觉得一阵乾坤倒转般地天

旋地转。

　　所幸的是，在乾坤倒转般的天旋地转中，杜斌和南宫骁依旧保持着清醒的头脑。两人在急速的旋转中同时打开了手电。而呈现在眼前的景象却是不可言说的光怪陆离。两人看到的不是肌肉或者生物纤维形成的管道组织，而是一条像下水道一般的有着钙质化胎壁的光滑管道。而顺着水流被吸入的，还有腐朽船板的泛滥残渣。

　　杜斌和南宫骁是被这一股残渣泛滥的浊流裹挟着朝着一个未知的领域陷落的。突然，在被裹挟的这股浊流中，杜斌的眼前闪过了一根他极为熟悉的东西。

　　是九幽蛇杖！

　　九幽蛇杖在杜斌的眼前顺着这股浊流一闪而过。

　　杜斌也不知道从哪儿来的灵感，就在九幽蛇杖在他的眼前闪灭的刹那，他居然抬手一把抓住了这根九幽蛇杖。与此同时，他和南宫骁也被裹挟到了一个污秽不堪的泥潭里。

　　其实根本就不是什么泥潭，而是巨型生物的胃囊。

　　值得庆幸的是，深陷在胃囊里的杜斌和南宫骁手里的手电并没有丢失，而是被死死地攥在手里的。

　　两人借着手电的光朝着巨型生物的胃囊四周照了照，胃囊的四壁同样是呈钙质化的，就像是进入了有着钙化现象的溶洞里。

　　手里捏着九幽蛇杖的杜斌朝着巨型生物的胃囊狠狠地戳了一下。

　　没想到这一下戳动引起了一连串的连锁反应，只见胃囊的四壁发生了一阵痉挛般的剧烈震颤，显然是蛇杖戳到了巨型生物的痛点上了。

　　找到了巨型生物痛点的杜斌哪儿还能放过巨型生物，他就着手里的九幽蛇杖，毫不客气地只管朝着巨型生物的胃囊狠命地扎，而且是换着地儿扎。

　　巨型生物果然被扎得疼痛难当，钙质化的内壁一阵剧烈的收缩，紧接着，胃囊里堆积着的污秽之物开始翻滚涌动，并且瞬间形成了逆流之势，杜斌和南宫骁又被胃囊里的污秽之物裹挟着，就像是两粒西瓜籽儿似的被巨型生物吐了出来，而且随着一股污秽的浊流，被喷出去了几十米开外。

被喷出来的杜斌和南宫骁哪儿还敢怠慢，经历了一阵水中的天旋地转后，奋身就朝着海面上浮而去。浮出水面的杜斌首先激动地举起了手里的九幽蛇杖。

这可是真正的九幽蛇杖啊！

然而，当杜斌取下头上的氧气面罩，透过眼帘上迷蒙的水花朝着游艇的船舷上看过去的时候，却顿时僵在海水中了。只见站在船舷处迎接他和南宫骁的不是石科长和魏教授他们，而是笑吟吟的木先生和他身后的几个人……

第四十二章　践约

"上来吧。杜斌先生还有南宫先生。"木先生和颜悦色地朝杜斌和南宫骁说道。

杜斌用怀疑的眼神盯着身边的南宫骁，朝南宫骁问道："这是怎么一回事儿？是不是你……"

南宫骁见杜斌首先怀疑上了他，急忙分辩道："怎么会是我？你脑子坏掉了吧？"

"可是，他们根本不可能这么快就找到我们的。我们是石科长通过秘密渠道联系的私人直升机，然后把我们送到公海上的。我们的行踪，除了你还有谁知道？我再也想不出有第二个人。"杜斌表情痛苦地说。

如果这次依旧是南宫骁做的局，那杜斌简直就太悲哀了。一个人在同一个地方掉坑里两次，这人绝对是一个智商不健全的人。

杜斌丢不起这么大的人啊！

这时，船舷上一个女人的声音朝杜斌说道："是我，是我开了追踪器。"

杜斌闻声看过去，竟然是唐甜儿正用严肃得不能再严肃的表情看着水里的杜斌。杜斌是彻底被整蒙了，他朝船舷上的唐甜儿说道："怎么会是你？"

"是的，是我。你不要再误会南宫骁了。追踪器是林月兮临死的时候给我的。是她让我在关键的时候把追踪器打开的。"

真相大白后，不光杜斌蒙了，就连南宫骁也蒙圈了。

杜斌这时冲动地朝木先生叫嚣道："你信不信我现在就把这根蛇杖扔回海里去。你不就是千方百计地想要得到这根九幽蛇杖吗？"

木先生自信满满地朝杜斌呵呵笑道："杜斌，没用的。即使你把蛇杖扔回海里，我也会分分钟让人潜水下去把蛇杖捡回来的。再说，你可是我花重金请来的，你应该替我办事才对啊！你怎么昏头了，连谁是你的雇主都忘了？而且，你不是还想重新拥有你的梦中情人冷雅一吗？杜斌，我是一个不拘小节生性豁达的人，我不计较你的暂时背叛，即使到目前为止，我们的约定依然有效。我对你总算是仁至义尽了吧？"

听了杜先生的话，杜斌有点左右为难地看着身边的南宫骁。

南宫骁朝杜斌说道："男子汉能屈能伸，把蛇杖交给他吧。"说着还朝杜斌暗中使了一下眼色。

听了南宫骁的这句话，杜斌终于妥协地上了游艇。上了游艇的杜斌才看见，游艇的停机坪上，停着一架直升机。而且，又有两架直升机朝游艇盘旋着飞了过来。

同样上了游艇的南宫骁，心情似乎没有受到丝毫影响，语气轻松地朝站在一旁的唐甜儿问道："你这究竟演的是哪一出？反转得我都找不着北了。"

唐甜儿有些闪烁其词地朝南宫骁说道："当时林月兮的遗言就是这么交代我的，我和她闺蜜一场，她最后的遗言我也不能不照办啊！她要是在那边知道了我没有按照她的遗言办事，记我的仇怎么办？我也很无奈啊，你说是不是？"

听了唐甜儿的这番辩解，南宫骁哭笑不得，没有再说多余的一句话。

游艇上除了唐甜儿被木先生留了下来，石科长和魏教授他们都被直升机带走了。木先生和他带的一帮人完全掌控了这艘游艇。

得到九幽蛇杖的木先生如获至宝，得意忘形的神色溢于言表，他朝他的一个手下得意洋洋地说道："凡是我木宗泽想要得到的东西，就没有得不到的。怎么样？几经波折，这根传说中的九幽蛇杖最终还不是被我拿到手了吗？呵呵……"

到此时，杜斌才知道木先生的名字叫木宗泽。

于是杜斌朝木宗泽说道："既然蛇杖你已经拿到手了，你现在是不是该履行我们之间的约定了？"

心情既阳光又灿烂的木宗泽很守信用地朝杜斌说道："履行，我当然会履行我们之间的私人约定。但不是现在。"

"你想反悔？"杜斌逼视着木宗泽说道。

"我说'反悔'两个字了吗？年轻人，遇事真的要沉得住气。有一句话叫什么来着，心急吃不了热豆腐。再说，冷雅一现在又不在这条游艇上，你让我怎么履行我们之间的这个约定？不过，那一千万，我会当着你的面，汇入你提供给我的那个账户中的。这个我是不会有丝毫犹豫的。这……你总该看出我是诚意满满的了吧？"

木宗泽的话令杜斌无话可说，但还是说道："那我什么时候可以见到冷雅一？"

"我现在就带你去见冷雅一啊！"木宗泽态度极好地说道。

一听木宗泽说这话，杜斌的一颗心顿时就按捺不住了，语气中带着惊喜地说道："真的？"

"我什么时候说话不算话过？"木宗泽说道。

听了木宗泽的话，已经开始兴奋起来的杜斌不由得朝一旁的南宫骁投去了复杂的目光。南宫骁却使劲皱了皱眉头。

杜斌和南宫骁是分别乘坐两架私人直升机离开游艇的。

回到大陆，两人被人带进了一幢略显神秘的别墅里。随后，两人又被木宗泽的手下从别墅的下沉式楼梯带到了私人地下车库里。

而木宗泽和唐甜儿已经在一辆全尺寸越野车里等着他俩了。

越野车由坐在驾驶位上的木宗泽亲自驾驶。

临出发前，木宗泽彬彬有礼地朝上了车的杜斌和南宫骁说道："对不起了，因为我现在要带你们去的地方太过保密，所以，不得不委屈两位了。"

接着就有人给杜斌和南宫骁戴上了厚厚的面罩，不让两人看见沿途的任何东西。

被戴了面罩的杜斌和南宫骁昏天黑地地也不知道在车里待了多久，更不知道被越野车载着走了多远，当两人的面罩被取下来的时候，才发现已经是黑灯瞎火的晚上，而他们所处的环境不像是农村也不像是郊外，更不是灯火辉煌的大城市。

等到两人适应了周遭黑暗的光线后，才发现他们是被越野车载到了一处四面环山的峡谷里。

峡谷里很幽深，也很黑，几乎看不见任何事物。

越野车停在峡谷里，也熄了火，木宗泽和唐甜儿坐在车里都没有出声，好像在等什么人。杜斌和南宫骁当然也没有出声，但两人却感觉峡谷的周围有种风声鹤唳的诡异气息。

终于，两道手电光划破了峡谷里的沉沉黑暗，有两个人打着手电朝这边走了过来。两人走到近前，借着手电的光，才看清楚两人是穿着特殊制服的私人保安。两名私人保安不光配有微型冲锋枪，而且各自还牵着一条经过驯化的德国纯种黑背。

杜斌和南宫骁以及木宗泽和唐甜儿被两名私人保安带进了峡谷里一个天然形成的溶洞中。顺着溶洞走了大概有一公里路的光景，出现了一道沉重的铁门。铁门厚重，锈迹斑斑，上面用白漆写着几个仿宋体的大字——仓库重地闲人免进。

铁门显然是 20 世纪五六十年代的产物，但这道有着年代感的铁门上安装的却是科技感满满的指纹锁。两个保安先后输入指纹后，沉重的铁门才朝着一边缓缓开启。随着铁门的开启，一个让杜斌和南宫骁瞠目结舌难以置信的场景赫然出现在眼前。

一个经过人工修整过的巨大溶洞竟然就隐藏在这道沉重的铁门背后。说是溶洞，其实更像是一个隐秘的广场，广场的地面经过了硬化处理，中间立着的一根灯柱上，一圈功率很大的射灯把整个广场照得如同白昼。

最让杜斌和南宫骁感到不可思议的是，这个借用溶洞建成的广场上，竟然停着五六辆如同装甲车一样的越野车。杜斌是对越野车情有独钟的人，他一眼就认出这五六辆越野车是一水的战盾。

溶洞广场周围的一圈岩石墙壁上，也用仿宋字体写着20世纪五六十年代的标语——深挖洞广积粮，备战备荒为人民。

这很像是一个被废弃的秘密军事基地！

杜斌一行人进入铁门后，铁门又自动缓缓关上。保安将他们带到了一个侧洞内。

当进入侧洞后，杜斌和南宫骁才知道侧洞里面也是大有乾坤。

进入的侧洞其实是一条人工开凿出来的长长的通道，通道的两边又被开凿出了一间间标准的侧室。每一间侧室都经过了现代的装修，里面摆放着说不出名的现代精密仪器和大型设备。工作台上摆放着各种贴了标签的试管，有穿着白色制服的人在仪器前安安静静地工作着，好像在做着实验。

这分明就是一个秘密的实验基地！

当杜斌和南宫骁被带了一间隐秘的办公室时，办公室里端坐着的人顿时令杜斌一下子就把眼睛瞪直了。

端坐在办公室里的人竟然是沈楠笙！

"怎么会是你？"杜斌惊讶得脱口朝沈楠笙问道。

沈楠笙皱了一下眉头，然后才说："没想到会在这里见到我吧，杜斌先生？"

　　"你不是出车祸死了吗？"杜斌说道。

　　"你不是也被我活埋了吗？这有什么大惊小怪的？"沈楠笙说道。

　　接着沈楠笙又说道："幸好当初我突发灵感地选择了把你弄去活埋。其实，当时我是完全可以把你带到这里来，作为一个活体实验对象加以利用的。但是，当时因为你和冷雅一干出的那一档子烂事儿，我怕你脏了我的这个实验基地，更怕触了霉头，所以选择了把你弄到河滩上去活埋掉。谁知道你杜斌先生福大命大造化大啊，你还真就死里逃生地又出现在我面前了，这也许就是传说中的天意吧。我一直在秘密寻找身上有个特殊胎记的人，没想到现在竟然自动送上门地出现在我的眼前了。还真是踏破铁鞋无觅处，得来全不费工夫啊！你说，这是不是天意？"

　　听了沈楠笙的这番话，杜斌这才想起来，自己的后背上确实有一个火炬一般鲜红的胎记。难道这个鲜红的胎记有什么特别的地方？

　　南宫骁这时朝呵呵笑着的沈楠笙说道："沈楠笙，你还真的不能动他。你是知道他身上流着的血是意味着什么的。那可是比灭绝了的珍稀动物还要稀有宝贵的基因密码啊！就目前来讲，你是没有能力破译他的这种基因密码的。"

　　"是吗，南宫骁？你可别说这种话来吓唬我哟！不过，我还是要谢谢你帮我找到了真正的九幽蛇杖。如果没有这根蛇杖，那个神秘的宝库我就永远也无法打开。你知道那个宝库对我来说有多诱人吗？我甚至每天做梦都在想着它被打开的那天，那将是一种什么样的场景啊！想想都是那么的诱人，呵呵……"

　　南宫骁这时也呵呵笑道："沈楠笙，其实我早就知道你一直在勾结外部势力出卖我们国家的核心资源。但是，这次你动了九幽蛇杖的心思，恐怕你就是在自取灭亡了。因为这是你动不了的奶酪，可是你却偏偏动了，你可真是艺高人胆大啊！那可是冷雅一他们家族的核心利益。你用不道德的婚姻骗取了冷雅一父亲的信任，其实你就应该知足了，也应该收手了，但是，你野心勃勃，贪心不足蛇吞象，你竟然想动九幽蛇杖这块奶酪，你这是惹火烧身自取灭亡啊！如果你到现在还执迷不悟地不知道回头是岸，恐怕就是神也救不了你的。”

“南宫骁，你少说这种废话来败我的兴！你信不信我现在就可以把你弄进我的实验室里，让你享受另一种人生待遇？”被揭了老底的沈楠笙恼羞成怒地对南宫骁威胁道。

“你敢！”南宫骁冷声朝沈楠笙喝道。

沈楠笙的话音刚落，这时通道里传来了刺耳的警报声。

“怎么回事儿？”沈楠笙朝守在外边的保安大声喝问道。

一直没有出声的木宗泽这时显出一丝不安和惊慌，说道：“我出去看看。”

而就在这时，唐甜儿却冷不丁地朝木宗泽说道：“你不用出去看了。你们的这个老巢已经被暗战部的特种兵包围了。你们束手就擒吧！”

一听唐甜儿说这样的话，木宗泽一脸错愕地说道：“你说什么？你不是用追踪器给我发出准确定位的人吗？怎么你……”

“不错，用追踪器给你发准确定位的人确实是我。但这都是林月兮在生命的最后一刻交代我要这么做的。她说只有这样，我才能获得你的绝对信任。没想到你果然是中计了。其实这也不能怪林月兮选择了背叛。谁叫你们和日本山口组的人沆瀣一气，偷偷地从日本引进一大帮反人类生物科学家，躲在这暗无天日的溶洞群里干这种反人类的罪恶勾当？林月兮恨日本人，这就是她选择背叛你的最终原因……”唐甜儿朝木宗泽说道。

“你……你身上也有另外的追踪器？”木宗泽气得身体都开始摇晃地说道。

唐甜儿说道："是的，我身上也有一颗追踪器。但是这是一颗给国家安全部下属的暗战部发送精准定位的追踪器。我是国家暗战部的人。"

　　听了唐甜儿的话，沈楠笙和木宗泽颓然地瘫倒在了地上……

　　九幽蛇杖的故事还在继续，杜斌要到半山听雨处寻找他的挚爱——冷雅一。

　　但半山在哪儿？

　　听雨亭又在哪儿？

　　真正的答案又在哪儿呢？